塔尖上的时光

Time on the spire

徐贵生 ◎ 著

敦煌文艺出版社

图书在版编目（CIP）数据

塔尖上的时光 / 徐贵生著. -- 兰州：敦煌文艺出版社，2024.5
ISBN 978-7-5468-2542-7

Ⅰ．①塔… Ⅱ．①徐… Ⅲ．①散文集－中国－当代 Ⅳ．① I267

中国国家版本馆CIP数据核字（2024）第 066694 号

塔尖上的时光

徐贵生　著

责任编辑：赵　静
装帧设计：李关栋

敦煌文艺出版社出版、发行
地址：（730030）兰州市城关区曹家巷1号新闻出版大厦
邮箱：dunhuangwenyi1958@126.com
0931-2131373（编辑部）
0931-2131387（发行部）

兰州银声印务有限公司印刷
开本　710毫米×1020毫米　1/16　印张 19　插页 1　字数 290 千
2024 年 5 月第 1 版　2024 年 5 月第 1 次印刷
印数　1～1000 册

ISBN 978-7-5468-2542-7
定价：58.00 元

如发现印装质量问题，影响阅读，请与印刷厂联系调换。
本书所有内容经作者同意授权，并许可使用。
未经同意，不得以任何形式复制转载。

边走边唱的小兵(代序)

那是一个驻守在山旮旯里的执勤点,背靠一座大山,拥抱一座大山,中间一条河弯弯曲曲,从南流到北。

我去的时候已是深秋时节,执勤点四周山坡上稀疏的植被已脱去绿装。秋风瑟瑟,吹得归根的枯枝败叶忽忽悠悠,萧条得让人在心头顿生几分凄凉。

一天傍晚,我沿着营区的小路上山散步,迎面"漫"来一群羊,一个小战士紧随其后。从比别人略显发白的警服和黝黑的脸色可以断定,他经常在野外作业,或者可以肯定地说,他就是这群羊的主人。虽然在荒无人烟的山沟里放羊,但他的军装洗得干干净净,旧而未破,衣冠整齐。

他不像别的战士,见面先是一个立正,然后再敬一个标准的军礼;也不像我想象中的那样会问我去哪里;也没有像机关的战士一样,一见面就喊"首长好",他只是莞尔一笑就匆匆别过,如同天上的云彩。这时我发现,他在聚精会神地读一本流行歌曲书,嘴里不太流畅的歌词,随着移动的脚步时断时续地飘过。我隐约听到,每一首歌他基本都会唱。

又是一个傍晚,夕阳西下,凉风飕飕。在一块开阔滩地上,我发现了那群羊和那个牧羊的战士。我远远地看到,羊在四处觅草,小战士手里拎一根木棍,慢慢地向前走着,嘴里的歌儿随风飘悠……

好奇心,不!严格地说是他身上的某种东西吸引了我,我决定去见见他。这一次他很热情,问我是从哪里来的,家住何方。我们交谈得很投机,我也知道了他的一些情况。他是从一个省会城市入伍的，父亲是局级干部，母亲是市里一家单位的工作人员，哥哥、姐姐都工作了，他是家里最小的孩子。

"这么好的条件，你父母怎么忍心让你来当兵呢？"我问他。

他没有很快回答我，下意识地环视了一下周围，笑着说："首长，您先保证给我保密。"

我肯定地点了点头。

"其实，我今年才十六岁。我的学习成绩一直不好，常常让父母遭老师白眼。其实我也很用功，但就是每次考试都考不好。爸爸妈妈恨铁不成钢，让我来当兵锻炼。我也非常喜欢当兵，真的。"

"执勤点条件艰苦，你怕不怕？"

"不怕。我觉得这里挺好。我体质弱，训练有些吃力，中队长为了照顾我，让我放羊。我觉得放羊挺好，我早出晚归，是中队最自由的人。我梦想着当一辈子兵，哪怕放一辈子羊都行。"他越说越甜，美滋滋的……

我又问他："如果不让你放羊，让你训练，你怕苦吗？"

"我不怕苦！"

望着他稚气未脱的脸，听着他慷慨激昂的表白，思绪在我心头涌起：一个把梦想寄托在警营的城市兵，一个告别繁华都市、向往辽阔原野放牧的城市兵，和那些千方百计想跳出"农门"的农村娃相比，让人倍感同情，也让我肃然起敬。哨所周围是茫茫荒原，一年四季的风，三百六十五天都缺水，不知他是否可以长成参天大树。

告别的时候，我和他说了声再见，他上前一步握住我的手，微笑着也说"再见"，并向我敬了一个标准的军礼。没走多远，那熟悉的歌声又飘了过来。

驻足回首，落日的余晖斜斜地射过来，染红了草地，染红了那个小战士，染红了那群走在他前面的羊群，在霞光里，他又开始边走边唱，悠扬的歌声装满了整个山谷。

我凝视着他远去的背影，猜想：当他一个人赶着羊群的时候，一定唱得非常投入、非常深情。我宁愿他永远唱下去，只有一个永远唱着歌面对生活和工作的士兵，才不惧怕艰难困苦，不惧怕流血牺牲，才会有信心、有勇气、有力量战天斗地搏击风云，英勇顽强战胜敌人。

一晃，离开连队已有几十年光景，那个士兵唱着歌放羊的画面常常记在我心上，激励我时不时地哼上几曲，那就是我日积月累积攒下的这些文字。反复回味，它们是我心中流淌出的人生之歌——我用青春谱曲，用勤奋作词，酝酿几十年，凝结了汗水和心血。也是一个军人，从雪山到京城，岁月不能忘却的故事。

我把这些文字大致按照我的成长历程顺序归类为"乡情扫描""连队写真""机关掠影""军旅感悟"。"乡情扫描"是讲述当兵前故乡的景物和生活情景的文章；"连队写真"中的文章，有的是在连队的时候写的，是我和连队官兵共同工作、生活的真情实景；"机关掠影"主要是写我在支队、总队、总部三级机关工作生活的片段和深入基层的所见所闻；"军旅感悟"是对成长过程中遇到的事情和问题的感性认识和理性思考。

感谢故乡旦马，是那里的雪山和草原，还有羊肉和青稞养育了我，滋养了我大山一样的脊梁和羊羔花般的柔情。

感谢中国人民武装警察部队，数十万将士是共和国的卫士，我有幸是其中一员。忘不了部队的培养，忘不了战友的情谊，没有他们就没有书中那些鲜为人知的故事。

我要特别感谢我的父母、妻子还有儿子。父母的贫穷和望子成龙的心愿给了我奋发向上的动力，感谢他们遇到天大的困难都自己扛着，从不向我提及只言片语，怕影响我的工作。虽然父母已离我而去，但我永远是他们的儿子，养育之恩比天大，比地厚。妻子雒艳萍基本上包揽了所有家务，感谢她的倾心支持，才使我有足够的时间和精力把一路上的所经所历、所感所悟一字一句落到纸上。感谢儿子徐国钦，他现在是一名优秀的银行经理，小时候我们聚少离多，他上学后我也很少管他看书、学习。有些故事，他也是亲历者，虽然当时他还懵懂，但我知道，未来是属于他们的。感谢他对老爸的支持和理解。

  我愿以当年那个唱歌士兵的激情和专注要求自己，所写的词句不求余音绕梁，但求温暖人心、启迪心灵。

  祝愿读者朋友喜乐安康。读着书，唱着歌，继续朝阳般美好的生活。

徐贵生

2023年春节

修改于北京青塔西路62号院家中

目录
Contents

乡情扫描

眺望旦马 / 3

遗址般的老屋 / 10

蒸馍馍 / 17

山泉·毛驴·驮桶 / 21

拾粪 / 26

拾柴 / 29

挖药 / 34

羊羔花和蓼子糌粑 / 39

消失的农具 / 46

父亲的草原 / 51

村头，那条小路 / 61

飘飘荡荡芨芨草 / 64

母亲的家 / 67

母亲的羊皮褥子 / 77

母校孕育梦想 / 79

恩师如桥 / 85

告别故乡 / 87

连队写真

新兵生活印象 / 97

当个好兵 / 108

上哨 / 114

班长给我们吹笛子 / 116

三中队 / 119

昨夜的星辰 / 128

黄土情 / 130

哨所的冬天 / 132

哨所的太阳 / 135

哨楼的记忆 / 138

高原的阳光 / 141

忆军马 / 144

机关掠影

没有学过新闻的"新闻干事" / 149

痴心不改 / 155

初到北京 / 156

爱是一双鞋垫 / 163

心中有一首歌 / 166

永远的士兵 / 168

农场的兵 / 171

"塔尖上"的时光 / 177

士兵的手 / 187

爱兵的故事写不完 / 191

红柳赋 / 195

人在西部 / 197

不负韶华夕阳红 / 200

军旅感悟

只要信心不落榜 / 211

赠言胜金 / 213

校正人生 / 216

常思己过 / 219

回味离别 / 221

笔耕无悔 / 224

干一行　爱一行　钻一行 / 226

干事随想 / 230

感谢批评 / 232

过人之处是敲门砖 / 234

感人流泪 / 238

学出美好前程 / 240

点一盏心灯照亮人生 / 246

爬山感悟 / 251

吃得苦中苦，方为人上人 / 253

到最后也不放弃 / 258

风度三题 / 261

度之六书 / 267

仰望星空的梦想　脚踏实地地工作 / 275

后记 / 277

附录 / 281

乡情扫描

眺望旦马

打开中国地图，地名像草原上的花草密密麻麻。字号大的、小的，线条粗的、细的，省名、市名、县名、乡（镇）名、村名等等，让人眼花缭乱，你要很快找到"旦马"两个字还真不容易。她名不见经传，在中国地图上小得如米粒一般。但她确实存在，如草丛里的一棵小草，如花海里的一朵小花。她大概位于祁连山脉中东段，一个乡镇级的行政区。

她就是我的故乡。

从面积看，中国南方的乡镇大多是弹丸之地，人口却像植被一样稠密。而旦马的地盘很大，可以算得上幅员辽阔——七百多平方公里，人口却很稀少。

旦马，过去叫旦马公社，现在称旦马乡。不管怎么叫，旦马人从来不说我是"旦马公社人"或"我是旦马乡人"，不论是哪个村的人，都不说"我是某某村的人"，对外统统说："我是旦马人。"旦马人，因这块土地和这个名字而骄傲。

旦马为藏语名称，意为太阳升起的地方。在我心中，她就是早晨迎着朝阳款款而行的一匹骏马，一匹富有朝气的马，一匹在阳光下奔驰的马。

站在平台顶上（我觉得这个地方是最佳观赏位置），旦马尽收眼底、一览无余。远远看去，向北是俯瞰，向南是平视+仰视，旦马被横空出世的一南一北两条"巨龙"庇护怀中。

我说的平台顶是一座山的顶部，因为山顶地势平缓，有一块足球场大小的平地形成一个顶部，人们便把这座山和山峰的最高处叫平台顶。依地名而起，我们那个村子就叫平台村，大部分村民居住在平台顶的山南，房子一家挨着一家傍山而建、坐北朝南。人们坐在炕上，从窗口就能欣赏辽阔的草原和直插云端的雪山美景。

北面的巨龙是祁连山北山（北山的北面就是著名的河西走廊），绵延几十公里，头朝东，一直伸进武威的南营水库。尾部沿西，藏于山脉腹地，若隐若现。

南面的巨龙是祁连山脉中名声显赫的高山——阿尼万智峰（俗称干沙鄂博）。她猛地从南营水库腾空而起，一路向西，披金挂银，绵延不断，巍峨壮观。

视觉上，北山植被稀疏，颜色土黄灰暗，有一种古老的沧桑感，略显土气。想必那条龙在天上舞累了，又或许是她降恶伏魔辛苦劳顿、奔波不停、风尘仆仆，所以才一头扎进水库沐浴更衣，看上去深沉文静，恬淡自然。

南部山川秀丽、景色如画，大雪山如出水芙蓉，清冽靓丽，在蔚蓝深邃的天空下，峰顶终年积雪皑皑，金光闪烁，山腰青松翠柏，山下溪水潺潺、鲜花迷人，真是"山头白雪山底花"。远远望去，森林和草原相依相伴，而又独立成片成块，生机无限。不论从哪个角度看去，眼前都是一幅绝美的水墨丹青。

两座山脉，两条巨龙，一条头向东，一条头朝西，首尾衔接在天际曼舞，围在中间的这片广袤土地，几乎全部是旦马的辖区。也许是因为唐僧西天取经时经过旦马，孙悟空为保护师父，拿金箍棒画的圈；也许是因为女娲补天时偷懒，没有把中间填平，造成四周高中间低的地势，所以，旦马形成了盆地。

《新华字典》注解：盆地是被高山或高地围绕的平地。据此，旦马并不是严格意义上的盆地，因为她的中间地带并不是平地，亦非凹地，而是东北低、西南高。周围群山蜿蜒相连，内翼重峦叠嶂、沟壑纵横。北部、东部是半干旱地区，适合种植农作物；南部和西部是高寒阴湿山区，层层青山，水草肥美，更适宜牧民放羊牧马。北部山区人烟稀少，树木林地较少，植物长势比南部的略为逊色，但地域广大、草密质良，是优良的天然牧场。

在这片辽阔的土地上，山峰星罗棋布、错落有致，山体高峻厚重，逶迤连绵，自然流畅。山头的模样都差不多，孪生兄弟似的，有圆形的，也有陡峭的；有黄土、黑土的，也有石头或土石伴生的；有草木茂盛的，也有植被稀少的。但不论哪一种，有名或无名，都缠绵地铺展开来，与大地相依相偎，像小孩在妈妈的怀抱，安详而恬静。山有亲情，物有诗意。坐落在细水河上游的干沙鄂博，还有响水顶、黄草顶等名山巍然耸立、直插云霄，雄伟壮丽，美不胜收。

在这片辽阔的土地上，河流众多，大水河、细水河、响水河、土塔河、大台子河、白水河滚滚向东，将祁连山的雪水源源不断地注入河西走廊和腾格里沙漠，经久不息地流入武威的南营、西营等水库，使无数荒漠变为绿洲和良田。还有很多名不见经传的大河、小河，数也数不清，有长年干涸的，有四季默默淌水的，有随着季节流水的。有的河虽然不是大水涌流，但众多山泉布满其中，时不时就有泉水从河槽冒出，汩汩流淌，纯净甘甜……这些河流都发源于此，从宽度和吃水线看，曾经都是青岚如画、风光无限，清水碧绿、翠色欲滴，涌流击石、奔腾不息。现在虽然涛声远去、浪花匿迹，但河网密布、纵横交错，是这片土地不可缺少的血脉，滋养着旦马，滋养着祖祖辈辈的旦马人。

这片辽阔的土地物产丰富，有原始森林和高山草原，有名无名的花草树木将大山装扮得郁郁葱葱、姹紫嫣红，是野生动物的天堂，是各色虫鸟的乐园，用生机盎然和欣欣向荣形容无过之有不及。原始森林星罗棋布，或条状或成片，其中有高大的松树、柏树，还有略矮的白杨树、桦树，以及矮小的各种柳树、皂角树等。周围还长有杜鹃、茶条槭、梅花等众多能叫出名字或叫不出名字的灌木。灌木的间隙伴生着无数鲜活的花草，还有名贵的中草药，如灵芝、羌活、大黄等。原始森林里的珍稀动物，如马鹿、梅花鹿、狍子、麝、各种野鸡和鸟雀，还有偶尔从雪山之巅下来觅食的雪豹、黄羊、岩羊（当地统称石羊）等，成群结队，叫声此起彼伏，与阵阵松涛相映成趣，打破高山林海的沉寂，使原始和古老显得生机勃勃。

这里的高山草原，严格讲应该叫草甸，虽然不很出名，但其丰富的物产和植物的多样性展现了她独特的美丽和富饶。放养的牛羊肉质鲜美，没有一点儿膻味；白牦牛肉更是久负盛名，出口世界各地，享誉海内外。当你漫步在草原上，偶尔会看到两个鲜明的特色：一个是裸露的黑色砂石，一个是深色的蘑菇圈。黑色砂石下面是煤，有的地方说不准就埋藏着一个很大的煤矿（据说旦马的地下蕴藏着储量巨大的煤炭）。过去的旦马人就是根据这些露在地面的黑砂石采煤的，有的地方只要刨去表层就能挖到煤炭。拨开蘑菇圈里的绿草，就能找到各种鲜美肥大的蘑菇，有草原白蘑、黑蘑、黄蘑、马粪包等。大片大片的草原上，长着酥油草、冰草、芨芨草、醉马草等各种青草，一丛丛黄绿刺（刺黄檗）、毛儿刺（锦鸡儿）、鞭麻（开黄花的叫金露梅，开白花的叫银露梅）等灌木点缀其上，草原显得错落有致、多姿多彩，煞是好看。还有黄芪、远志、秦艽、蒲公英、车前子、艾蒿、马刺盖等数量众多的药材，野韭菜、野蒜、野葱、野胡萝卜、野白菜、蕨麻、蓼子（羊羔花的籽儿）等数不胜数的山珍野味，让这里变得美丽而富足。即使在过去的饥荒年代，旦马人靠山吃山、就地取食，以放牧为生、以野味度日，未曾有人饿死、冻死。

这里夏季是花的海洋，秋天是果的世界。旦马的春天是从夏天开始的，盛夏和初秋时节是这里最美的季节。春夏之际，草原上绿野无垠，各种草木长势最盛，拔节的拔节、抽穗的抽穗、开花的开花、结果的结果，是毫不夸张的百花争艳、绿波荡漾，是花的海洋，十里飘香。蓝蓝的天上白云悠悠，牛羊成群结队，好似珍珠撒落在翠屏上，真是山顶白雪皑皑、山下鲜花盛开的人间仙境。满山遍野的格桑花，尤其是洁白的羊羔花和姹紫嫣红的狼毒花最多也最抢眼，聚生片长，漂亮极了。大片大片的鸢尾花（马莲花、马兰花）是草原上的"蓝色妖姬"。秋天来临，大地披上多彩的盛装，万山红遍，各种野果子由绿渐红，挂满枝头，一派丰收景象。天空湛蓝高远，百鸟朝凤，大雁列阵鸣唱，翱翔南迁，海娃子（当地独有的一种鸟。据说是海鸥的近亲，以海洋为栖息地，远古时代，这里由海洋变为陆地时，一部分鸟随海迁徙飞回大海，进化成海鸥的模样，一部分留守故土，逐渐适应了高山草原，到现在仍然保持着海娃子的古老风貌）、野鸽子、斑鸠、山雀成群结队地飞来飞去。长年生活在这里的喜马拉雅旱獭、草原鼠、野兔等尽情觅食撒欢，草原好似它们的天堂乐园。一有风吹草动，比如上空有雕、鹰、鹞子、鸱鸮、红嘴乌鸦、百灵鸟盘旋鸣叫，或地上有马嘶狗吠等，野兔一溜烟就窜得不见踪影，警觉的喜马拉雅旱獭迅速立起身子，或跑至洞穴口向同类发出警报，"呱呱呱、呱呱呱"的尖叫声响彻空旷的草原山谷，经久不息。

夜晚，除零星的鸡鸣犬吠，这里万籁俱寂，又是一个仰望星空的好地方。站在高高的山岗上，微风吹拂，山色朦胧，环顾四周，天圆地方。四面环山，青黛如墨，高低起伏，层层叠叠，莽莽苍苍。远处牧民的灯火星星点点地点缀在旷野上，视线里的天空变成一面硕大的镜子，纯净如水，星空璀璨耀眼。月亮圆似银盘，钩似弯刀，亮得出奇。满天星星晶莹剔透，像大大小小的珍珠，一颗一颗镶嵌在蓝色的天幕上，闪烁着钻石般的光芒。那些躲在深邃处的小星星让人产生无限的遐思，那些近在咫尺的大星星仿佛一伸手就能摘下来送给你似的，美得让人流连忘返。

冬季大雪过后，旦马盆地的深沟和皱褶被白雪隐去，放眼望去，方圆七百四十平方公里的原野变成名副其实的茫茫林海雪原，一片洁白。阳光朗照时，像高峡平湖波光粼粼，可用一句诗来形容，那就是"山似淑女川如镜，银装素裹胜仙景"。有时候积雪可达半米厚，有时候风交雪或雪停风起，大风在背风坡形成几十米长的雪褶棱，一块一块、一片一片的，每下一次雪，就给雪褶棱补充一次新鲜的雪，直到来年春天才开始融化。这些雪褶棱是天然滑雪场，是青少年滑雪溜冰的好去处。

有一年夏天，一位北京的老将军到旦马的大水草滩旅游，被这里的美景深深折服，兴奋地给远在北京的我打电话："小徐，你们老家居然还有这么美的地方！"

听着老将军质疑的赞美，我一时无语。

在许多人的印象中，甘肃只有漫漫黄沙和茫茫戈壁，风大水少，缺衣少粮，是贫穷的代名词，尤其西部更为荒凉贫瘠。事实上，一方水土养一方人，一方水土培育一方文明，一方水土造就一方美丽。祁连山风光旖旎，河西走廊沃野千里，是甘肃粮食作物的主产区。相传三世章嘉若贝多杰活佛的胎胞就埋葬在旦马的土地上，"章嘉一棵柏"三百多年巍然独立此地，美丽而神秘，游客络绎不绝。这里与石窟鼻祖——天梯山石窟相邻，古丝绸之路从此通往欧亚大陆，现在是祁连山国家级自然保护区的重要部分。随着"绿水青山就是金山银山"理念的确立，政府出台了一系列保护措施，如移民搬迁、退耕还林、限制过度开采、畜牧圈养等，部分人外迁，一些人进了城，居民逐渐减少。旦马的山更青了，天更蓝了，草原更美了，人民的生活更富足了。

过去的旦马实行公社——大队——生产队三级体制，管辖细水、大水、横路、康路四个大队和牧场五个镇级村社。改革开放后，把公社改为乡、大队改成了行政村，实行乡镇建制。现在所辖细水河、横路、细水、大水、康路、白羊圈、土塔七个行政村，把我们平台村与横路村合并为横路村，原来的平台生产队（平台村）成了平台小组。

虽然行政区划几经变化，但这里的山山水水亘古未变，高山依旧、草原依旧、河流依旧，太阳依旧朝升夕落，夜晚依旧繁星满天，先人们祖祖辈辈在这里繁衍生息。旦马人不管哪村哪寨，即使后来成了城里人的，依旧说自己是"旦马人"。有的人，尤其是一些上了年纪的人，恋乡情结更浓，有的移居他乡数年，又拖家带口返回故地，他们离不开这片生养过自己的土地。旦马人因为自己是旦马人而骄傲，也为旦马的山山水水而骄傲。

眺望旦马，让人产生无限感慨：大自然奇妙无比，鬼斧神工，把地球雕琢得如此美丽壮观。如果有一天，东从细水河或冰沟河，西从土塔河，南到干沙鄂博的区域内建成大旅游圈，那将是对这片古老土地更好的保护和利用。且马那些鲜为人知的故事和美景，如同香甜的酥油茶，会被人们在饭后茶余津津乐道，她的未来一定会更加美好。

且马，让我难以忘怀的故乡！

遗址般的老屋

父亲说过，我们是从山西大同迁到甘肃武威的。这是他的父亲、我的爷爷告诉他的。他说，至于出于什么原因、在啥时候迁徙到这里，爷爷没有给他讲过。

我问父亲："在武威的洋下坝不好吗？怎么又到了现在的旦马乡平台子？"

父亲对我说："你爷爷养了我们六个孩子，就嫌在洋下坝的土地少了。听说旦马的草原大、土地多，日子好过，就来了。"

聆听了父辈的故事，有一个问题一直在我的脑海里念念不忘。我们到底是从哪里来的？

有一年，在江苏原解放军南京政治学院学习期间，一个节假日，我和战友们去扬州游玩，意外地发现了徐氏祠堂。进去悉数拜读陈列其中的简介，原来徐家人的根在江苏扬州。我长出一口气，如释重负，我终于找到自己的根了。

按先辈们的描述，我可以大致推断出他们的生活轨迹：为了吃饱肚子，他们从江苏扬州起身，唱着《走西口》，拖家带口，浩浩荡荡，一路向西来到山西大同，后来继续向西，转战甘肃武威，又从武威的洋下坝迁移至旦马平台，最终落脚定居。

爷爷到旦马后，一些水草肥美、土质优良的地方已经被人占了。他转来转去，最后在平台子选择了一个叫簸箕湾（可能因地形像一个簸箕）的地方，搭了一个临时窝棚，一边开垦种地、为他人放牧，一边修建房子。

我的记忆里没有爷爷的身影，我很小的时候他就去世了。有时候，别人说起他们的爷爷，我也尝试着从脑海中搜寻有关我爷爷的点滴，但每一次都是徒劳。倒是奶奶卧病在床时憔悴的样子，我多少还有一点模糊的记忆，但也很难勾画出清晰完整的轮廓。

先辈们把簸箕湾的房子修在一个山坡上，一字形排开，上下三层，坐东朝西。那些房子我没有住过，现存的断壁残垣和废弃的院落，我小时候却常常光顾。

远远望去，那个废弃的院落占地庞大，从下往上逐渐收窄，层层叠叠，就像10世纪左右的欧洲古城堡。那些高墙有的是石头垒起，有的是土坯砌起，有的是用土打起来的（打墙：整理夯实地平，确定墙的宽度，外围栽上木桩，用楔子将两块木板或圆木固定两边，中间填上湿土，用锄夯实，然后将木板或圆木上移，依次施工，直到有足够的高度和长度）。盘在屋子里的土炕早已没有了过去的温暖，有的地方已经坍塌损坏，高高矗立的烟囱上时常有老鹰、猫头鹰、乌鸦、喜鹊、布谷鸟等歇脚。那些打起的土墙，经过年深日久的风吹雨打，斑驳陆离，如同干枯的槐树皮，更显古老和沧桑。

在那里，冬季，我像鲁迅笔下的闰土一样在雪地上捉过麻雀、斑鸠，那些打在山里面的窑洞是捉迷藏的好去处。我还在破墙的洞里掏过鸟蛋，掀起废石，找过蛰伏其下的蜈蚣；在那里，我和小伙伴们玩过"石头剪子布"，玩过"过家家"，捏过泥娃娃，指挥过蚂蚁搬家，为步甲虫与蜘蛛的厮杀而呐喊……到了夏季，院落里长满杂草和许多无名的野花，芨芨草、醉麻草长得很高，淹没了几乎所有的石块、瓦砾，蝴蝶、蜜蜂、蚂蚱、蝈蝈儿等各种昆虫竞相登场，它们的鸣叫声此起彼伏，真是百草长、百花香、百虫唱。那里是我们兄弟姐妹名副其实的游乐园。

那时，我的父母已经将家搬到一个叫槽槽岭岗子的地方。那间住人的房子极其简陋，墙大部分是用就地取材的土打起来的，也有一些地方是用石块垒起的，样子跟爷爷盖的老屋没有多少差别。据母亲讲，砌墙的石头是她和父亲从大台子河里和远处的山上背来的。房子上没有梁柱，椽子都很细小，有的已经变形走样。一扇用木板拼凑的门，一扇三尺见方的木格子窗户。这间屋子东侧紧挨着厨房，屋顶的天窗周围已被烟熏火燎得黝黑如墨。厨房侧面稍远处有一个窑洞，是我们家的驴圈。四叔家的房子盖在我家西边。这里只有我们和我四叔两家人。村子里的其他人家散居在很远的山洼里，大多数住在几里外的平台子顶上。

槽槽岭岗子是一个山岭，东西走向，东高西低，站在高处可瞭望四周。南面紧邻簸箕湾，西面延伸至水路沟滩，北面山下就是大台子河，河岸上就是公社机关的驻地。我家的房子与四叔家的相连，坐北朝南，在一个略有弧度的地方，坐在炕上就能透过窗户看见簸箕湾里爷爷废弃的老房子。门前的山坡上开满了野花，站在山坡上向西看，山岭层层叠叠，山色翠绿，一片葳蕤景象，远处的马牙雪山巍峨高峻，一年四季白雪皑皑，格外醒目，像一幅极美的风景画。

1963年农历三月六日，在且马平台子村的槽槽岭岗子，太阳刚刚从山坳中冒出头的时候（这些都是母亲告诉我的。她还说这个时辰叫日出卯时。她快要生我的时候，从窗子里看到天上有很亮的流星划过，因此她一直迷信地认为我是文曲星下凡。可我从来没有相信她说的这些话），我呱呱坠地。我是父母的长子，他们盼望已久的男孩终于降临到这个高山草原上的人家。在我姐之后，在我之前，我母亲还生过两个女孩，但她们都夭折了。我的出生无疑是对父母的极大安慰，我成了他们的宝贝疙瘩。从此，每年的这一天，不论年景好坏，父母都要想方设法做一顿好饭给我过生日。

在槽槽岭岗子，我度过了童年时光。现在能忆起的发生在那里的事情已经不多了，隐隐约约记得，好像有一次，我自己拿着锄头，不慎把脚面砍伤，流了很多血，疼了好长时间。印象深一些的事仅此而已。但有一件事却是忘不了的，那就是我们家的房子经常漏雨。

那时，农村房子的屋顶都是泥坯覆盖的（每一两年就得换一次房泥，叫作上房泥）。如果一连几天不晴，雨水就会渗透泥皮，向屋里滴漏。有时甚至外面下毛毛雨，屋内却在下大雨。那时的雨水特别多，总是下个不停，一旦屋里漏雨，母亲就把铺在炕上的毛毡抽出，或拿家里的毛线口袋，用绳子吊起来遮挡漏雨。这也只是权宜之计，时间一长，雨水又从毛毡上渗下。但毛毡或口袋都是软的，不会大面积漏水，而是把水集到一处往下漏，母亲就拿锅碗瓢盆等器皿接，以防雨水流淌，浸湿炕上的被褥。漏下的雨水滴落到那些承接的器物中，"嘀嗒、嘀嗒"的声音不紧不慢，均匀有致，直到雨过天晴几天后方才停歇。晚上睡觉，一家人就挤在不漏雨的地方。有时候，睡着了也就忘了脚下接水的盆子，早晨起来一看，接水的东西早已被蹬在一边，被褥大半被水浸湿……

如果遭遇深秋时节的连阴雨，屋子就像一个冰窟，又潮湿又阴森，被褥、衣服总是不干，冷得人无处藏身。家里的食物发馊，馒头长霉变味。每每遭遇这种情况，我就痴痴地站在门口，眺望外面的天空，总希望那轮金灿灿的太阳快点出来。可是老天却始终不赏脸，雨依旧淅淅沥沥，甚至是大雨和大雾轮番登场。如果馍馍长了霉菌，母亲就说："哎呀，可惜了，白白净净的馍馍又白毛了。"然后一点一点或抠或剜霉点，一有太阳就赶紧拿到外面去晾晒那些像麻子脸似的馒头。那时的人根本舍不得扔掉一点点能吃的东西，我们经常吃发了霉的馒头和饼子。

后来成立了农业合作社，又改为平台生产队，集体有了固定的办公场所，设在平台顶。我们住的槽槽岭岗子距平台顶还有约三公里路程，父母参加集体劳动、开会等，跑上跑下极不方便，于是就拆掉了槽槽岭岗子的房子，在平台顶上一个叫杨家大洼（树拦湾湾）的地方盖了新房。

那时我已经上学了，房子是父母和亲朋帮忙盖起来的。星期六放学早的时候或星期日，我也帮着挖过房窝子、拉过土。一间厨房加卧室，一间客房（我们叫睡房）。住进去以后，我们拆掉了旧房，又在新房的西边陆续修了畜圈、搭起草棚、挖了菜窖，真正定居在了平台子顶，告别了槽槽岭岗子的老屋。

从此，我们家离村子里的大多数人家近了，来往也多了，虽然仍然是独门独院，但感觉上有了生产队这个大家庭的氛围，也有了融入集体的感觉。父母参加劳动、开会、学习方便了很多，我也偶尔能去同学家玩耍。虽然上学比以前远了，但也不是一个人翻山越岭，而是能和同学们结伴而行，不再孤单，也不再害怕。

由于当时家里没有强壮劳力，父母选了一处土质松软的地方盖了房子，坐南朝北，冬季几乎晒不到太阳。高原的严寒难熬，为能更多地晒上太阳，后来又在阳面即现房的斜对面修了三间新房。这个时候我已经上了初中，长得胖墩墩的，力气也随着个头渐长。每当放学回来，我要么一个人，要么和父亲一起打土坯、挖地基、拉石块，准备修建房子的材料。我记得挖地基挖到深处时，下面全是石头，我和父亲硬是用钢钎和铁锤一点一点撬起石块，挖平了地基。为了解决盖房子的用水问题，我和母亲在旧房侧面的低洼处挖了一个聚水塘，把雨水聚集起来，用塘里的水和泥打土坯，晒干的土坯码得像墙一样。我还利用星期日去森林里砍茶条（盖房子时铺在椽子上的茶条槭或柳条）。盖房时，和泥、运料，我样样都能干，是主要劳力了。

三间新房借鉴公社、学校等单位公房的样子，采用新式门窗，尤其是木框玻璃窗户，一改过去木格子窗户的风格，窗户不但大了、漂亮了，屋里也亮堂了许多。新房西侧搭建了一个放杂物的棚子，和后墙的通道连着。为防止漏雨，后来母亲把通道棚起来，形成一个暗道，家里的各种棍子、棒子、不用的农具等杂物就堆放在里面。门前的山坡上，我开挖平整了十平方米左右的平地，用石头垒起一个树栏子，种树莳花，尤其是那几棵我从森林里移栽的大黄，每到夏秋时节，枝干拔地而起，叶子硕大，花冠紫红，是一处诱人的风景。

1981年10月中旬，我离开了父母，当兵入伍了，这一走就是整整五年。五年后第一次探亲，我们的家又搬到了槽槽岭岗子附近一个叫圈窝子台的地方。原因是我当兵走后第二年，村里推行联产承包责任制，即包产到户，我们家的责任田分到了那里。为了方便种地，父母和弟弟们再一次在那里盖起新房搬了家。家里的日子也随着一次次搬家而渐渐殷实起来。

20世纪90年代初，我们把房子卖了，彻底告别了旦马，离开了平台村，离开了圈窝台，离开了那些曾经为我们遮风挡雨的新房和老屋。等我再次踏上平台子——这片生我养我的故土时，日历又翻过了十六个年头。

有一天，我兴致勃勃地故地重游，那些时常在梦里游走的簸箕湾、槽槽岭岗子、圈窝子台、杨家大洼等，已经是"遗址"了。荒草萋萋，那些残留的断壁颓垣、深不见底的窑洞、睡过觉的热炕，如今都已坍塌，消逝得难觅踪迹。杨家大洼里我和父亲、母亲亲手盖起的——当时在村子里也属较为好看的新房，已经连影子都没了。房子被父母兄弟拆除后，石块之类能用的东西都被附近的人收拾得一干二净，展现在我眼前的只是一块平地，青草已长得没过膝盖。只有旧日用过的那盘石磨，不知被什么人抬出磨坊，扔在草坡上，孤零零、懒洋洋地躺在那里，被风吹雨打、雪蚀日晒得那般憔悴。后来，我找了一辆车，和朋友去把那两扇石磨从平台子顶拉到了武威城里，现在已成新房里的古董。当我从磨盘前走过去时，脚下的青草、野花发出吱吱呀呀的响声，蚂蚱、蜻蜓、蝴蝶、蜜蜂等昆虫窸窸窣窣，四散逃窜……

看着看着，不禁生出几分悲凉：我已经是一个十足陌生的看客，这里的一切已经离我远去，就连小时候喜欢的那些昆虫也唯恐躲我不及；对于它们的乱窜乱跳，我也生出几分心惊肉跳的害怕。我深深地感到：故乡已经成为远方的故乡，回不去的故乡；老屋已是记忆里的空中楼阁、海市蜃楼。这里已经没有我的一砖半瓦、一草一木、一丝一毫，我也不属于这里了，留在这里的只有我今生今世不老的回忆。我曾经的故事，喜怒哀乐、酸甜苦辣，连同我父母一生的勤劳、苦难和辉煌都已尘封，湮灭在历史的荒凉萋草之中了。

然而，老屋早已像草原上的花草树木，深深地根植在我的骨骼和血脉里，刻在我的脑海中，挥之不去，抹之不掉——我就是老屋墙上的一块石头，梁上的一根橡子，那里有我的根，那里有我的源。随着我的脚步渐行渐远，随着我的年轮一圈一圈增多，乡愁像一坛陈年老酒，越发醇厚浓烈。我常常在梦里不远千里、跋山涉水，喝父亲调制的酸奶，品尝母亲的味道，写没有完成的作业，拾掇我没有收拾好的柴草，拂拭那些似曾相识的家当器皿，用冬青（杜鹃）木打磨陀螺、雕刻名章，与儿时的伙伴和在校的同学玩跳绳、滚铁环，温馨像盛开的山花和甘甜的酥油茶，让我痴迷，让我陶醉……

蒸馍馍

　　七八岁，今天来说还是个孩子，而对于那时来讲，我已经是大人了。

　　那年我七岁多，姐姐出嫁了，父亲常年在离家很远的草原上放羊，母亲要参加集体的生产劳动。我没有哥哥，烧火做饭等家务事自然就落到了我的头上。

　　妈妈有时出工很早，出门前给我一番简单的交代："今天蒸上四升（升是家乡盛米面和粮食的工具，比斗小）面的馍馍，青稞面里少掺些白面（小麦面），用三个蒸笼就够了……"

　　那时候气候寒冷，我们住的山里草长得茂盛，但小麦却不黄，主要种青稞、大麦，几乎不种小麦。如果种，量也很小，多是老品种，产量很低。再加上父亲长年有病，只能干一些如放羊之类的轻体力活，挣的工分少，到年底分的粮食自然少，分到家里的小麦就更少。白面对于我们家来说弥足珍贵，是让人垂涎欲滴的奢侈品，我家也很少蒸白面馒头或花卷。

　　在这之前，我从来没有蒸过馍馍，只是母亲或姐姐蒸时，忙不过来会叫我往炉膛里添些柴火。打下手时，我偶尔看过怎么发面、和面、揉面，但并没有亲自上过手。

　　母亲走后，我就挽起袖子"磨刀霍霍向猪羊"，按照她说的程序和方法开始蒸馍馍。

　　第一步，泡发面（酵子）。先拿一个空盆子，把上次蒸馍馍留的发面取来，加少量的水泡上。

第二步，调酵头。把盆里泡了发面的头水倒掉，再加少量温水，取出一些面粉放在里面，和泡软的发面搅拌均匀，盖上盆盖，等待发酵。调好酵头后，得时不时来看看，如果干其他事情或玩得忘记了，酵头发起就会从盆子里溢出来。

第三步，和面。等酵头发起来后，我从黑面箱子（面柜）里挖了三升青稞面，从白面箱子里挖来一升麦面，倒在案板上掺和匀、挖个坑。先倒上调好的酵头掺和掺和，再加水，直到把面和成面团。第一次和面时，我怎么也操作不好，左思右想，原来我就比案板高一点点。于是，我从院子里抱了几个土块垫在脚下。这下好了，能使上劲了。

第四步，揉面。四升面和在一起要好大一块，我没有办法一次揉好，就分成三块，一块一块搓揉，最后把三块面码在一起。

第五步，等待面发。这是一个比较漫长的过程。过一会儿我就掀起盖布看看，没有动静，再过一会儿看，还是老样子。等待，等待，足足等了一个晌午，那堆面才渐渐膨胀变大。妈妈说过，面疙瘩变得越大，说明面发得越好，但时间不能过长，长了容易把面发酸。

第六步，揉馍馍。我把发起来的面反复搓揉，揉光后再分成几小块。把小块揉光，再从小块上切出馍馍大小的面团进行搓揉，有时怎么也揉不成馍馍样，把馍馍揉成了圆球。无奈之下，我遵照妈妈说的，把馍馍改成了"刀把子"（老家人把面搓揉成圆柱形，然后用刀切成一截一截的，叫刀把子）。

揉馍馍之前，我已经拾来柴火点燃了炉膛，锅里加了足够的水。当往锅上架蒸笼时，问题出现了——够不着，又是身高不足惹的祸。我又把那几个和面时垫脚的土块搬到炉灶前，才勉强把三层蒸笼架起。当时我们家的蒸笼是木头做的，方方正正的，长宽大约八十厘米，共五层，我蒸馍馍时只能用两层或三层，再高就怎么也架不上去了。等馍馍揉好后，水已经烧开。我从锅上拿下蒸笼，从最下面的蒸笼开始，把馍馍一个一个放进去，放满后把第二层撂在上面，再一个一个把馍馍摆上，然后搭上第三层蒸笼，最后架上草圈（蒸笼上的密封圈，用草或麦秆做的），盖上蒸笼盖，这时才终于能歇口气了。

然后我就坐在灶火前，一边休息、玩耍，一边往灶膛里添加柴火，直到把馍馍蒸熟。

那时家里没有钟表，馍馍蒸熟没蒸熟，一靠闻气味，二靠感觉蒸的时间长短来判断。当你闻到满屋子都是馍馍的香味时，肯定熟了。有时候置身其中，时间一长也就闻不着味道了，只能凭感觉，偶尔也有蒸过头、蒸干水的时候。

那天，从发面开始，一直到大后晌，我才觉得馍馍蒸熟了，于是抽薪熄火。等锅灶冷却后，揭开锅盖一看，坏了，蒸笼里的"刀把子"连成片，变成了饼子，我怎么也搬不起来，劲使大了就烂了，可把我急坏了。

晚上，妈妈回来了。瞧瞧蒸笼里的馍馍，她啥话也没说，先用切刀按"刀把子"的形状把笼里的馍馍切成一个一个的，用手抠了出来，然后拿一个啃了一口，嚼了嚼："哎，好着哩。"

这时，我七上八下的心才逐渐平静，心里美滋滋的。

妈妈说把"刀把子"蒸成饼子，主要是面和得太软了，以后和面少放些水，把面和硬些就不会这样了。

再后来，我学会了做饭，等母亲收工回来，就能吃上糁子（青稞磨碎的小颗粒）洋芋糊糊、洋芋米拌面（家乡叫山药米拌面）、臊子面等。这些都是老家的家常饭，也是一日三餐的主要吃食。从那时开始，我几乎每个星期天或两个星期就得蒸一次馍馍，每天放学回家都得做饭。

随着年龄渐渐长大，我不但学会了蒸馒头、烙饼子、做花卷、包包子，饭菜也做得越来越好。一次，妈妈把我蒸的青稞面窝窝头拿到干活的地上与大家分享，吃过的人都说好吃。当妈妈说起这些时，脸上是藏不住的喜悦。我想，虽然那些青稞面窝窝头的颜色如铁，味道发涩，与别人家的白面馒头相比，不论是色泽还是口感都要逊色得多，但妈妈吃着是甜美的。我心里更是甜美的。

其实，现在来看，那时农村人的吃食包括一天的三顿主食是非常简单的，制作起来也相当容易。但对于当时的我来说，却是那样畏难甚至恐惧，常常让我手忙脚乱、狼狈不堪。

很多东西都是逼出来的，逼一逼就能进一步。姐姐出嫁了，家里生火做饭再没有人帮母亲了，如果母亲去劳动，我再不做饭，一家人就要挨饿，我自己也要挨饿。这一逼，不但使我学会了蒸馍馍、做饭之类的基本生活技能，而且让我更早懂得了"自己动手、丰衣足食"的道理。

从八岁蒸馍馍开始，我童年玩的时代宣告结束，随之而来的主要是上学，课外时间是做不完的作业和干不完的家务。蒸馍馍、做饭就不用说了，那是生活的必需。回想起来，在我的成长过程中，在我的少年时期，虽然短短十几年，但只要农村有的活计，就没有我不会的，那些专属于成年人的活，我也全都干过了，耕田犁地、收割碾场、挖煤拾柴、放牧割草、烧炕喂猪……

清早起床先提粪筐，
撂下粪筐再上学堂；
放学回家打扫庭院，
走进厨房生火做饭；
放下碗筷拿起铁锨，
喂猪喂鸡清理畜圈；
月挂柳梢挑灯夜战，
生字生词常写百遍。

这首打油诗，是我在老家一天基本的生活写照。也正是因为这样，我们家的日子渐渐有了起色。

山泉·毛驴·驮桶

在生我养我的那片土地上，星罗棋布着很多山泉。屈指数来，还是我们平台村的最多，有大泉、小泉、石泉、笼子沟泉、井子湾泉等。除此之外，还有一些山沟的石缝里或低洼处随处可见渗水或有水流出，但水量都很小，一般随季节变化而流水或干涸，不足以称泉。

这些山泉虽然没有济南的趵突泉那样闻名遐迩，但长年水流不息，是故乡的生命之泉，常常让我魂牵梦绕——经常做梦从北京飞过千山万水，风尘仆仆去那里痛饮解渴。

大泉是平台村最大的泉，在大台子河的一座山崖下。崖石嶙峋，壁立千仞，泉水从紧靠河川的石缝里喷涌而出，清洌醇厚，如甘露般可口。乡政府、学校和周围几个村子的人都吃大泉的水。大泉是我们夏季上学时经常光顾的地方，体育课或课外活动后，常常汗流浃背地跑到那里享受清凉的惬意。

小泉在大泉上游二三公里处的一个山坡下，地势比较平坦，周围长满芨芨草和鸢尾花（故乡有人叫马兰花，也有人叫马莲花），看上去，泉水像从地上直接冒出来的。泉水注入大台子河，与大泉的水汇合后向东流去。小泉的水主要供住在附近的几户村民饮用，因为坡缓地平，周围村子的牛羊都去那里饮水。

小时候，我觉得老家的冬季非常漫长，从头年的八九月开始冷起，到次年的五六月还脱不了棉衣。漫长、寒冷的冬天给生活带来诸多困难。

就说吃水吧。周围村子的人不论远近，都在大泉和小泉驮水吃，最远的大约要走四公里路。一入冬，大泉和小泉的水开始结冰，尤其是小泉的水从上游流下来，变成冰川覆盖了大泉，大泉只有出水的泉眼"咕嘟嘟"喷着白气冒水，周围都被冰川包围。到了严冬，冰越结越厚，岩壁上缀满倒挂的冰凌。这个时候，人够不着泉水，牛羊也无法接近。不得已，只好动员乡亲们冒着严寒"且斧将锄"打冰，几十号人"叮叮咣咣"，有时一晌午或者一天才能凿开一条一米多宽的通道。

俗话说，冰冻三尺非一日之寒。可是，凿开的冰不久又封冻了，冰川一夜间恢复原貌。有时候打不出水，村里人就用钢钎、凿子去打冰，肩扛人背地把冰块运到家里融化了使用。我和母亲（有时我自己）也到河里驮过冰，只要去打冰，我就带上自己制作的陀螺，忙里偷闲地玩一阵。打陀螺讲究技巧，用力过大打猛了，会把陀螺打飞，打轻了陀螺就不转了，必须控制好鞭子，用力不轻不重，着力点要恰到好处，陀螺才能持续转动。有时也玩滑冰，我们叫打滑溜溜。先慢慢滑到高处，再朝下坡方向跑几步加速，然后或直立或蹲下，有时能滑出好几十米远，当然也少不了人仰马翻的时候。

那时节，人与冰川要较量整整一个冬天，凿了冻，冻了凿。这种较量不仅仅在寒冬，夏天也有夏天的灾难。

有一年雷雨过后，大台子河山洪暴发，巨石、泥沙顷刻间淹没了大泉，路冲坏了，台阶毁了，巨石在大泉周围码成了堆……人们清理、修缮了好久，大泉的面貌才得以恢复。那些天，村民只能望泉兴叹，不得不吃河里流淌的浑水。平台队的学生上学，天天路过大台子河。那些天，洪水挡住了我们上学的路，我们不得不绕很远的路，从一座简易桥上跨过大台子河回家。

到大泉驮水是村里人的重要事情，也是每天的必修课。

驮水得有两个"大件"，一是要有一头毛驴或马、骡子、牛，一是要有一副驮桶。家有一驴，万物到家。所以，故乡家家户户都养驴，家境好的人家养三头、四头的都有。一到夏季，村子里集中放驴，几百头驴从圈里赶出，活蹦乱跳，浩浩荡荡去草原上，胜景蔚为壮观。

在故乡，最辛苦的家畜就属毛驴。俗话说，骏马虽千里，耕田不如牛。牛只能耕地，地耕完牛就歇着了，驮水的极少；马在村里主要是拉车、播种，或当代步工具。驴不一样，走远处时人能骑，平时要驮水、驮柴、驮粪、驮煤、拉车、碾场等，甚至要耕田当牛使、播种当马用。小时候，我们跟着大人外出，不想走路了，父母就一把抱起我们放到驴背上或驴驮的柴火上。有时倒骑着，自豪地看着大人们跟在后面走路，心里窃喜。

驮桶是专门用于装水的木桶。两只，模样、大小相同，用一根木杆（桶杆子）和盘口连接，搭在驴背的水鞍子（专门用于驮水的鞍子）上，就可以去驮水了。到大泉后，用"把桶子"（专门用于舀水的带把小木桶）把泉水装满驮桶，盖上桶塞子，就吆喝着驴把水驮到家了。

驮水有时候也是非常热闹的事。或三三两两，或三五成群，有时一队人马结伴而行，有说有笑，小孩们骑着毛驴优哉游哉，姑娘们赶着驮队唱着少年花儿，那哒哒哒的驴蹄声、马蹄声和悠扬的歌声，给寂静的山谷平添了许多生机和活力。有些青年男女，平日里单独相处的时间少，又因那时的封建保守而不好意思直接约会，于是就相约去驮水。看到此景，别的同路人也不去凑热闹，等把水驮到家，他们的悄悄话也说完了……

驮水也是很累人的事。尤其到农忙时节，人们在生产队劳动一天，腰都累弯了，收工后还得翻山越岭去驮水，把水驮到家，累得骨头都要散架了。要么第二天天不亮就得起来驮水，不驮没得吃，迟了又怕影响上班，常常是脚步匆匆，紧紧张张。

小孩一般都在下午放学后去驮水。这时天色已晚，人困马乏，谁都不情愿去。每当此时，母亲就给我们炒些麦子或豆子，装进兜里，要么就说："你去驮水，我给你在炕洞里烧了洋芋，你把水驮来就熟了。"我们一看有吃的了，也就高高兴兴去把水驮回来了。

　　我最怕在冬天驮水，尤其是雪后放晴的日子。那时节，下雪的次数多，而且雪量很大，雪停天晴更加寒冷。从平台村到大泉驮水，山路蜿蜒崎岖，沟深洼陡，要翻过大泉达坂、簸箕湾达坂，路上的冰防不胜防，一不留神就是人仰马翻。如果滑倒，轻者倒了水，要再去驮。但如果路上没有人，掉下来的驮桶，我都搭不到驴身上。如果摔得严重，那就是驴伤桶碎。加上冬天寒冷，有时候一趟水驮回来，满脸都冻上了冰碴子。

　　冬季驮水既让人挨冻，又让人心有余悸。如果摔坏了驮桶，就等于断了我家的水路。做一副驮桶，不但需要技术精湛的专业木匠，而且需要上好的木头。家里穷得连烧的柴火都没有，更不要说请木匠了，而且好木头比木匠还难找！虽然森林里有的是木头，但不能随便砍伐，再说家里也没有谁有能力去伐木。好在我用心去驮水，一旦遇到难走的路或结冰的地方就绕道而行，很少发生意外。

　　驮水既要有驮桶，还得有能驮水的牲畜。有的人家使唤牦牛，大部分人家都养驴并使唤驴。我家只有一头毛驴，毛驴是我家唯一的运输和交通工具。我记不清我们家一茬一茬养过多少驴，但有一头白驴，到今天我也没能忘怀。后来，我写了一篇《白马》，收在作品集《大漠橄榄》中，其中有些故事就是白驴的故事。

　　我们家的那头白驴温顺、好使，我赶着它驮过水、拾过柴、挖过煤……

　　有一年暑假，妈妈安排我利用假期为家里储备过冬的烧柴。那些天，我赶着白驴去驮牛粪、驮柴火、驮煤……由于连续不断超负荷的劳动，白驴的身上压出了一个脓包，继而破裂，血淋淋的，很久以后才长好。因为家里只有一头驴，不能歇着养伤，得"轻伤不下火线"，带病坚持工作。每次驮东西时，我就在它的伤口垫一些绵软的破布、旧棉花，歇息的时候拿清水给擦洗。往白驴身上备鞍子、驮物件时，望着它带血的伤口，我的眼里在流泪，心里在流血，生活所迫，我没法子。

笼子沟泉是大台子河的源头。泉水清澈，水量跟大泉不相上下，水质纯净，喝起来非常清凉。那里景色秀丽，森林茂密，草原辽阔，到了夏季，河水哗哗流淌，两岸的鸢尾花一望无际，长得高的叶子能没过驴肚子。清晨，鸢尾叶子上挂满露珠，人过之处哗啦啦如同下雨，我们都会骑在驴上或让驴走在前面蹚过茂盛之处，拌掉露水，以防浸湿衣裤。鸢尾花盛开的时节，笼子沟泉附近的草原上，花儿漫山遍野，真是"青幽幽的大草原，蓝幽幽的鸢尾花"啊。如果遇上雨过天晴的日子，满目青山，云蒸霞蔚，那个美，宛若天堂，犹如仙境。但这里距离我们村子大约有几公里路，我们都是拾柴、挖药等时才经过，很少坐下来欣赏景色。

笼子沟泉是我们去上寺、大黑沟、干沙等地拾柴、挖药、驮煤、捋蓼子的供水站。早晨上山时，我把白驴饮足，自己喝够，还把随身带的瓶瓶罐罐装满。傍晚回来时，再把自己喝到不渴，把白驴饮到不吃，然后把头扎进泉水，洗涤脸上的污渍，抖落身上的风尘。

现在村子里已经不再驮水，政府把笼子沟的泉水直接引到村里，使泉水变成家家户户的自来水，这在过去是想不到也不敢想的事情。

把山泉搬进百姓家，山里人用水更加方便。但在人们尽情享受舒适生活的同时，能让人津津乐道的、发生在驮水过程中的故事也从生活中淡出，消逝得几乎难觅踪影——那些曾经利用驮水谈情说爱的青年男女已成爷爷奶奶，驮水的小路已长满没膝的蒿草，毛驴在村子里绝迹，驮桶也被当作收藏品藏于博物馆了。

拾 粪

有一年去西藏，从拉萨到日喀则，又从日喀则到那曲，经过可可西里无人区，穿越唐古拉山，再从格尔木返回西宁，看到沿途的牧民家一垛一垛的牛粪，又勾魂似的把小时候拾粪的情景拉到了眼前：那些粪垛跟过去我们家的一模一样，分明就是我自己摞起来的。

那时，我们的家境在平台村算不上最穷，但肯定不富裕，也有连锅都揭不开的时候。实际上，那个年代大家都很穷，富只是相对而言。但拾粪之类的脏活，家境稍好的孩子是不做的。我不做不行，而且得抢着去做。穷人想富起来，想日子能过得宽裕些，就得能吃苦、不怕脏，别人嫌苦、嫌脏不干的苦活、累活、脏活，你必须样样都干，还要争着干、抢着干。这是一个最基本的生存法则。

拾粪，我们家乡拾两种：一种是当作种田肥料用的，如猪粪、狗屎、大粪等；一种烧火用，如牛粪、马粪、驴粪之类。

拾粪不用很大的力气，所以我很小的时候就开始干了。拾猪粪之类的，一般在冬季的早晨和晚上，也不用跑很远的路，因为没有人家的地方几乎没有猪，所以每次只是围着村子的沟沟岔岔转悠。草原上的粪便，只有冬季才能保存完整，夏天的粪便会被屎壳郎等虫子分享，轮不到人拾。

每到夜幕降临，学生放学或人们收工回来，就能看到一些人提着担筐（挑东西用的筐）或背着背斗（当地人把背篓叫背斗），手里拿着粪叉等工具在村子周围匆匆忙忙地转悠，十有八九是在拾粪。有时晚饭后已经很晚了，我也会抱着碰碰运气的想法，拿上拾粪的工具出去，黑灯瞎火地绕村子转一圈。遇上大风时，走得越快就越觉得寒冷。但功夫不负有心人，我多多少少总能拾一些粪回来，有时还有意想不到的收获。

早晨天不亮，妈妈就开始叫我："贵生，起床了。"妈妈总是睡在靠窗户的位置，她根据天上的月亮、三星、启明星等来判断时间。

起床后的第一件事就是去拾粪，回来扔下粪筐再背上书包去学校。

山沟里，冬天山风猖獗，天寒地冻，早晨比晚上更多一分凄冷。那种冷是坚硬的冷，让粪便凝固了，也能让人凝固。拾一趟粪回来，我冻得脸如紫薯，手指发麻，浑身颤抖，久久回不过神来。

顶风冒雪，起早贪黑，为了啥？那个时候，在那个地方，猪粪都是宝贝。"猪粪是个宝，种田少不了。"这句话在当时非常流行。那时家里经常养一头猪，养大卖掉再买一头小仔回来，因为多了养不起。

我们家一个冬天要拾2000多斤种田用的粪。村子里隔一段时间收一次，大约记得是100斤换一个工（10分），记在家庭的工分账上，年底参加分钱分粮。2000斤猪粪兑换200分工，到秋天能分多少粮食还是一个渺茫的梦。风调雨顺年景好，多少能分一些，如果遇上灾荒，颗粒无收，工分就是白兑。但我觉得，不管年景好坏，粪拾得越多，收获一定越大。为此，我年年冬季拾，有时夏天也拾。夏天的粪拾回来后埋在土里发酵成农家肥，种自留地使用。

牛粪、马粪是牧民冬春两季取暖的主要燃料，我们家蒸馍馍的大灶膛里主要烧的就是牛马粪。

拾牛粪、马粪要到几里甚至几公里外的大草原上去，直接用手拾，不用其他工具。先把牛粪拾到背斗里，再倒进驴身上的驮筐里。七八岁时，我力气还小，个子也矮，拾进背斗的牛粪倒不进驮筐里，只能用小于背斗的担筐装粪，或是一块一块将牛粪扔进驮筐里去。那时家里穷，没钱买手套戴，只能光着手，等把牛粪拾满驮筐，手常常冻麻木了。

　　拾粪没有乐趣可言，但搬起块头较大的牛粪坨子，发现的各种虫子往往能勾起我们的好奇心，有时会数一数有多少种，比较哪种个头大、哪种好看，有时甚至会用棍子从小洞里掏虫子出来玩，有时还会把虫子装进瓶子拿回家玩，有的瓢虫在瓶子里能活好长时间。有一种虫子通体金黄，能跑善飞，每到夕阳西下时，草原上"嗡嗡嗡"的，到处都是，人们叫它粪爬牛（屎壳郎）。但它的长相、颜色都不像臭名昭著的黑色屎壳郎，它的甲壳是金色的，个头也要比屎壳郎大得多。我从没有在牛粪或别的动物粪便里发现过这种金黄色的飞虫。有时候我会脱下身上的衬衫去拍打、追逐，捉住后拿回家玩耍。

　　如果去更远的地方拾粪，一来一去就得多半天，冬季一般都会等天气晴朗的日子才行动。出发前准备腰食（当地把正餐以外的零食叫腰食），以备路上充饥。如果运气好，去的地方粪多、人少、路平顺，手脚麻利些，一驮子牛粪一个响午就拾回来了。如果牛粪多就不拾马粪，因为牛粪坨子耐烧，火力比马粪强得多。

　　牛粪坨子积攒多了，各家各户就在院子旁边码成垛，有的人家码成圆柱形，有的人家码成圆锥形，有的人家垒得像长城一样。灰白色的房屋，绿色的草地，黑色的牛粪堆格外抢眼。牛粪堆成了故乡一道引人注目的风景。

拾 柴

开门七件事，柴米盐油酱醋茶，缺少哪一样都不行。

那个年代，老百姓过日子非常简单，尤其是农村，喝山泉水，烧火用柴和牛粪，靠山吃山，就地取材。虽然点着煤油灯可以照亮黑夜，但是没有煤炭、柴火，饭却做不熟，水也烧不开。柴是火之源，拾柴便是当地人家必不可少的一件要事。

老家的地下煤炭储量丰富，在草原上放眼远望，绿草中央一片一片裸露的黑色就是露出地面的煤。浮在表皮的煤叫土煤，能烧但火力不强。只有挖到一定深度出来的煤才是能烧火做饭的煤。

那时，生产队集体有煤窑，有固定挖煤和看窑的人。煤窑距村子较远，没有大路，只能用牲口去驮煤。有时是生产队集体组织去驮，有时也会自己去。驮集体的煤要记账，到年底折算抵扣工分。为了保住那些可怜的工分，父母省吃俭用，烧火做饭能用柴火的尽量不用煤。

后来生产队的煤窑被封，我还到废弃的窑里挖过几次煤。废弃的小煤窑，越往深处越小，人爬着才能进去。进去之前，一个大叔给我简单地交代了注意事项和挖煤的要领。刚进去时，我跟在他身后，用绳子把一个担筐系在身上，一只手拿着挖煤的镐，一只手提着马灯。后来巷道越来越窄，我们在一个岔口分开了。

爬行，与军人匍匐前进的姿势如出一辙，压低身子，手脚交替前伸后蹬，爬了好长时间才爬到能挖煤的地方。挖煤也得趴着挖，稍宽的地方可侧身挖，一镐一镐挖，一点一点地抠，遇到煤质好的地方，一镐下去就像挖到石头上一样，只听叮当响，不见煤下来，还震得人眼冒金星、手指发麻。如果不小心，挖起的煤屑就直往眼睛里钻。挖啊挖，好半天工夫才能挖一小堆，先把大的一块一块捡到筐里，再把碎末用双手捧进去，等把煤筐装满，再吃力地挪动着身子转过向，寻着窑口方向的丝丝微光，伸左臂蹬右腿、伸右臂蹬左腿，缓慢爬行，把煤拉出来。就这样，一天时间，在窑里爬行十几个来回。然后把口袋铺平，把倒在地上的煤用手一捧一捧装满口袋，请叔叔帮我扎紧，再把口袋搭到驴身上。那时我还没有驮煤的驴高，一百多斤的口袋根本没有办法搭到毛驴的驮鞍上。傍晚时分，我像一个十足的窑匠，灰头黑脸地为家里驮回一口袋煤。父母望着那沉甸甸的口袋，心里着实生出几分高兴。

烧煤干净、耐实。劳动力多的人家始终用煤取暖做饭。我的父亲重病在身，家里基本是老弱病残，没有壮劳力去挖煤，也很少从集体的煤窑驮煤。煤，对于我们家来说是名副其实的奢侈品。

相比挖煤，拾柴难度较小，不计成本，不存在太大的危险，所以到村子周围的林子里拾柴，就成为我星期天、寒暑假最主要的任务。

老家虽然山大沟深，但不论是山岭、沟壑还是平滩洼地，处处草木茂盛，能拿来当烧柴的东西很多。草原上到处都是灌木丛，那些黄绿刺、毛儿刺、鞭麻等都能烧。森林里有松树、柏树、桦树、毛柳、麻柳等，枝枝杈杈砍来都能当烧柴。

因为草原上有些植物不能随便砍伐，我们用的烧柴主要是森林里的枯枝。拾柴较近一些的地方是林廓槽、大二沟、小二沟，远的有笼子沟、大黑沟等地。这些地方是原始森林，树高林密，能烧的柴火比较多。拾柴，主要是挖枯树根、砍枯树枝和干死的柳条，用驮筐装或捆成垛子驮回来。

我十岁以前，有时候独自在房子周围捡毛儿刺、鞭麻的朽木疙瘩、黄绿刺的干枝等，有时候是跟村子里的哥哥们或是让亲朋带着去林子里拾。年龄再大些，我就约上堂兄弟或同学去拾柴，而且再也不拾那些不耐烧的枯枝败叶了。

早晨起来，给驴备上鞍子，把捆柴用的绳索固定在鞍子上，用褡裢装上斧头、干粮和水。如果人多，走在路上有说有笑也很热闹。有时骑在驴上，走着走着不知谁先哼起歌曲，大家也就跟着唱了起来，一曲接着一曲，声音越来越大，有时震得山谷嗡嗡作响。那种激情在胸膛里产生，如同烧柴在炉膛里燃烧。

七八公里路，一个多小时就到了。先找一块平坦的地方，把鞍子卸下，盘缠取下，再到草滩上把驴拴住。背上捆柴用的绳子，扛上斧头就钻进森林拾柴。

刚开始，我还不敢上树砍那些粗壮结实的把股（当地人把手能握住或胳膊粗细的松树枝干叫把股。烧柴中把股是最好的，质地软硬适中，好驮耐烧），只能掰柳枝、拾伐木时砍剩的小松枝。到十四五岁，我也能上树去砍上乘的把股了。

后来，平坦的地方、半山腰里人经常去的地方，柴越来越少，有时要爬到很远的山顶上才有柴。等拾到一定的量，就用绳子把柴捆上，拉到歇息的地方，有的地段不好走，就得把柴捆扛上。钻进森林，我们就像进入世外桃源。那时的森林里，各种灌木如麻柳、皂角、杜鹃等在高大的松柏下长得密密麻麻，青苔、绿草匍匐在地上，软绵绵的像地毯一样，间或有不知名的小花点缀其上，把森林装扮得分外艳丽，氤氲的草香弥漫林间。但我们没有时间欣赏和游玩，一进入林子，我们就像一只忙碌搭巢的鸟雀，四处寻觅，不停地搬运。一驮子柴，至少要在森林里穿梭三到四个来回才能拾到。

冬季，森林被白茫茫的冰雪覆盖，有些地方积雪很厚，陡峭处又很滑，稍不留神就摔跟头，甚至头破血流，拾柴要比夏天困难，但运送要比夏天轻松。我们把柴集中在一个树木稀少的地方，一个人拉上在前面开路，其他人跟在后面，从山顶往山下拉，很快就拉下来了。久而久之，那条道就成了光滑的溜冰道。这个时候就不用人拉了，直接把柴捆子置于山顶，用力一推，"嗖"，柴就到山下了。如果人蹲或骑在柴捆上，瞬间就和柴捆一起滑下来了。

柴拾够了，我们才坐下来休息、吃东西。冬天寒冷，馒头、饼子冻得硬邦邦的，像石头一般。如果时间尚早，我们就生一堆火，围坐在火堆旁，一边烤手一边烤馍。如果时间不允许了，我们就一手拿着冻馒头啃，一手整理柴火。冬天很少带水，如果渴了，就地抓一把雪塞进嘴里，权当解渴。

刚能拾柴那会儿，我个头小，力量也不足，把柴驮子搭不到驴身上，需要同伴帮忙才能完成。

去林子里拾柴，黄昏时分就能到家。如果到再远一些的大二沟、小二沟、笼子沟等地方去，早晨必须早走，回来天就黑了，披星戴月是常事。

随着年龄渐渐增大，我经常一个人去拾柴。一次我去大二沟拾柴，没有把驴拴牢，从森林里把柴捆拉下来时，发现驴不见了。周围的草原、森林、灌木丛，哪里都没有踪迹。"坏了，跑回去了。"我这么一想，把手里的东西一扔，撒腿就追。越追心里越怕，既担心追错方向，又担心是不是被人把驴给偷了，还牵挂着扔在林子边上的鞍子、柴火什么的。那种感觉，像是鞭子抽在身上，痛在皮肉，苦在心里。

追到石泉子滩，差不多已是三分之二的路程，我远远看见了那头驴在回家的路上彳亍前行。我以百米冲刺的速度截住了毛驴，急忙往拾柴的地方赶。一看斧头、柴火都完好无损，忐忑的心才稍稍平静。

有了前车之鉴，我把驴拴在了一棵树上，绳扣缩成死结。歇息片刻，我又钻进了密林深处。等把柴全部扛下来时，我两手泥巴，浑身汗水，太阳已经快要落山了。搭驮子的时候，我三番五次搭不到驴身上，无奈只好把捆好的驮子拆开，拿掉了一部分把股，把驮子捆小，但还是搭不上去。后来我把柴驮子移到高处，把驴赶到低处，让柴驮子靠在驴身上，一点一点挪到了鞍子上。我不忍心扔掉那些剩余的把股，又一根一根架在驮子上，用绳子五花大绑。虽然此时天色已晚，人困驴乏，但看着满满的一驮子烧柴，心里充满收获的喜悦。

那天走在回家的路上，千山林鸟都已隐于无边的黑夜，大台子河谷出奇静谧，只有柴驮子随着驴蹄一起一落的节奏发出的"咯吱咯吱"声在空谷中传响。这声响好像比平日里响亮很多。我的腿脚像灌了铅似的难受，亦步亦趋地跟在驴子后面走，越走越觉得沉重，脚步也越来越慢，到家已是月挂柳梢、万家灯火了。

挖 药

家乡人把采药叫挖药。想来也是，一来在老家能采摘的药很少，除森林外大部分地方土质坚硬，采药都得用铲、锹、镐、药钩挖；二来"挖"字形象、直观，符合西北人直率的性格，所以大家把采药统称挖药。

村子周围满山遍野生长有很多药材。草地上有艾蒿、蒲公英、车前草、百合、远志、柴胡、秦艽、黄芪等，森林里有灵芝、竹节羌活、鸡头羌活、大黄等，还有很多我不认识、不常挖的。

故乡有一句调侃人的话，说我们那里的羊"吃的是冬虫夏草，拉的是六味地黄丸"。冬虫夏草我没有见过，也没有挖到过，据当地人说是有的，而且把挖的经过描绘得有鼻子有眼。如果说我们家乡的羊肉质好味美，那是因为吃了很多中药材，这倒是真的。草原上有成百上千种植物，究竟有多少种中药材，以我那有限的生物知识很难说得清楚。

俗话说，靠山吃山，靠水吃水。挖药是家乡人唯一的副业。在那个年代，在那个山沟里，除了生产劳动和放牧，能给家庭增加些许收入的就只有挖药了。人们会抽空挖一些药材，晒干后拿到公社商店去卖，兑换些油盐酱醋。

我们兄弟仨的学费和家里的零星开销，基本上是我和父母挖药赚来的。父亲是放羊的时候随手挖，母亲是劳动间隙或阴雨天不上班时抽空挖，我主要是利用暑假、星期日抢时间挖。记得有一年，我挖的各种药材卖了三十多块钱，不但学费够了，妈妈还给我们每人做了一件新衣服，我还到新华书店买了好多新书。

因为挖药能赚钱，所以村子里很多人家都挖。大人挖，小孩也挖。到了春夏秋三季，到处都能看到有人且斧将锄，在草地上寻寻觅觅。

很小的时候，我就加入了挖药的队伍。从能拿铲子在地上挖坑起，我就到房屋旁边的山地上去挖野蒜、野韭菜、蒲公英、车前草等，或者提着口袋去捋车前子。如果碰上秦艽，也一定要把它挖回来。我们家房前屋后的山坡上，秦艽最多，当时别的药材我不大认识，最先认识的就是秦艽。

秦艽是龙胆科植物，能退虚热、利尿、祛风湿，开链条状的蓝色喇叭花，玲珑鲜艳。

家乡有一种专门除草的铁铲，我们称为铲子，既是我的玩具，也是我挖药的工具。刚会拿铲子挖药时，我经常对秦艽掐头去尾，怎么也挖不完整，母亲说："以后把坑往大里、深里挖，这样就挖完整了。"后来我渐渐掌握了用铁铲挖秦艽的方法：先用铲子刨去秦艽叶子周围的土，再围绕根一点点往下掏。秦艽肉脆，弄不好就折了。如果碰断，先拿出上半截，接着掏下半截。铲子不好使了，就用手指一点点抠，直到把根全部挖出，长的可达二三十厘米。然后摘掉叶子，剥去根茎上附着的毛茸茸的须子，一棵秦艽就成我的囊中之物了。

随着年龄增大，我挖药的范围也逐渐扩大。一有闲暇，我就扛上铁镐、背上捎裢子（一种小褡裢）或背斗去挖药。如果要去更远的地方，还得赶上驴，驮上工具。

秦艽一般生长在土质松软的地方，有的地方成片长着。如果用镐头挖，镐落药出，一镐一个。易采的秦艽挖不到，就挖远志，或砍些刺黄檗拉回来。

远志也是一种名贵中药，分布得没有秦艽那么多，叶子细小，稀疏地长在杂草丛中，不便认出，更不好挖，晾晒也较为麻烦，回来后要"抽筋扒皮"，去其骨留其肉，一棵远志就所剩无几，挖上一大堆才能剥出一丁点可入药的肉来。那时候我年纪小，没有保护生态环境的意识，更不知道过度采挖会导致资源枯竭、草原退化，总觉得草原上的药材是今年挖来年长，取之不尽用之不竭。现在想起来，挖秦艽和远志时，草地被刨得千疮百孔，心中总有一种沉重的愧疚和负罪感。

刺黄檗是一种落叶灌木，满身长刺，结一种小果子，先绿再红后黑，酸酸甜甜，我们经常冒着被刺扎的危险去摘食。家乡的刺黄檗在山岭和沟壑处一簇一簇长了很多，有的足有两米多高。刺黄檗的树皮可入药，砍回来还需要剥皮。剥皮大都采取刀剐的办法，拿一把柄微长的刀，隔着刺一段一段地剐，先轻轻除去不能用的表皮，而后一点点剐下肉质部分，稍不留神就会被利刺扎进皮肉，鲜血直流。虽然刺黄檗特别不好采集，但为了卖钱，为了生存，我还是经常去砍一些回来剥皮，流血也就习以为常了。

当时最值钱的药当属竹节羌活。它一般生长在海拔3000米左右的原始森林和森林周边的灌木林中，最近的可挖处距我们家大约10公里，远的地方差不多30公里。

挖竹节羌活，时间基本固定在暑假和秋季的星期日。夏天的竹节羌活质量没有秋天的好。秋天，竹节羌活汁干肉满，非常压秤，质量上乘。

秋天是收获的季节，我那宝贵的星期天完全让收获给收获了——捋蓼子、挖药成为主业。我们经常是早晨天无亮色就出发，赶九、十点钟到达大黑沟的森林附近，选择一个阴凉的地方（一般都在相对独立的大松树下）卸鞍拴驴，然后背上背斗，一手抓一个冷馒头，一手提上药钩子，急匆匆地钻进林莽。

竹节羌活多长在松软的腐土里，有的直接从绿绿的、嫩嫩的苔藓丛中冒出，揭去苔藓，它一节一节的身子就露出来了。有些长在稍硬的地方，必须用药钩用力挖掘。

最艰难的是在林子里行走，一不小心就会被荆棘戳伤腿脚或被枝蔓扯烂衣服，不管你如何小心翼翼，失足和剐蹭在所难免。还有蚊子和蚂蟥的叮咬。天气炎热时，森林里蚂蟥肆虐，它的尖嘴甚至能扎透人身上的衬衣，隔衣吸血。蚂蟥咬人和蚊子咬人一样，当时不知不觉，过后奇痒无比。

等挖满一背斗或到吃中午饭的时候，有人一吆喝，大家就从森林里钻出来，把挖的药倒在一块草坪上，比较谁挖得多、谁挖得大。然后围成一圈，边吃边聊，或坐或躺。听着林子里的鸟鸣声，望着湛蓝的天空，享受清凉的风和温暖的阳光，填饱肚子，歇息片刻再返密林。

后响，看太阳已经移到西天，阴影爬到对面的半山腰时，年龄大些的孩子就会站在高处放声高呼"回家了"，大家应声从林子里钻出来，收拾东西准备回家。先是把挖来的药进行一番清理，然后装进口袋，再装上工具和剩余的吃食，最后把口袋撂到毛驴身上，起身回家。如果没有挖到多少药，我们就折些柏树枝（当地叫柏香，放在家里可驱蚊蝇）、冬青树（毛杜鹃，当地的小孩制作陀螺、刻名章的首选木材），或掰些蘑菇、采些野韭菜驮回来。

八九月的草原，天特别蓝，云彩像花一样好看，气候凉爽舒适。如果骑在毛驴上，我们可以用学过的天文地理知识对照和辨认头顶的云彩是卷云、层云还是积雨云，依此来判断第二天是晴天还是下雨。天空气象万千，我们骑在毛驴上却异想天开，真是少年不知愁滋味啊。如果路边草丛里突然有野兔、狐狸等窜出，我们猛地从坐骑上跳下，不约而同去穷追猛打，但每次都无获而返。

有时候，我一个人去森林里挖药。天不亮出发，一个人赶着驴，沿大台子河走夜路，虽然是轻车熟路，但仍然有些悚然。有时有野狗、狐狸、豺和狼出没，有时有夜间觅食的野兔或被惊醒的野鸡，它们都能让我虚惊一场。最让人担心的是沿途村子里养有剽悍的牧羊犬，每到那些地方，我就骑在驴上，拽住缰绳，让驴放慢脚步，压低响声通过，但有时大狗们却穷追不舍。一次，我在小二沟口被邻村的几条大狗追咬，驴受惊，把我摔了下来，一条恶狗猛扑过来，一口咬住我的右臂，任凭我如何挣扎，它都不肯松口，后经主人喊打，我才从狗口脱险。那深深的疤痕，至今清晰可见。

一个人去大山里挖药，担惊受怕的事还有很多。单独置身密林，人就像一粒沙子掺进浩瀚的沙漠，一滴水融入汪洋大海，渺小到可以和蚂蚁齐肩，遇着极微小的风吹草动都会心惊肉跳。而且有些地方鬼魅而神秘，似林非林、似洞非洞、似烟非烟、似雾非雾，让人看不透、猜不着，甚至不敢看也不敢猜，总觉得有怪物藏身其中，张大血口，向你虎视眈眈。

有时森林里安静异常，让人感到恐惧；有时身后常有异样的窸窣声，让我常常不自觉地偷偷向后张望。好在父亲说过，那些地方没有老虎、熊等猛兽，虽然有狼，但白天很少见，有小蛇，但没有大蟒。一次，冷不丁蹿出一只麝，惊得我瘫坐在地上，冒出一身冷汗。

如果遇到雷雨，我只能跑到大树下避雨。大松树高耸入云，树干粗壮，枝条和椽子一般粗细，斜斜地蔓下来，形成一把天然巨伞，周围几米见方不长花草，干燥清爽。

有一天大雨倾盆，雷声震天动地，我第一次听到如此震撼的雷声，感觉要把祁连山掀翻了似的。雨越下越大，我担心起来，如果雨不停咋办？

后来雷声弱了，雨却依然淅淅沥沥。药挖不成了，我只好冒雨返回。还没走多久，鞋里已灌满泥水，不得不走几步停下来，倒倒鞋里的泥水。

走到石泉子，我碰到一个在用雨水浇地的老乡，他看到我浑身湿透，手里提着一双破鞋滴滴答答淌着泥水的模样，关切地问："孩子，你去哪里了？怎么淋成这样了？"我哽咽着什么话都没有说出来，泪水却奔涌而出，和着雨水流进嘴里，咽进了肚里。

在我的记忆里，挖药贯穿了我童年和少年的大部岁月，临参军离别故乡的前几天，我还到大黑沟挖过竹节羌活。那年父亲生病住院，花了很多钱，借了不少债。后来要做第二次手术，交不上手术费，母亲跑遍了所有能借的地方也没有借到一分钱。无奈之下，我把还没有晒干的竹节羌活、秦艽背到商店里便宜卖了，凑齐了父亲的手术费。

家乡的药材啊，既是救命的良药，又是救命稻草。

羊羔花和蓼子糌粑

羊羔花

那年有幸去九寨沟旅游,在黄龙去往天池的匝道上歇息,不经意间,一朵白色的小花跃入眼帘,似曾相识:花骨朵像桑葚的形状,四周点缀着小小的白花,软绵绵,毛茸茸,在细细的茎秆上随风晃动。

啊,那不是家乡的羊羔花吗!我惊奇地凑上前一瞧,的的确确是羊羔花。我几十年没有见过家乡的羊羔花了。这棵羊羔花在高大的毛杜鹃的庇护下长得硕大。怎么只有一朵呢?我索性仔细看去,一棵、两棵、三棵……原来在那片杜鹃周围,长着星星点点的羊羔花。但羊羔花在我家乡的草原上是漫山遍野的主角,在这里却长在杜鹃之下,显得多么稀疏、渺小,尤其又与名贵的杜鹃为邻。夺人眼球、让路人仰望欣赏的是杜鹃花,根本没有人注意到低矮的羊羔花。我顿生怜爱:她是不是像我一样远离故土,也成了游子寄人篱下?

触景生情,我的思绪顿时从九寨沟飞越万水千山,来到家乡的草原上驰骋……关于羊羔花的点点滴滴,历历浮现眼前。

羊羔花,学名圆穗蓼,蓼科蓼属,是高原草甸草原上常见且能形成植被群落的植物之一。放眼望去,摇曳生姿的点点白色就是散布于绿草之间的圆穗蓼。家乡有人把开花的圆穗蓼叫作xiejie(音)花,把成熟的籽儿称xiejie。我至今也没有弄清xiejie是哪两个汉字。很多人只认识xiejie，而不知她是羊羔花，更不知圆穗蓼。传说这种花是母羊生下小羊羔后留下的胎盘变成的，因此如羊毛般柔软、洁白。

家乡的草原上遍地都是羊羔花，偶尔也点缀在丛林边缘的灌木丛中。她是草原的霸主。在草原上，羊羔花没有山丹花（百合花）高大红艳，没有狼毒花（当地人叫凤驼花）古老悠久，更没有鸢尾花妖娆多姿。但她就是她，花中无冕之王，百合花、狼毒花、鸢尾花等都是她的陪衬。

盛夏是羊羔花盛开的季节，尤其是在晴天的早晨或黄昏，举目眺望，碧波荡漾，无边无际，紫色的蓓蕾一夜间变成雪白的小花竞相绽放，像是浩瀚天空缀满璀璨的繁星，像是碧绿无垠的地毯上镶嵌的钻石，在阳光下闪烁，在微风中浅唱，此时我觉得羊羔花是地球上最美的花。羊羔花盛开，也意味着食草动物和蜜蜂、彩蝶等昆虫的饕餮盛宴的开始。洁白的羊群，褐色、枣红色、黑色的牛群、马群，在草原上悠然吃草、嬉戏。蜜蜂和各色蝴蝶成群结队、你来我往，在洁白的花朵上摇来荡去。远看是雪山森林，近观是花的海洋，牛羊成群，百鸟歌唱。"高原之花向阳开，牛羊低首咀嚼来。"如诗如画的世外桃源，让人痴迷，让人沉醉。耳旁仿佛传来《妈妈的羊皮袄》的歌声："羊羔花盛开的草原，是我出生的地方。妈妈温暖的羊皮袄，夜夜覆盖着我的梦……"好美，好动听，好惬意，荡气回肠。

有时候，我们久久不愿离开羊羔花盛开的地方，索性坐在花海中或躺在花草上，仰望着湛蓝的天空，任凭花朵耳鬓厮磨，任凭白云悠悠飘过；有时掐一朵拿在手上左瞧瞧、右闻闻，小巧玲珑，清凉可人，确有几分怜香惜玉。投身在白茫茫的花海里，仿佛自己也变成了一朵羊羔花。

到了深秋，羊羔花渐渐褪去盛装，白色的花朵结满紫红色的籽实，蓼子穗像玲珑的冰糖葫芦在风中摇曳，恰似成熟的麦浪滚滚，万山红遍。

蓼子红了，蓼子熟了。

捋蓁子

羊羔花以独特的生命力和风采根植于无垠的草原，它的叶子、茎秆、籽都能养育生命。最难得的是蓁子易于储藏，营养价值丰富。即使到了深冬，萎趴在地上的叶子和干枯的茎秆、花蕾都是牛羊喜食的美味。

但那些熟透饱满的颗粒，如果不及时收回来，就会掉落地面，沉寂于荒芜之中，不但白白浪费羊羔花一季的辛苦孕育，也是对天然资源的浪费。更为重要的是，它能作为食物养活人。于是，每当蓁子熟了，家乡人就要到草原上去捋蓁子。

记得很小的时候，我偶尔跟着父亲去草原上放羊。父亲有胃病，不敢佝偻久，只能在病情缓解时，边放羊边抽空捋蓁子。跟在他身后，我也没闲着，一个穗、一个穗地捋，每捋一个就装在衣服囊囊（老家把衣兜叫囊囊）里。那时觉得好玩，是一种消遣和娱乐，一边捋蓁子，一边还能欣赏花草，追逐彩蝶。走进草原，就走进了我童年的乐园。

再大些，我跟着母亲捋蓁子，干这活的技巧都是母亲教我的。那时，母亲为了挣工分，没有时间捋蓁子，只有遇上大旱的年份，看着庄稼地里没有收成时，她才请假带我们去草原上捋蓁子。

捋蓁子需要一个盆，越轻越好。那时我们用的大多是铝盆和洗脸用的洋瓷盆子。大人用大盆，小孩用小盆。捋时，一只手拿着盆子，一只手捋蓁子，根据蓁子的稠密程度，可以单穗捋，也可以几个穗抓在一起捋；可以盈握一把捋，也可以夹在指头缝中捋。等蓁子装满了盆，再倒进口袋或褡裢（毛线织的，用于在牲畜上驮东西）。

从地形上看，坡地是首选，从下往上较为轻松。从下面开始捋，或直线或盘旋，捋到最上面再走回来，交替往返。如在平地上捋，人总是弓着身子弯着腰，比较吃力。

到后期，好捋的地方基本上没有了，就得多跑路，去寻找那些未被别人发现的蓼子。那时我心里总是想着多多益善，恨不得把草原上的蓼子全部捋到家里，所以，捋起来眼疾手快，跑起来脚下生风。偶尔在灌木丛中找到一片没人动过手的，能窃喜半天。灌木丛里的蓼子长得壮硕，穗长粒大，唰啦啦一把捋到盆子里，响声都觉得很有些分量。

捋得时间长了，拿盆子的手发麻，捋蓼子的手指胀痛，腰也开始"罢工"，就坐下来稍事休息。捋蓼子不是重体力活，比拾柴轻松，但耗时磨人，考验人的耐力。尤其到第二天一大早，手肿得像馒头，腰痛得折了似的，那种难受真是无法形容。

在高原上，太阳与人距离咫尺，像热锅盖在头上，火辣辣的。人不敢抬头直视天空，如果有云朵飘过，才有片刻清凉。到了中午，就以草甸作地毯，衣服当盖头，或躺或卧稍事休整。

捋蓼子的黄金时间大约有十天。太早，籽青，成熟度不够捋不下来；太晚，有些熟透的籽就脱落了。每年这个时节，我们天不亮就拾掇好家当，骑着毛驴出发，黄昏时返回，紧张而辛苦。

蓼子糌粑

到过高原或藏族群众聚居区的人，可能慕名要尝尝牧羊人的酥油糌粑。酥油糌粑的主要原料一是酥油，二是糌粑（老家把糌粑叫熟面），在酥油茶里加上适量熟面（糌粑），经过搅拌即成酥油糌粑。

糌粑通常是用青稞面，有的地方也用小麦或小麦加青稞炒熟磨成的面，过去我们家也用大麦加工过。这是高原和游牧民族特有的食品。

那么蓼子糌粑又是怎么回事呢？

蓼子就是羊羔花的籽，只有小米粒般大小，味发涩，微苦，大部分人家当作牲畜的饲料。荒年或生活困难时期，一些人家粮食断顿，无奈之下才将它当作食物。在我们老家就有蓼子面、蓼子糌粑。它是我们家的常吃食品。妈妈说，蓼子面比他们在三年困难时期吃的捣碎的榆树皮好吃得多。

那时，我们把捋来的蓼子放在院子里晾晒，等干透后筛择簸净。如果要磨蓼子面，就直接拿到磨道（磨坊）推磨即可。如果要做成糌粑，还要放在锅里炒熟。

当时没有电器，无法做到恒温，所以炒蓼子时火候很难把握，因为它颗粒碎小，火一旺就烧焦了，一不留神，锅里就烟雾腾腾。炒蓼子必须用微火，还得用锅铲不停地翻动，直到整锅蓼子里熟皮黄，散发出淡淡的清香。与其说是炒蓼子，倒不如说是炒自己，常常炒得我像热锅上的蚂蚁，团团转。

为了改善口感，有时还会将少量小麦或青稞同蓼子掺在一起，感觉上黑白分明，黑多白少。

蓼子炒熟了也能吃，就像炒麦子、炒豌豆、炒青稞等，生活富裕的人家一般不吃，而我肚子饿了常吃，甚至一边炒一边吃。

那个年代几乎没有什么零食，人们把大豆、玉米、黄豆等炒熟了当零食，偶尔也当主餐。比如某天要外出割草，中午回不来，家里又没有什么可吃的东西，妈妈就给我们炒些小麦装在兜里。高寒山区草多粮少，小麦经常歉收，是家里的稀罕物，平时很少吃。后来推广新品种，小麦才渐渐多起来，收成也越来越好。

磨面，老家叫推磨，想来有远古遗风，就是人推着石磨磨面，不是驴拉，也不是机器带动。当下叫推磨就有些名不副实，称磨面更为贴切。对于小孩子来说，磨面是一件辛苦的差事。

先把炒好的蓼子扛到磨坊（当地叫磨道），扫净石磨上的尘土，擦拭干净磨盘，固定好磨杆子（转动石磨用的，相当于木柄），系紧驴的笼头，架上拥子（放在家畜脖子上，相当于垫子）、夹板子（置于拥子前）、套环（用绳子与夹板子相连接，有时可不用），给驴戴上蒙眼壳娄子（当地土话，眼罩），然后把蓼子置于上磨盘，拿鞭子在驴的屁股上轻轻一抽，驴就顺着磨道开始转行，吱吱呀呀的磨面声就响起来了。

磨面最麻烦的是箩面，就是把推碾碎的蓼子粗粉倒在箩儿中，放在箩箱里，通过一推一拉的来回动作，把细粉漏下去，粗的拿去继续碾磨。箩面时得小心翼翼，速度太慢，细粉下不去；速度太快，就会把粗粉撒到细粉里，溅起面粉乱飘。当时没有口罩，磨坊里也没有通风设备，飘荡的面粉会使人呼吸困难。既使慢慢箩，不小心也会把粗粉撒在细粉中，不得不返工。等磨推完，人总是一身的面灰，有时还会鼻涕一把、眼泪一把。磨完面，我整个人如同油画一般，汗水、泪水和蓼子面是颜料，手是画笔，我则变成了亲自描画的粉彩少年。

磨面还需要耐心，一斗多蓼子要磨大半天时间。磨到后期，驴困人乏，驴开始撂挑子，步速越来越慢，有时还偷吃磨盘上的面粉。我既要吆喝驴子，又要抱住磨杆子帮驴推磨，还要箩面，忙得首尾难顾。蓼子糌粑啊，虽然苦涩，也来之不易。

因为是卑微的草籽磨成，还有不讨人喜欢的模样和味道，蓼子糌粑和蓼子面馍馍始终难登大雅之堂。碍于面子，当时我真的不好意思把自己亲手制作的蓼子糌粑拿到人面前吃。瞧瞧人家的孩子吃的是白面馒头，我吃的是蓼子糌粑，真是一个天堂，一个人间，幼小的心灵不免生出几分羡慕和自卑。

今天人都富了，过去那些遭人嫌弃的野菜却成了餐桌上的香饽饽，是名副其实的绿色健康食品。家乡的草原上有韭菜、野蒜、石葱、蘑菇等山珍野味，有的一公斤能卖好几百元钱，都成了奢侈品，穷人反倒吃不起了。但蓼子糌粑早已淡出了人的视野，远离了人的碗碟，尘封于久远的乡村荒野的记忆。

久居京城，乡情难忘，尤其是童年的记忆越发真切，种种酸甜苦辣，挥之不去，抹之不掉，回想起来也最有意思。"青灯有味是儿时"，有些事物让人好生挂念。有时候特别想吃小时候吃过的东西，如野韭菜合子、野胡萝卜拨拉子、烤洋芋等。著名书法家林中阳先生深情地笑着说："那是因为胃也怀旧。"还真是，吃那些小时候在老家吃过的野菜，觉得味道纯正香甜，嘴里舒坦，胃里舒坦，地道过瘾。偶有一日独自在家休息，夫人下班后关切地问我："你今天中午吃什么了？"我说："听音乐、写文章、吃煮土豆。"土豆和羊肉成了我一生的最爱。

为了记住蓼子糌粑，为了记住乡愁，有一年我专程去老家，把废弃多年的那盘老磨从老屋旁边的山坡上拉到城里的新居。虽然那盘磨上的花纹已经模糊不清，边缘还被风蚀了一块，有一个拴磨绳的洞眼已经残缺，据母亲讲是羊蹄子踩进去不能拔出，为了救羊而砸坏的。为了继续使用这盘磨，只好重新凿了一个小洞眼。那盘老磨现在静静地躺在家里，斑驳的面孔记录了人间的沧桑岁月。

蓼子糌粑没了，但风里飘着远去的味道，流淌在生命的长河。如今羊羔花依然在草原上绽放，依然在我的心里绽放。

我愿做草原上的一朵羊羔花，盼望风调雨顺，岁月静好。

消失的农具

真没有想到，那些农具一夜间竟消失得无影无踪，让人来不及想，来不及多看上一眼，也来不及道别。有些农具是随着包产到户分崩离析的——从生产队的公共财产变成私人专用，进而随着农村现代化和机械化的推进而失宠，有的被弃于院落，有的被抛在荒野。不知是哪一天，很多农具彻底从我的视野淡出，成为永远的回忆。

有一次去某地旅游，好奇心驱使我走进一家民俗博物馆，首先跳入我眼帘的竟是那些久违的、早已被我忘记的农具——它们像久别的老朋友那样亲切，让我有一种"他乡遇故知"的激动。在急于和"老朋友们"见面的心情驱动下，我匆匆浏览了博物馆的全部藏品，原来只要我们过去用过的农具，在这家博物馆都能找到。真没有想到，在老家销声匿迹的东西，竟然被有心人收藏，在这里安了新家，让农具登上大雅之堂，成为人们观赏的宝贝。

走出那家博物馆，我从心底生出丝丝感激之情，我感谢那个办博物馆的人，也感谢那些捐献了农具的人。他们不但收藏了这些农具，也收藏了一个时代甚至那个时代农村人的念想，也把我的记忆存储了进去。多次有写一写我过去用过的农具的想法，但因为工作和懒惰，迟迟没有动笔。

有一日闲来无事，我拿出一本林清玄的散文阅读，突然来了写作的灵感和激情，于是拿起笔，随便找了一张白纸，坐在沙发上，以膝盖为桌，让思绪再一次穿越时光，让一幕幕往事浮现眼前。我想起了故乡的、我家的，那些曾经和我父母朝夕相处、一起流血流汗的农具。于是，我记录下了它们，也记录下了藏在我心中遥远的故事。

我说的农具是广义上的，不仅仅指从事种地等农活用的，也包括农村日常用的器物。我没有做过统计，农村究竟有多少种农具，但回想起来真的很多。搞运输的车有皮车、马车、架子车、手推车等，种地的有犁铧、糖、摆耧，碾场的有石磙、刮板、风车、扬叉、木锨、两股叉等，磨面、碾米的有石磨、碾子，称粮食、称肉用戥子秤（家乡人叫杆秤或抬秤），还有家中常用的铁锨、镢头、铲子、钉耙、镰刀、簸箕、箩儿、筛子、担筐、篓子、风匣、斗、升子等。故乡的土地大部分是草原，所以家乡人既在草原上放牧，也在耕地里种田，因此，那里既有农村通用的农具，还有一些牧民专用的器具，比如用在马背上的口袋、褡裢，搭在牛和驴身上的驮筐、驮桶，还有一些大型农具和牲畜用的衍生品，如马鞍子、马镫、笼头、拥子、夹板子、水鞍子等，种类和数量繁多。

我十八岁那年就离开了家乡，离开了那些我用过的和没有沾过手的农具。所以到现在，有些东西的名字已经模糊不清了，它们姓甚名谁，具体是哪些汉字，我既叫不出，更写不出。

很多人都知道，过去皇帝坐的马车称天子六驾。故乡的马车不是六驾，多的时候是四驾。但不论几驾，总是车轮滚滚。而且草原上的马生性刚烈，小孩子只能远看，不能近观。马车从村头经过，马蹄声清脆悦耳，尤其是秋收时节，车里装满粮食往麦场上拉时，赶车人站在车辕条上，精神抖擞地挥动赶马鞭，"叭叭"的声响掠过长空，四驾或五驾马车风驰电掣，是故乡村头最美、最壮观的风景。

马车是农村比较大的运输工具，我们那里叫皮车，也许是因为配套用的绳索都是牛皮做的，或者因为辕条上包着牛皮，车轮子上钉着牛皮。当时马车有两种，一种是木头轮子的，一种是橡胶轮子的。木头轮子很大，是用硬木和铁钉铆接的，铆钉均匀分布、错落有致，非常漂亮。车轮、车轴、车厢、车辕条绝大多数都是木头做的，平常用四驾，拉重物时是五驾，拉运特别重的东西时用六驾，但概率极低。橡胶轮子的马车较小，一般是套一匹马或一头骡子，主要是拉一些较轻、较小的东西，也有人在货物较重时用两驾或三驾。赶马车是有风险的，尤其在山区，坡陡路窄，容易翻车。有一年，天冷得早，庄稼刚拔倒，一场大雪就把粮食捆子全部埋进雪地里。邻村的人为了抢收庄稼，把车装得太高了，由于路面湿滑，在一个转弯处人仰马翻，不但损坏了皮车，还压断了赶车人的一条腿。

在我的印象中，风车是最有科技含量、制作最精美、农村必备的大型农具，移动时需要五六个甚至更多壮劳力去抬。风车是木头做的，形状好似电视剧《三国演义》中诸葛亮发明的木牛流马，只不过缺少一个牛头而已。它由四条腿撑起，中间安装一个有手柄的轴承带着风扇，上面安装一个方形漏斗，下方镶嵌类似簸箕的出口，头部位置封闭，尾部敞口。粮食先从地里拔倒，拉到场上码成垛，再从垛上取下，铺到场上打碾，然后经过扬场，才使一颗一颗的籽儿从麦草中分离出来。但要入库，还有最后一道也是最重要的程序，那就是必须经过风车的过滤。那时，我觉得风车是一个非常神奇的物件，把混合了麦草的粮食从上面的漏斗倒进，抓住手柄一摇，干净的粮食就从下面的漏斗口哗啦啦流出，灰尘、麦草、杂物从敞开的一头呼呼飞出。

打场一般从深秋或初冬开始，有时候过年还打不完。到寒假或星期天，太阳好的下午，有时风车就闲置了。这时，孩子们三五成群，趁大人们无暇顾及，就偷偷地从家里溜出来，跑到风车前，有的往漏斗里抛填细碎的麦糠、麦秸，有的抢上摇把去转动风车，有的在吹出的如烟似雪的飞沫中来回穿梭、嬉笑打闹，风车又成了小伙伴们的玩具。山区的冬季虽然阳光朗照，但是很冷，我们被冻得面红耳赤，尘土和麦草落得灰头土脸。玩高兴了，有的索性钻进麦草堆捉起迷藏，有的躺在绵软的麦草上学起驴打滚来。也有一些文静的女孩子会在扫净的场上选一块宽敞的地方，玩跳房子、丢沙包，或踢毽子、抓石子，咯咯的笑声在空旷的场院里飘来荡去。在风车前、麦场上玩耍的欢乐场景已经深深地刻进我的记忆，永远定格在我的心灵深处，随着时光的沁染越发光鲜、越加珍贵，让我今生今世难以忘怀。

当时人们使用的农具，既有生产队的，也有自家的。如风车、马车、架子车、杆秤、播种用的耧等，都是生产队里的。有些如铧、耧等，一些劳力多、富裕的人家也有。大多数人家只有一些常用的简单工具，如铁锨、榔头、镰刀等。

那时，父亲长年在外放羊，从事农活的只有母亲一人，家里的农具非常少。每到春种时节，我们要种自留地时，都要到生产队或别人家去借铧和耧，种完后再还回去。铧较重，耧轻，但小时候我哪个也扛不起来。我十几岁时跟着父母学过犁地、摆种，但农具一到我手上，总是摇摇晃晃的不听使唤，搞得我手忙脚乱，身后的犁沟也总是深一处浅一处、歪歪斜斜，有时候还偏离方向，直到我离开家乡也未能把它们运用自如。

我们家的铁质农具大部分是从商店购买的，也有去铁匠铺打造的；木头农具基本上都是父母亲手制作的，叉是父亲放羊时砍来的树枝，筐、篓都是母亲亲手编的。

母亲的手很巧，除了编筐、搓绳，也制作较为复杂的木质农具，如扬叉、木锨等。木锨和扬叉都是扬场用的，由一个木把、一个头组成。木锨的锨头是一块木板，制作工艺相对简单。扬叉有四叉或六叉的，既要结实，更要轻巧，制作工艺比较复杂。母亲制作扬叉的工具如锯子、凿子、刨子等都是借来的。制作扬叉时，母亲先从父亲拾来的烧柴中选一块上好的硬杂木，锯成长方形，用刨子推光，做成叉头模样。然后在叉头的中央位置凿开一个装叉把的洞口，在洞口两边开四至六个小眼，找来桦木或松木，做两米左右长的叉把和十厘米左右长的叉枝。这些零部件初步做成后，她再用刀子、凿子、钉子等工具一一修整，不圆的地方磨圆，不方正的地方削方，直到比画着大小合适，榫卯严丝合缝，然后找来破麻袋和方布片打磨抛光，在叉头上装上叉枝，最后再固定柄把。这样，一个非常精致的扬叉就做成了。做一把扬叉要耗费母亲个把月的闲暇时间，我经常能看到她额头上流下的滴滴汗珠。母亲不是木匠，但制作的扬叉既顺手好用，样子也好看。打场时和别人家的扬叉撂在一起，我一眼就能认出我们家的。从此我知道了，凡是美的东西，都要付出艰辛的努力。父亲做叉时，先到森林里挑选那些像叉一样的麻柳或松枝，用斧头砍回来，然后在院子里架一堆火，或放在炉灶上烤，烤热后剥掉树皮，最后用绳子捆绑在木桩上或压在石头下笔直地晾晒干，一个两股或三股叉就做成了。

农具是我小时候的玩具。我也曾模仿父母做农具的样子，做过陀螺、弹弓等，大一点后，我还把山里的杜鹃枝折回来刻过名章。木之情，种之深，到今天，我仍然对那些知名的或不知名的木头一往情深。

农具对于农民，就像士兵手中的武器一样重要，没有农具，农民就无法做农活。所以，我们对家里的农具很是爱惜。铁锹是使用频率最高的农具，也最容易损坏。那时家里穷，几乎没有钱去买农具。我们家的铁锹经常从踏脚的地方开裂，一旦发现裂口，母亲就向人家借来冲、铁锤，从各种废弃物上拆下铁皮、钉子，再把钉子做成铆钉，铁皮裁剪成补丁，用冲在裂口两侧和裁好的铁皮上冲开对应的小洞，然后用铆钉铆死，损坏的铁锹就修好了。家里其他农具坏了也一样，经过母亲一修，旧貌换新颜，真是"新三年旧三年，缝缝补补又三年"。

现在有很多农具已经被现代化的播种机、收割机、无人机取而代之。有些随着现代工具的产生、人们劳动方式的改变而失去用武之地。写到这里，我突然明白了一个道理：消失的是农具，永生的是创造。想来也是，纵观人类社会发展历史，从石器时代、钢铁时代、蒸电汽时代到信息时代，就是一部不断推陈出新的创造史——凡是落后的、不合时宜的东西，最终都会被淘汰，唯有不断创新才是永远立于不败的真理。

父亲的草原

父亲年轻的时候很英俊，身材高大魁梧。他经常来往于草原，草原就是他的家，是他生命的全部。我能想象他骑马驰骋在大草原上的情景，那是多么威风、潇洒，有一股苍狼和白鹿的英雄气。

在故乡，森林和草原既独立成片成块，又相依相伴。父亲也许是因为名叫徐林而深爱草原，也许是因为深爱草原而取名徐林，他离不开森林，离不开草原。父亲对草原的感情，我是当兵离开家乡、离开草原才深切理解的。因为自从告别了家乡的草原，老家的一草一木常常魂牵梦绕，尤其是那些野草莓、酸刺果、山丹花、杜鹃花，经常梦里来造访，让我徜徉花海，甚至馋涎欲滴。有一次梦醒时分，口水把枕头浸湿了一大片。

那一年，我还没有出生。父亲二十八岁，为社里放马时，坐骑马失前蹄，父亲跌落马下，被马压坏了脏器。当时草原上没有医院，只有一个赤脚医生，对他的内伤束手无策，只能给些止痛药回家静养。父亲从此落下胃病，多器官黏连，在此后的岁月里，他拖着病体，为了儿女、为了家，在草原上苦苦挣扎了几十年。

20世纪60年代初，国家经济非常困难。随着我的出生，家里负担加重。当时父亲还不能参加重体力劳动，只有母亲一个劳力。仅靠母亲挣的那点工分，一家人经常吃了上顿没下顿。无奈之下，父亲从病床上缓缓爬起，和妈妈商量："我去找社里的干部。我不能干重的农活，放牛放马不行，去试着放羊吧。放羊一年也能挣好些工分，到年底总能增加些分红，贴补贴补家里。"

父亲第一次找社里的干部时碰了一鼻子灰："社里没有你能干的活，羊也没你放的。"父亲是个非常厚道的人，一生沉默多于言语，永远不闹事，永远在内心包容着这个世界。当时，他没有恳求也没有争辩就回家了。村干部的冷言冷语让父亲的病雪上加霜，回来后，他胃疼得更加厉害。气不过的母亲接着去跟社里的干部交涉："我的男人是为社里放马摔坏了身子，现在干不了重活，要求给些能干动的活。你们不但不照顾，还把他气得又病倒了，你们让我一家还活不活了！"然而妈妈也没有为父亲争取到放羊的差事。

几年后，生产队（农业合作社改为生产队）新上任的干部终于同意父亲去放羊，父亲又回到了朝思暮想的草原。虽然他再也不能像从前那样驰骋草原，没有了往日放马的风采和那股君临草原的气概，但他又成为草原的主人，跟在羊群后面，能为集体放羊，为儿女挣工分了。他那长年紧锁的眉头连同佝偻的身子慢慢舒展开来。

其实，放羊也有很多苦楚，首当其冲的是寂寞。长年累月一个人在草原，一个人做饭，一个人吃饭，除了那群羊和一条牧羊犬，无论天晴天阴，下雨下雪，都要赶着那群羊来来去去、去去来来。冬季还好些，羊圈就在村子附近。夏季要赶上羊群、驮上帐篷、背上吃食、跋山涉水到非常遥远的草场去，那些地方大都高寒阴湿，对父亲那样孱弱的身体是一种莫大的考验。深秋大雪封山前，父亲才能收拾好家当，赶上羊转场回来。所以，家庭情况好的人和年轻人都不想去放羊。但父亲从来没有丝毫抱怨，他深爱他的羊群，深爱他的草原。到后来，我才深深地理解了父亲的苦心，其实他是为这个家，为了我们兄弟姐妹。

父亲放羊非常尽心，天一亮就把羊赶到草原上牧草，天黑尽了才收场，不管刮风下雨，雷打不动。天气晴朗时，他坚持把羊赶到高山顶上去牧草，遇到刮风下雨或大雪封山的时候，他就把羊赶到平缓的地方去，有时要起得很早，走很远的路。山里的冬天，积雪和山风不断。在积雪上行走非常吃力，一不留神就会深陷其中或者滑倒。有时一阵狂风裹雪而来，人就成了雪人，如果被风吹倒，人又会变成雪球。即使这种天气，父亲也要很早把羊赶出圈，寸步不离地跟在羊群后面。他说，冬季日子短，有些地方的草被积雪掩埋，需要更多的牧草时间，羊才能吃饱。

春季产羔时，父亲有时一晚要起来好几趟，产羔集中时，他连觉都不睡，彻夜守在羊圈里，既当巡察员，又是接生婆。阴冷天，他就把那些体弱的小羔抱进毡房取暖。有些口轻的母羊生产后不认自己的孩子，父亲就亲自上阵，用棉花或布块轻轻地将小羔的身子擦拭干净，再挤来其他母羊的奶水，掰开小羊的嘴巴，一勺一勺喂奶。时间一长，这些小羊羔竟把父亲当作自己的"妈妈"，亦步亦趋，形影相随。

村里年底算账，父亲的羊群羔羊成活率最高，大羊的死亡率最低，父亲成为村里名副其实的羊把式。

那时，我们天天盼望父亲能回家，因为父亲回来时总能带回一些吃的东西，如野鸡、野兔、蘑菇。有些新鲜的东西，如野葱、野蒜、野韭菜等不能久存，他就晒干了背回来。在食品短缺的当时，这些干货经母亲加工，吃起来仍然香味诱人。

为了安全过冬，深秋时节，父亲的羊群从高山草甸转场返回海拔较低的草场。这里离家不远，有时他会把羊赶到村子附近，抽空到家里喝茶或吃午饭，我有时也会跟着他去放羊。父亲的胃病很重，走得快了会疼，他赶羊时，经常一只手按在腹部。上山、爬坡常常累得他气喘吁吁，胃疼得厉害时，不得不缓缓蹲下，这时我就替他去追那些跑得快的头羊。在我的记忆中，父亲这一生因为病痛，从来没有像别人那样迈着大步走过路，一直都是彳亍而行。下午，羊吃饱了，跑得慢了，我和父亲便坐在山岗或向阳的草地上歇息，暖暖的阳光像鲜花一样。父亲"呼哧呼哧"抽他的旱烟，有时我依偎在他身边，一边看着天边的白云和悠悠的羊群，一边听他讲草原上的故事。他那些捉旱獭、捉香子（麝）、驱狼的经历，听来如同神话，让我心驰神往，感觉父亲特别伟大，恨不得自己也能像父亲一样在草原上叱咤风云，像苍狼一样征服草原，像白鹿那样傲视群雄。

父亲病重的时候或星期天，我也替父亲放过羊，跟在羊群后面，学父亲的样子吆喝着，但总是学不像，老怕走在前面的羊和别的生产队的羊混了。下午羊逐草慢下来的时候，我也模仿对面山上的牧羊人，哼唱几句凉州贤孝《王哥放羊》，或在抛肚子（当地用于投掷石子驱赶牛羊的器具）装上石块打远处的觅食的斑鸠、海娃子等。有时我也会钻进窟塘里去找躲藏的野兔、野鸡，遇到小鸟、壁虎等就是一阵猛追……放羊的那天，总觉得日子很长，时间过得很慢，好不容易才熬到黄昏，收圈的时候，那两百多只羊怎么也数不清楚。每每这个时候，父亲不得不拖着病体亲自出马。

一天晚上，父亲从羊圈带了一个盲人回来，说他是个"瞎弦"，就是走乡串户弹弦子、说唱贤孝等曲儿的。天黑时，他摸到了父亲的羊圈，没有地方睡觉，父亲就把他领到家里来了，说好唱一个晚上就管饭管住，再给一升子粮食。我从大人口中听说过瞎弦唱曲儿的事，也知道村子里有人请瞎弦唱过《劈山救母》之类的，说唱得非常好，听的人都哭了。因为穷，我家没有请过瞎弦，这还是第一次。父亲对我们说："你们没有听过，今晚好好听，过过瘾。"

那时候，山区没有电，人们都是日出而作、日落而息，晚上没有夜生活，更没有文化活动。在家里听瞎弦唱曲儿，对我们这些孩子来说真是求之不得的高兴事。在昏暗的煤油灯下，我们一家人围坐在炕上，让瞎弦靠墙坐下。我已经记不清他的弦子是什么模样了，隐约记得酷似现在的马头琴，琴箱是椭圆形，琴头没有马头，一米多长。他把弦子斜抱在怀里，在琴弦上扒拉几下就开唱了。那天晚上，他唱了《王哥放羊》《小男儿出门》等凉州贤孝，还说唱了《薛仁贵征东》《薛仁贵征西》等故事和曲子。平日里一到晚上我就瞌睡得不得了，那天晚上却越听越精神，特别是听到薛仁贵翻山越岭征东征西的段子时，我也被他不畏艰险、过关斩将的精神和本领所感动。那天父亲也听得非常认真，母亲听得更专注。事实上，在那个年代，像我们这样吃了上顿没下顿的穷家，能听一次瞽弦的说唱是非常奢侈的事情，称之"文化盛宴"或"精神大餐"都不为过。不知是父亲对那个盲人的同情，还是对我们的教育和厚爱，也许二者兼而有之。那天，父亲虽然带病放了一天羊又赶夜路回家，但他也坚持到了最后，天刚蒙蒙亮，他又急匆匆地返回羊圈了。

在草原上放牧，生活中存在很多不便。有一天傍晚，突然大雨瓢泼，等父亲把羊群赶进羊圈，浑身已被雨水浇透。当他换了衣服准备生火做饭时，却发现仅有的一盒火柴被雨水浸泡得稀烂，预留在毡房里的打火机由于久置不用跑光了汽油（那时农村用的打火机燃料都用汽油），点不着柴火。

夜越来越黑，越来越阴冷。看着父亲撑着哆哆嗦嗦的身子不慌不忙地折腾，我倒替他担心起来，如果生不了火，不但吃不上饭，寒冷的长夜，他那病身子也不好受。

后来，父亲从储物箱里翻出一把火镰，抓了一把预备在毡房里的干艾蒿放在一块石头上，拿火镰撞击艾蒿，一下，两下，三下……艾蒿袅袅燃起，父亲一边击打一边用嘴轻轻地吹，冒烟的艾蒿终于点燃了。父亲长长地松了一口气，我也长长地出了一口气。

那天晚上，父亲做的是羊奶面片。他先用燃着的艾蒿点燃了油灯，在炉膛生了火，接着和面，然后把早晨挤的羊奶倒进锅里，加少量水，锅开后揪面片。他揪面片的动作非常娴熟，我揪一片，他能揪十片。等面片快熟时，调上从草原上采来的韭菜、石葱等作料。牧羊人靠草原吃草原，吃的蔬菜基本是就地取材，即使是从家里拿，也只是一些干白菜、萝卜干、土豆等。长时间没有蔬菜吃，也是牧羊人的一种艰辛。对于父亲这样有病在身的人来说，营养不良会让病情雪上加霜。我吃了一碗香喷喷的羊奶面片，被冻得蜷缩在一起的身体渐渐温热起来。我感觉羊奶面片是世界上最香的面片。

一天夜里，我突然发起高烧。我的梦话和哆嗦惊醒了父亲。羊圈没有药，父亲背起我连夜往家走。我趴在父亲背上昏昏沉沉，几十里路，不知父亲拖着病体，是怎么把我背回家中的。这样的情况不止这一回。

还有一次，我患了严重的鼻窦炎，鼻子不通气引起头痛，无法睡觉，甚至吃饭都有困难。武威的大夫说金昌的河西堡有家医院可能能治好我的病。父亲便从生产队请了假，把羊交给另一个人放牧，那是父亲第一次离开草原，离开他的羊。山里人没有出过远门，那个年代，去河西堡的火车也很少。我们先从老家步行五十多公里的山路到武威，然后坐上火车，夜深人静时到达终点。那是一个小站，不在河西堡镇上，叫什么名字我已经记不清了，现在也无从考证。当我们沿着灯光昏暗的站台走进候车室时，里面空无一人，只有几张长条椅静静地靠墙躺着。当时正值隆冬时节，河西走廊出奇地冷，候车室就像冰库一样。没有御寒的衣物，我和父亲只好在候车室里不停地走动。好不容易熬到天亮，我们浑身都冰凉了。父亲说："孩子，走，我们出去找找看，有没有人家能烤烤火。"后来，我们在距离车站很远的地方找到了一个羊圈和牧羊人的地窝子。当掀起门帘时，一股热浪扑面而来，不经主人同意，我们就坐在了火炉旁边。

烤过火，我们冻僵的身体渐渐暖和了。我和父亲告别了那个放羊的老乡，走出了他那温暖如春的地窝子。放眼望去，是茫茫的戈壁滩，天空高远清冷，地面上覆盖着厚厚的积雪，车站孤单而突兀，很远的地方才能隐约看见村庄。那次，我的病还没有看，父亲先冻感冒了。从河西堡返回老家，父亲眼窝深陷，嘴脸黢黑，瘦了很多。那次出行，导致他旧病复发，吃了好长时间的药，回家后也没有好好休息，就拖着病体急急忙忙去了他的草原，看管他的羊群。时至今日，每每想起这些经历，我仍然心存愧疚，觉得对不住父亲。

父亲还经常到森林里砍柴。他收拾的柴火不仅要供自己用，还经常往家里驮。一天下午，我赶着驴去他的羊圈驮柴，远远就看见他背着一捆柴火从林子里出来，翻过一座山岭向毡房走去。那捆长度超过他身高的柴火，压得他的身体几乎弯得与地面平行，吃力地走走停停。大山挡住了我的视线，父亲佝偻负重的身影隐没在山坳……等我走近他的毡房时，看到他虽然卸去了柴火，但满脸的汗水仍在不停地滴落，气喘吁吁。几十年过去了，父亲背着柴火忍痛负重的背影烙在我的灵魂深处，抹不去，擦不掉，催我奋进。

在我的印象中，父亲大部分时间在草原上放牧，生产队的重体力农活基本不能从事，即使去做，也是没有人愿意去做的苦差事。我印象深刻的事有两件。

一件是冬季看麦场。生产队的麦场有的在数公里外的山沟或山顶上，住房有的是临时搭建的简易房，有的是毡房。从当年九、十月庄稼收割，到次年春节前后打完场，小半年时间都要住在那里。身强力壮者、家庭情况好的人是不去看场的。父亲没得选择，对他来讲，有自己能干的事已经是求之不得、如获至宝了。记得父亲在马家阴洼、油房台、梅子沟等地都看过场，我至今没有忘记他在麦场上吆喝着牲口打场，拿着扬叉、木锨扬场，用大驮筐一筐一筐低头弯腰背麦草的情景。

第二件是看菜地。从前，生产队是没有菜地的，后来农业学大寨时，在大台子河两岸修了梯田，把石泉子附近能用泉水浇灌的梯田作为菜地，从此，草原人也有了新鲜蔬菜吃。看菜地和看场如出一辙，实际上就是住在那里种菜。种菜的大活、时令性强的活由生产队集体组织社员去干，平时的浇水除草、修修补补由看菜地的人料理。我清楚地记得父亲只看过一季菜地。有一天放学后，我沿大台子河步行约两个小时到了他的菜地，远远看见他蜷缩在地里除草，当我走到他跟前时，发现他在间菜。我轻轻地叫了一声"爹"，他缓缓地、吃力地站起身，抖了抖沾在衣服上的泥土，微微一笑："你来了。"我看见地上有他削下的白菜根，一把抓起一个在袖子上擦了擦就塞进嘴里，那时我总觉得肚子饿。父亲看着我大汗淋漓、饥不择食的样子，不知是怜惜还是无奈或者埋怨地"唉"了一声，继续蹲下来间长得密密麻麻的白菜。

父亲爱草原，不仅仅是因为草原上能放牧、能拾柴、能挖药、能采摘……

在故乡，森林外面是草原，草原中间是森林，山下面是草原，半山腰就是森林，这座山是草原，翻过山又是森林，森林和草原如孪生兄妹，彼此实难分开。到了夏季，山上白雪皑皑，山下鲜花盛开，很美。我更小的时候，父亲放羊间隙去森林里砍柴，我也跟他进林子玩耍。走进森林，高大的乔木遮天蔽日，低矮的灌木层层叠叠。阳光由林梢的枝叶间洒下，顺着枝干的空间下泻，映在小草叶片或花朵的露珠上，发出晶莹剔透的光，煞是好看。时不时还有长着五颜六色羽毛的野山鸡和雪鸡蹿出，蝴蝶、蜻蜓掠过，各种鸟雀飞来飞去，啁啁啾啾。森林里热天能乘凉，雨天可避雨。走进森林就进入了一个奇妙的世界，踏上草原就像迈入人间天堂。也许，这也是父亲钟情草原的缘故吧？

有一天凌晨，我睡得正香，蒙眬中被母亲叫醒，原来是父亲的病严重了。父亲蜷缩在炕上，脸色苍白，满头大汗，看样子疼得不轻。那会儿天还没亮，我很快叫来几个住在附近的亲戚，天刚亮就把父亲拉进了公社卫生院。

那天卫生院只有两个医生，经过反复检查和等待观察，到中午时分给出的诊断结果是父亲内脏出血，有两条建议：要么很快送地区或县医院手术，要么抬回家准备后事。母亲一听，觉得天都塌下来了，眼泪奔涌而出。从我们公社到武威城差不多五十公里山路，当时公社与城区不通公交车，农村也没有机械交通运输工具，进城都是步行，或有马的骑马，没有马的骑驴。公社只有一辆解放汽车，那天到外地拉货去了。有亲戚建议将父亲抬回家准备后事。

"不行！我不能没有爹。"我说，"我去套架子车，拉上送武威城里的医院。"我飞也似的跑回家，把架子车套在驴身上就往公社卫生院赶。正准备把父亲抬到架子车上时，公社拉货的车来了。亲戚们赶紧帮忙卸车，之后立即把父亲抬上车。司机师傅连一口饭都没顾上吃，紧赶慢赶地赶路，终于在黄昏时分赶到了地区医院，把父亲推进了手术室。晚上八九点做完手术，医生告诉我，父亲患急性胃穿孔，如果晚来个把小时，命就不保了。

那年，父亲从年初住进医院，一直到八月份才出院。母亲在医院伺候父亲，我在家一边上学一边照顾两个弟弟。参加高考的前一天，我去医院看了父亲。当时父亲还不能下地走路，病魔把他折磨得皮包骨。他躺在床上，摸了摸我袖子上的破洞，用颤抖的手指试图把破烂的地方捏在一起，嘴角微微动了动，也许是提示我应该补一补，但他没有说出来，只是默默地看着我，深陷的眼窝里涌出两滴眼泪。瞧着他无助的眼神和沧桑的病容，再看看自己被劳动、拾柴、挖药、学习磨破的衣裳，霎时泪如雨下。

父亲出院后又落下很多术后综合征，身体状况比以前更差，腰也弯了，背也驼了。从那以后，父亲再也没有给生产队放过羊，但每天都要赶着我们家唯一的毛驴去草原牧草。不久，包产到户了，家里分了骡子、牛、羊，到草原上放牧自家的牲畜又成了他的主业。

此后十多年，父亲拖着孱弱的身体，和全家人盖起新房搬了家。他曾两次旧病复发入院治疗，但都没有让母亲和弟弟告诉在部队的我，怕影响我的工作。

20世纪90年代初，父母跟着我进了城，从陇西到兰州，后定居武威城，离开了草原。有一年，父亲来到北京，住了几天就要求回老家，他说老家好，人熟地熟，自由、舒坦……

2007年5月11日（农历三月二十五日），父亲走完了人生的78个年头。此前，母亲打电话告诉我："你父亲病情加重了。"我说："抓紧送医院治疗。"母亲说："好说歹说，你父亲怎么也不去医院，他还说'我不再连累你们了'。看着他痛苦的样子，孙女哭着下跪求他，他都不去。"我还没来得及请假，噩耗就传来了。

我知道，父亲没有不治之症，也没有疑难杂症，大部分是消化不良等老年病和手术后综合征，到医院去治一治就会好起来，肯定能多活些年，但他选择了"不再连累你们"，他不想再给我们增加负担了，他要有尊严地离开这个世界，离开他心爱的草原。

父爱是无言的结局。父亲走了，我心中的悲凉如同滚滚山洪冲倒了巍峨的高山，从此这个世界上少了一个牵挂我的人，也少了一个我牵挂的人。我的身后少了一双默默注视的眼睛，少了一颗真诚祝福的心。

我十八岁就离开了父亲，离开了草原。常常想等到草原最美的季节，再陪父亲放一次羊，再陪父亲一起看草原，多么想再依偎在他身旁，去看蓝蓝的天，青青的草，去听那咩咩的羊叫声……

父亲的一生是勤劳的一生，痛苦的一生，疾病整整折磨了他半个世纪。但父亲的一生也是坚强的一生，勇敢的一生，在我的心中，父亲像高山一样威武，对儿女有比海深的恩，比天大的情，是我胸中永远的珍藏，也是激励我奋斗、前进永恒的榜样和精神力量。

当兵离开家乡后，我写过一篇思念父亲的文章《村头，那条小路》。那是父亲的双脚在草原上踩出的路，那是一条盼儿的路、相思的路、祝福的路、希望的路——爱之路。如今那条小路再也无人涉足，早已长满各色花草，花香弥漫草原，飘荡在大山深处。有一天，我梦见了父亲，他又来到了那条小路上，穿一套崭新的、得体的蓝色制服，被百花簇拥着向我微笑。想必，父亲在天堂里再也不用辛劳，再也没有病痛了……

村头，那条小路

在我的故乡——祁连山深处的大草原上，纵横交错的羊肠小道布满山野，唯独村头的那条小路，在我的心灵深处犹如一道七色彩虹，光辉灿烂。

牙牙学语时，父亲常常背着或抱着我，沿这条小路去长满野花的青草坡上抓蝈蝈、采蒲公英。一次，我背着小手蹑手蹑脚地走到蝈蝈后面，两手一合扑过去，结果蝈蝈没有抓到，我却从山坡上滚了下去。这下可把父亲吓坏了，他三十几岁得子，我可是心肝宝贝。听母亲说，从那以后，父亲再也不让我自己抓蝈蝈了，每次都是我提着笼子，他去追逐那些调皮的蝈蝈或蟋蟀。回来时，我提着那些"战俘"，拿着火焰般的山丹花，那高兴劲儿就甭提了。我摇头晃脑地走在那条小路上，不时回头瞧瞧父亲，送给他一个微笑。父亲像警卫员一样跟在我后面，看着我迈着八字步走路，说："这孩子，啥时候才能在这小路上走得像个样子。"

上小学一年级时，一天下午，天上飘起了雪花，到黄昏时已是鹅毛大雪，晚上睡觉前，我心里已在犯愁。第二天早晨天气放晴，只见一夜间下了尺余厚的雪，外面是一个银色的世界。背着书包，沿着村头那条已被人扫开的小路向学校走去，忽然听到沙沙的扫雪声，猛一抬头："啊，父亲。"想来父亲起得很早，通往学校的小路已扫开很长一段。他的眉毛、胡子和羊皮褂子、帽檐都已结上了毛茸茸的冰霜，只有两只炯炯有神的眼睛和棱角分明、冻得发紫的嘴唇清晰可见。离学校还有不少路程，如果把路扫开再去上学，就得耽误半天课。我看着那厚厚的积雪，心里有说不出的难过。父亲也许猜透了我的心思，望望学校所在的方向，再回过头看看我，背起我走进了茫茫雪原……下午放学回家时，那条路上的积雪全部被父亲扫去，路两边高高的雪墙足以说明积雪很厚。我沿着父亲扫开的路，悠然自得地回到家中。

那时候，故乡冬季的雪很多，有时没完没了地下，有时还是风交雪，高处的雪瞬间就被风刮到了低处或背风处，地面的坑坑洼洼都被积雪填平，雪下面到处是陷阱，很容易受伤。有的雪褶棱到来年春天才开始融化。每遇到这种情况，父亲就背着我去学校："这孩子啥时候才能在这小路上风雨无阻，来去自如。"

一个星期六的下午，学校老早就放学了。做完作业，我三蹦两跳地去了父亲的毡房，还没放下书包，酸奶诱人的香味已使我馋涎欲滴。夜里，我突然发高烧，烧得迷迷糊糊，神志不清。记得我趴在父亲背上，父亲颠颠簸簸地往家里走。第二天醒来，我却躺在公社卫生院的病床上。三天后出院回家，我像出笼的鸟扇着翅膀，飞也似的沿着村头那条小路往家里跑。父亲静静地跟在后面："这孩子，啥时候才能从这条小路上走出去。"

高考落榜后，我毅然报名走进橄榄绿的行列。那时父亲做了一次大手术刚刚出院，他没有千叮咛，更没有万嘱咐，只是默默地跟在我后面，沿着村头的那条小路把我送出村。服役期间，我偶尔收到弟弟们的来信，说："父亲老多了，一年不如一年。每当中秋节和春节，都拖着病体在村头的那条小路上来回踱步，有时蹲在那里沉默寡言，一蹲就是一个晌午。"五年后，我已从普通士兵成长为一名警官，第一次回家探亲，刚一下车，远远就望见村头的那条小路上站着一个人——那是父亲。父亲的确老了，额头上已布满深深的皱纹，先后动了几次手术，腰也弯了，背驼得更加厉害。看见我，他高兴地笑了，眼眶里满含激动的泪花，"这孩子，你终于……"但我始终没有弄明白，这个"终于"后面是"回来了"还是"走出去了"？个中滋味，他心知肚明，我也有切身的体会，此时此刻，确实难用语言表达。

　　每当战友说回家探亲，我脑海中便浮现出一幅图画——在祁连山一个宁静的山梁上，有一位面容沧桑的老人，时常在村头那条小路上踱着、站着、蹲着，他在为自己的儿子祈祷，既希望儿子能顺顺当当干出一番大事业，也期盼儿子能平平安安常回家看看。

飘飘荡荡芨芨草

又是初秋，芨芨草一定又染黄了故乡的山坡。许多事情随着时光的流逝、环境的变化渐渐淡忘，唯独生长在故乡草原上的芨芨草时时浮现眼前——那是山崖峭壁、荒山野岭顽强的生命。

人们喜爱芳香四溢的兰草，但兰草太过娇小柔弱；芦苇高大，但芦苇择水洼栖身；骆驼草耐旱，但有此无彼，是孤家寡人。芨芨草却扎根大漠戈壁，在不毛之地独领风骚。如果说牡丹是花中之王，那么芨芨草一定是草中君子。

当你置身西北高原，茫茫青草之中，个头最高，像伟丈夫一样昂首挺立的一定是芨芨草。每当风雨之际，粗壮的躯干微微弯下，替百草遮风挡雨，小草在其腋下，如同孩子投进母亲的怀抱。阳光灿烂时，剑一样的叶子不蔓不延、不仗势欺人，努力向上长，为弱小者争取更大的空间，与百草同呼吸、共命运。严冬，除去冰雪，掀起平铺在地面上的枯叶，下面的小草安然无恙，生机勃勃，活出一片绿色的春天。

每逢春天，芨芨草刚刚发出嫩绿的芽，孩子们就牵着牛马去放牧，那些绿里透黄的芨芨草，牲口最爱吃。有些口细（挑食）的"馋猫"专挑芨芨草吃，邻家的一匹枣红马就是吃悬崖上的芨芨草时失足跌进山谷的。芨芨草长得很快，到盛夏已有尺把高，茎从叶子里冒出，有的已吐出淡紫色花蕾，郁郁葱葱，煞是好看。人们把芨芨草的叶子用镰刀割回家晒干，再捆成捆存起来，以备牛羊过冬。

割草也是我童年的一项重要任务。有时候我一边放毛驴一边割草，山坡上的芨芨草，驴爱吃，也最好割，抓住一把就能割下很多。

秋天是收获的季节，也是山里人非常忙碌的季节。芨芨草渐渐脱去绿装，变得金黄，一片片、一丛丛芨芨草就是草原上的芦苇荡，或黄灿灿，或银闪闪，远远看去似雾似雪，沉甸甸、毛茸茸的穗子在风中摇摆，像白发仙道向路人颔首致意。当你置身其中，仿佛进入仙境，美不胜收。这时，家家户户、男女老少都忙着拔芨芨草，成捆成捆的芨芨草码在山里人的院落和屋顶。

到我能拔出芨芨草时，也模仿着大人的姿势去拔。芨芨草喜欢坚硬的土地，根扎得深，性硬且脆，用力小了拔不出来，用力过猛又容易断，也容易对手造成伤害。有时候戴上手套都会把手捋得青一块紫一块，如果不戴手套，一不留神就会划开一条血口，痛得钻心。即使如此，我和父亲每到深秋和冬季都要去拔芨芨草。父亲是一边放羊一边拔，我是抽空去，每次都或多或少地拔一些回来。

那时，供销社专门收购芨芨草，听说芨芨草可以做很多漂亮的工艺品。山里人除了把晒干的芨芨草卖给商店，换些盐油酱醋茶之类的生活用品，多用于编背篓、箩筐，打席子，扎笤帚、扫把等。大部分山里人都是芨芨草编织能手，我们家的炕席就是母亲亲手编的。一块芨芨草炕席可以用十到二十年甚至更长时间，用的年份越久远越好用，光滑明亮，不比竹席逊色。

那时家里穷，没有钱买绳子，而且家乡当时还没有化纤绳子，拴牲口、捆柴火等都用芨芨草拧的草绳。芨芨草刚柔相济，拧成的绳子非常结实，也是草原上唯一能搓拧出承载较大重量的绳子的植物。

拧草绳既是力气活，也是技术活，虽然技术含量不高，但有些人拧的芨芨绳粗糙坚硬，不好用，我父母拧的却光滑柔软，粗的能驮柴或捆绑重物，细的能用来拴驴拴羊。如今我还记得父亲拧草绳的情景。每当最后一抹夕阳染红天空的云彩时，他就拿着小木凳，坐在院子里最开阔的地方，弯着身子，嘴里哼着五音不全、词不达意的花儿少年，开始了他的伟大创造。他先一根一根剥去干芨芨草根部的毛须和枯叶，再把它们浸软，取少许，用榔头击之，击打后的芨芨草就变成了丝线状。父亲席地而坐,取适量丝线状的芨芨草,用脚夹住根部,弯腰低头,两手用力搓之,搓几下,加几根芨芨草,等达到一定长度时,就把搓好的细绳盘成圈压在脚下,再低头弯腰往长搓,就这样反反复复,搓到毛坯绳足够长时,父亲就叫我过去帮忙。我们把他搓好的毛坯绳拉开,拧上劲,再从中间对折,拧起来,一条细绳就拧成了。若要制成更粗一些的绳子,就反复折、褶数次,结实的绳就拧成了。毛坯绳是搓成的,褶绳要拧,得有足够的力气,一般都是大人拧褶,小孩子抓着绳子的另一端调整方向。

父亲说,要拧一条上好的草绳,关键有三步:一要把芨芨草砸得很柔软,既不能砸断破坏结构,还要保证非常绵软,这需要细心和耐心;二要掌握好用劲拧的分寸,不能太紧,也不能过于松弛,紧了会使绳子变硬,松了绳子会散架;三要把插头隐藏好,不能露在外面,否则绳子就会变得粗糙。

农闲或没有草绳用时,母亲也拧芨芨绳。母亲的脚力没有父亲大,搓草绳时不是用脚夹住草绳,而是把毛坯绳的一头系在腰间,再绕到脚下蹬住,两手一拉,吃上劲后再搓拧,然后把搓好的毛坯绳一圈一圈缠到腰里,等细绳搓够了再叫人帮忙褶起来。

有一年,我回到草原,当时临近寒冬,看到满山遍野的芨芨草完好无损,穗子在微风中轻轻晃动,显得格外醒目。原来,现在家乡的人已不拔芨芨草了,也不用芨芨草打炕席、拧草绳了,也不割来喂牛喂羊了。芨芨草长得壮硕,长成了草原上一片诱人的风景。

敬礼!故乡的芨芨草。在草原上,牛羊喜欢你,人也喜爱你,你既给草原增添了美丽,又能填饱食草动物的肚子,在困难时期还能变卖成钱、制成各种器物和用品,你在山里人的生活中是不可缺少的宝贝。

离家千万里,乡情永难忘。岁月悠悠,如今很多事情已成过往,有些景物变得模糊起来。唯独长在故乡沟沟坎坎、田间地头的芨芨草,一丛丛、一丛丛,连同我父母拔芨芨、编筐、拧绳的身影,时常清晰地在我的眼前飘来荡去……

母亲的家

母亲出生在20世纪30年代初，五岁的时候就没有了家。三岁时，她的父亲病逝，两年后，她的母亲改嫁，把她的姐姐、弟弟留在了城里，唯独把她送给了远房叔父，从此寄人篱下，跟着爸爸（养父，老家把叔叔叫爸爸，把爸爸叫爹爹）过起了山里人的生活，直到她和父亲完婚，才有了属于自己的家。

我的母亲叫吴秀英。她中等身材，既不小巧玲珑，也不粗壮结实，不高但也不矮。她的模样没有名字漂亮，但也不难看，普通平常的样子而已，但在她的言谈举止间，总让我感到她与其他的乡村妇女不一样。她从不埋怨生活，从不埋怨父亲，也从来没有埋怨过孩子，不管受到多大的委屈，我从来没有听母亲说过一句粗野的话。因此，母亲平日里话不多，但也不木讷，不该说的话一句也没有。这也许与她的生活环境有关。我的舅爷爷（母亲的养父）是农民，但读书识字，虽然他没有教会母亲识字读书，但他的文化知识和思想观念却对母亲有耳濡目染之功。

记得小时候，每到夏日闲暇的黄昏或月朗星稀的夜晚，她就坐在院子里编筐、编笼或做针线活，我们兄弟们还有我四叔的孩子就围坐在她跟前，缠着她讲《司马光砸缸》《牛郎织女》《白蛇传》《乌鸦报恩》《羔羊跪乳》等故事，虽然有些情节不连贯，但我们却听得津津有味。有时候她一个故事接一个故事地讲，直讲到孩子们一个个依偎在她身上、腿上打起盹来，她便拾掇了手头的活计，把睡着的孩子一个一个抱回家中。

有一次，她正说着故事，突然叫起来："哎呀，真美！"我们顺着她望的方向看去，一轮硕大的金黄色的月亮从东边山坳冉冉升起。那天，天蓝得像洗过一样纯净，月光下，山岚白茫茫的，远山近影影影绰绰，层峦叠嶂，星星一闪一闪，格外明亮，真是美极了。我回头看母亲，她的脸上也洋溢着喜悦的光。

在草原上，这样月光如水、繁星满天的夜晚很多，但和母亲一起坐下来欣赏的时机却非常稀少，我深深记住的，多是母亲忙碌的身影和母子俩在星光月下的负重前行。

母亲既不会写字，也不识字，所讲的故事都是她从舅爷爷的嘴里听来的，她又反反复复地讲给她的子女，使我们在这些故事的熏陶中渐渐地懂得了一些做人的道理。

孩提时代，母亲对我格外疼爱，我也是最令母亲操心的孩子。也许因为我是她的第一个儿子，也许因为在我之前她已经生育了三个女儿，而且两个女儿已经夭折。这两个女儿的不幸，对她来说如同天崩地裂的打击。因此，我成了她的宝贝疙瘩。她说，我小时候不往炕上睡，她一放手我就哭，她坐月子时，整整抱了我一个月，而且我吃母乳一直吃到三岁。因为家里困难，那些年除了奶水，几乎没有婴儿能吃的食品。

我还不会走路的时候，有一次突发高烧，她抱起我就往公社卫生院跑，一口气跑了十多里山路。从我们家到卫生院，要下一座山，过一条河，再翻一座山，到卫生院后，她没有找到医生，只好先把我抱到一个锅台上烤火取暖。由于天寒地冻、虚弱、焦急，她精疲力竭，忽然晕厥过去人事不省。她醒来后，发现医生在手忙脚乱地抢救她，便急急地问："我的孩子……我的孩子在炉子上。"直到医生把我抱过来，她才安静了下来。她说，那是一个架大锅的炉灶，那天如果我站立不稳栽进炉膛，她就没法活了。

有一段时间，不知道我的身体出了什么问题，老犯困，母亲就去左邻右舍打听，找那些在当地比较有名的神婆子（巫婆）讲迷信治病。一个巫婆说我肩上的两盏灯灭了，母亲求得了禳解的方法，如获至宝。回来后准备了五颜六色的纸张、油灯，还亲手糊了纸人、纸灯，在院子里放了一堆火，让我围绕火堆一圈一圈转，她跟在我后面，拿着那些道具一边在我身上摔打，一边喊着"贵生来了，贵生好了，鬼跑了，灯亮了，魂来了"。老家把这种迷信活动称为"叫魄"。

母亲生在20世纪30年代初，对迷信活动半信半疑，而一旦我们感冒头痛，她就会自己制作纸钱（冥币），用讲迷信的方式为我们治病。她经常说我是文曲星下凡，命运在弟兄们中是最好的。我说："这些都是迷信活动，都是牛鬼蛇神，不能信。"她说："迷也罢，信也罢，迷信迷信，不能不信，也不可全信。"她还经常抓着我们的手指看指纹，说指纹像箩儿的多命就好，指纹像簸箕的多就差些。她说我的手上只有两个箩儿，某某家的孩子两只手都是箩儿。这让我对某某家的孩子生出几分羡慕。母亲敬畏自然、敬畏世间的秩序，相信老天有眼、万物有灵。

我的父亲和母亲结婚几年后就从马上摔下，落下病根儿，干不了重体力农活，长年在外放羊，生活的重担全压在母亲的肩上。母亲白天要参加生产队的劳动，收工后要烧火做饭、喂猪喂鸡、照顾孩子，还要抽空到附近的田间地头割青草、拔猪草。夏秋时节，母亲早晨出工时就吩咐我，太阳到后晌时或放学了就赶上驴，到她劳动的地方驮草。下班后，别人都匆匆忙忙回家了，母亲才带着我在田间地头打猪草、割青草，每次都是日头沉下西山后，把驮子驮满，在身上背够才动身回家，披星戴月是家常便饭。我们家废弃的老屋有几个深不见底的窑洞，每到这时就变成母亲储草的仓库，她把草晒干，然后一捆一捆背进去码好，窑洞里塞得满满的。

到了夜晚，她还要缝缝补补，既要给孩子们缝补衣裤，还要修理破损的农具、锅碗瓢盆等。那时家里的盆盆罐罐很少，都是"新三年旧三年，缝缝补补又三年"。在我眼里，这世上就没有母亲不会做的事。母亲在田里干活是一把好手,操持家务时也是能工巧匠。别人没有犁透的地,她重新犁;别人没有种好的地,她重新播种。她既会制作农具,又会修理农具和家具;既会做针线活,又会煎、炸、烙、蒸,是远近闻名的大师傅。不管在哪个行当,她都干得得心应手。

但是,在那样一个家庭,要想活命,不这样干又能怎样?有时候,我一觉醒来,也不知道是深夜几点,仍然看见母亲在煤油灯下一针一线为我们纳鞋底、补衣服,她的辛苦与忙碌可以想见。

在那种吃了上顿没下顿的年代,要让一家人吃饱穿暖十分不易,何况像母亲这样没人帮衬的妇女,更是难上加难。但母亲凭着勤劳好强的性格、质朴善良的为人,把这个家打理得让丈夫满意、孩子们高兴。母亲说,有一年是几十年不遇的大旱,草原上没草,地里庄稼歉收,到了冬春时节,我们家已经没什么口粮了,她就约了几个同村妇女去野外挖老鼠仓,寻到老鼠洞多的地方就抡起锄头"咣咣"地挖,就这样挖了一整天,觉得身体都散架了,才收获了一碗粮食。除了挖老鼠仓,母亲还到生产队种过土豆的地里翻,碰运气捡一些秋收时没有拾干净的冻土豆来接济家里。

母亲把挖来的老鼠仓和冻土豆分门别类,当时能吃的就煮了充饥,当时不能吃的便去皮晾干,再掺一些蓼子之类的草籽炒熟做成糌粑,白面则留给父亲放羊的时候吃。

除了挖老鼠仓,母亲还利用上下班间隙拣拾地卷皮(地达菜)、采野韭菜来救急,春秋两季,她还经常起早贪黑到远处的地里去挖野胡萝卜。老家的野胡萝卜叶子长得像胡萝卜,但颜色是白的,模样跟人参差不多。母亲把野胡萝卜挖回来,或洗净煮着吃,或做成拨拉子(当地特色吃食)。制作拨拉子时,她先把胡萝卜洗净切成段或一个一个囫囵置于锅底,然后加上水辅以食盐,再在上面盖上生面,有时是纯麦面,有时掺和豌豆面、扁豆面、青稞面、大麦面等杂面,最后撒上一些晒干的野葱花、韭菜花等权作调料,等焖熟后再滴几滴胡麻油或用热油炝之,搅拌均匀,吃起来沙沙的、甜甜的、香香的,至今想起来还让我馋涎欲滴、口中生香。小时候不知道人参何味，现在一比较，家乡的野胡萝卜要比人参好吃百倍、千倍。难怪母亲经常说，故乡的胡萝卜是小人参，挖胡萝卜就是挖人参。母亲做的野韭菜合子也是全村出了名的好吃，如果母亲做韭菜合子，在很远的地方就能闻到从我们家厨房飘来的诱人香味。

在我的印象里，母亲一入冬就开始准备冬藏。她把地窖打扫得干干净净，把埋了萝卜的陈土换成新的，挑拣好的土豆、萝卜、白菜存放进去。其实我们家的地窖就是地下窑洞，这也是母亲的杰作。她说这样的地窖宽敞，储藏蔬菜方便，还不容易坏。每到春季，别人家储藏的土豆、萝卜要么腐烂，要么长出芽孢，但我们家的到了夏季还完好无损。母亲告诉我，让储藏的东西保鲜的秘密在于地窖的湿度和温度，控制二者的窍门是不能把地窖口封死，要留一个适中的口，可以进入新鲜空气。

接下来就是腌制咸菜。母亲是腌制咸菜的行家里手，远近闻名，左邻右舍都请她帮助指导。母亲腌制咸菜时先要把腌菜缸和菜洗净晾晒，一层一层摆放，可谓层层蔬菜、叠叠作料。那时家家户户都没有更多的调料，常用的就是食盐、花椒、生姜。除此之外，母亲腌制咸菜时还添加了取材于草原和大山的石葱、野蒜、野韭菜等，这些东西既是菜又是作料，不仅提升了咸菜的品质，吃起来也味道独特、甘美。这也许就是妈妈的味道。

"五月里五端阳，山川杨柳插门前。"我们这里没有杨柳，母亲便在端午节前或当天采些艾蒿插在门框缝隙里。她说这是习俗，是为了辟邪祈福，艾蒿还能驱赶蚊虫。那时，虽然食品短缺，但母亲对端午节、中秋节、春节、元宵节等传统节日非常看重。草原上没有粽叶，更没有大米，母亲就以麻腐饺子（当地的一种水饺，以麻腐和洋芋为主材制作）代替粽子。有一年家里没有白面蒸月饼，她就烙了几块野韭菜饼，充当月饼过中秋节。她说："年头节下的，图个吉利。"有一年，她蒸了好几块又大又圆的月饼，结果节日期间天公不作美，阴雨连绵，没几天，月饼上就长出了霉点。她小心翼翼地把月饼从蒸笼里搬到案板上，太阳出来时，她就将月饼移到外面晾晒。那些霉变的月饼皮晒干后擦去白毛，都进了她的嘴，她从没有嫌弃过。

就这样，在母亲的用心经营下，在那个很多人都去要饭吃的年代，我们也没有饿过肚子。事实上，那时候人们的生活是非常艰难的，但我们不觉得有多苦。现在回味起来，一方面是因为大家都一样苦，另一个原因是有父母在遮风挡雨。母亲的家，就是我们儿时的天堂啊。

家是母亲生活的全部，为了家，她忙里忙外，忍辱负重。因为父亲常年有病，她很多时候要充当男人的角色，不愉快的事十之八九。但她始终都不怨恨。父亲为社里放马而受伤生病，要求安排一个力所能及的活养家糊口，结果被社干部多次拒绝，母亲从没有说过他们的不是。我当兵那年，父亲住了大半年医院，母亲在医院伺候父亲没有挣上工分，年底生产队不给分口粮，会计把我们家应按人口分的口粮都倒在库房的地上，直到粮食长出了绿芽才叫母亲过去拿。到了库房，会计把新芽长得绿油油的粮食一指："拿走吧。"母亲气得差点背过气，但她强忍住心中的怒火，只轻描淡写地说了一句："人在做，天在看，干没良心的事，迟早会遭老天报应的。"之后流着伤心的泪，空手回到家里。多年后，母亲才告诉我这件事。她还告诉我，我当兵时，公社让生产队欢送我的100斤粮食至今也没有给我们家，还有当时承诺的其他优抚款和粮，一样都没有兑现。我说："老母亲啊，你怎么不早说？拥军优属是党的政策。那100斤粮食是公社决定的，生产队没有理由不给。"我当兵的时候，生产队没有一个人同意，村干部们不让我去，因为我是从学校报名参军，接兵干部家访时，看了我满房子的奖状，非要接我走不可，村干部生着气哩。母亲提起这几件事也很生气。她说当时也想过去公社反映情况或到县上去告状，但最终还是放弃了。好在吉人自有天相，那年风调雨顺，家里自留地的庄稼长得相当好，小麦、洋芋的收成比以往任何年份都多，所以全家人并没有挨饿。后来，我还知道了在农村实行包产到组时，哪个组都嫌我们家没有壮劳力，以及分组后母亲遭到组里人的白眼和欺负，但母亲对我只字未提。

母亲一生与人为善，乐于助人，对路过家门的村里人、外村人，熟悉的、陌生的，都会主动打招呼："到家里喝口茶，歇一会儿。"遇到吃饭，宁可自己饿着也要让客人吃饱。有时候家里确实没可吃的了，也要烧上开水，让人喝了水再走。有的人家没吃的了，也会跑来讨要和借面、馒头之类的食品，只要家里有，母亲从不犹豫，从不吝啬。她说："能借给别人，说明你还有，有借人的，自己就不穷。帮人就要帮人的难处，帮人也是在帮自己。"

后来，母亲住进城里，年岁也大了。只要乡里的人因坐不上车、事没有办完等到家里来歇脚，她都会热情接待，自己做不了饭，就去街上买面皮之类的熟食，让客人吃饱再走。

母亲持家，既注重亲情，也重视孝道。她不到二十岁和父亲结婚，几年后父亲意外摔伤，而且做过好几次大手术，术后综合征纠缠终老。父亲每次手术，都是母亲亲自陪护，一勺一勺喂饭喂药，抚头抚脚精心呵护，母亲从没有嫌弃过父亲，与父亲携手走过半个多世纪。父母结婚凭的是媒妁之言，他们没有山盟海誓，却做到了地老天荒。什么叫爱情？我觉得这就是爱情。什么叫海枯石烂心不变？我认为这就是海枯石烂心不变。我的爷爷奶奶去世时我还小，对于他们，我一点印象都没有。但据村子里的亲朋讲，我的父母都很孝顺，在二老弥留之际，都是母亲端茶送饭、侍汤递药。母亲的爸爸（养父，也是我的舅爷爷）家在另外一个村，距我们家有十几里山路。舅爷爷晚年生活不能自理，母亲经常抽空去给他换洗衣服、晾晒被褥。有时晚上收工，她会快速蒸几个白面馒头，自己一口都不舍得吃，自己的孩子也一口都舍不得给，连夜提着翻山越岭去看望老人。她常说："养育之恩是天大的恩情，乌鸦都知道报娘的恩。"就这样，母亲一跑就是好几年，直到舅爷爷驾鹤西归。后来，我们的生活渐渐好转，母亲还经常步行近50公里去看望生活在武威城里的胞姐胞弟，去时总要或多或少地带一些蘑菇、风干牛羊肉等野味或土特产，风尘仆仆，不辞劳苦。母亲的心里装满亲情，装满孝心，装满爱心，唯独没有装自己，没有想过自己的苦、自己的累。她永远是我们为人处世的榜样和力量源泉。

农村实行包产到户后，我们家不但分了责任田，还分了二十多只羊、一头骡子、三头牛。当时我已经当兵，父亲手术后刚刚出院，还不能干农活，种责任田、饲养牲畜、料理家务等全都落到母亲一个人的肩上。最让她头疼的是，分给家里种地的只有一头犏牛，耕地时还需要找别人家的牛配对。那年春种时，母亲早早就和也需要耕牛配对种地的人家商量好了，但把别人家的牛牵回来准备架犁地工具时，才发现我们家的这头犏牛因为没有调教好，怎么也驾驭不了，还差点把帮忙的人顶伤。无奈之下，情急之下，母亲和一个亲戚步行50多公里，把犏牛赶到集市，换了一头比犏牛小一半的温顺的黄牛。等把黄牛牵回家，母亲大病一场。

在农村，犁地、播种这样的重体力劳动都是男人干的，而我们家都是母亲干的。包产到户以前，生产队男劳力不足时，母亲也顶上去，牵着牛、驾着马，像男人一样为集体犁过地、耕过田。土地分给个人后，我们家的这些重体力活自然落到母亲的肩上。她白天在自家地里干农活，夜晚还要抽空去草原上看分给我家的牛。不分轻重和没日没夜的操劳，让她的手指早早变了形，十根手指头没有一根是直的，有的指关节骨质增生，肿得疙疙瘩瘩的，让人看着害怕。她的手看上去比一般男人的手还大、还粗糙。后来她确实感到力不从心，便想办法以高额的回报把自家的羊给别人代放。不久，父亲又住院并再次手术，家里要搬家、修房，母亲都默默地扛着。再后来，她确实忙不过来了，在无可奈何的情况下，就把我上学的二弟叫回家种田了。

当兵五年后，我第一次探亲，才知道家里发生了那么多大事，经历了那么多困难。母亲怕影响我，从没有说过只言片语。

"忠厚传家久，诗书继世长。"这是古训，是中华优秀传统文化，也是母亲治家的基本遵循。母亲没有上过学，但她记性好，跟着舅爷爷背过《三字经》《千字文》《百家姓》等，深知不认字、不会写字的苦。虽然家里那样穷困，但她还是让我们兄弟适龄入学。姐姐大我十一岁，没有读过书，是因为当时当地没有学校，如果有，我相信她也一定是一个有文化的人。

母亲教育孩子，既鼓励我们好好念书，也要注重做人做事和言谈举止。农村人面朝黄土背朝天，从鸡鸣忙到熄灯，杂七杂八的活很多。为了让我们学习，母亲自己能干的活尽量不让我们帮忙。上小学时，我体质弱，只要家里杀了鸡，鸡心都留给我独享。母亲还千方百计从货郎子（小贩）手里兑换些核桃、枣为我们兄弟补脑。我读初中时，母亲说我走路经常左右摇晃，我不信，母亲就让我到斜阳下去看自己的影子。她总是坚持跟在我的后面，纠正我走路的姿势，直到我走得挺拔端庄。

虽因各种原因，我们姐弟四个没有读大学，未能达到母亲的期望，但与同村同龄的孩子相比，我们算是读书最多的。她的孙辈们都读了大学，而且全部生活在城市，这一切得益于党和国家的好政策，母亲的教育也功不可没。

说实话，我身上的很多东西都打着母亲的烙印。我虽然只是少年时代在农村生活了十几年，可是农民干过的农活，我样样都干过，没有怕过苦；到部队，我脏活累活抢着干，训练不落下，站岗放哨不落下，学习不落下，流血流汗没有流过泪，掉皮掉肉没有掉过队。这份坚毅和执着都是母亲给我的。

母亲对我的厚爱和教育随着岁月的更迭变迁有增无减，我心知肚明。父亲去世后，她坚持独立生活，不让我请保姆，一般的病痛也是自己扛着，从不给我讲，生怕影响我的工作。有一段时间，她的脑动脉硬化引起的头晕非常严重，我们又没有办法照顾她，想送她去养老院，她坚决不去。后来我给她请了一个保姆，过了一段时间，她又把保姆辞退了。我知道，她不是嫌养老院和保姆不好，而是不想给我增加额外的经济负担。她手指的关节已全部变形肿大，但她还坚持给我们绣鞋垫，一年绣一摞。只要我们回家，儿子的、儿媳的、孙子的，还有捎带给其他人的，分门别类人人有份。看看她绣的鞋垫，再瞧瞧她的手，我内心涌出深深的自责：十多岁离家参军，把一生的时间和精力都用到了部队工作上，和母亲一起生活的时日屈指可数，对她在生产劳动上没有多少帮助，对她的生活照顾也是少之又少。

　　母爱是有形的叮嘱。有一次，她头晕得厉害，我去武威看她，见她还在低着头专心致志地绣鞋垫，就劝她不要再绣了，坐久了、长时间低头做针线活会加重她的头晕，可她笑嘻嘻地不停手里的活计。她给我的每一双鞋垫都绣有不同的花样，再配上各异的文字，如"精忠报国""忠诚""花好月圆""保卫祖国""平安幸福"等，她的良苦用心不言而喻，她把对儿子的期望和祝福用针头线脑织进了鞋垫里。

　　娘啊，儿子深深地懂得，您一针一线纳的不是鞋垫，而是儿子的美好前程。儿子只要垫上您精心纳出来的鞋垫，脚下就生风，热血开始沸腾，浑身都有使不完的劲儿。儿子只有拼命工作、报效国家，来报答您的养育之恩和无限的关爱。

　　我的母亲是天下无数的平凡人之一，却也是天下最伟大的母亲之一。她是那样朴实善良，丝毫不怨恨他人；她是那样任劳任怨，从不为自己着想；她是那样执着顽强，从不向困难低头。母亲对家的目标和要求不高，她说："只要人在就有一切，只要人好就有好家。"母亲因我们的忧愁而愁，也因我们的快乐而乐。

　　要写我的母亲，写母亲的家，是写不完的……

　　母亲90岁那年，健康状况越来越差，老年病越来越多。眼花了，耳朵背了，已经换过人造股骨头的腿脚越发不灵便了，心脑血管疾病和呼吸困难症时有发生。但她头脑清楚，生活能基本自理，依然保持着足够的精气神，保持着乐观、积极、向上的人生态度。

　　有一天，母亲不慎摔倒，造成另一条腿的股骨头断裂。医生检查后无奈地说："这是生命中最后一次骨折。"这一摔，母亲像一棵饱经风霜的参天大树倒下了，再也未能站起来。当时光把年轮刻到91岁时，她的人生旅程终止了——她在痛苦中带着对家的眷恋，永远离开了这个世界，离开了她的家。

母亲的羊皮褥子

母亲千里迢迢从故乡来部队看我了。落满灰尘的提包里装的是母亲送给我的礼物——一条羊皮褥子。母亲今年已六十多岁了,每年总要寄一些鞋垫之类的礼物给我,这不,前些日子让亲戚捎来的牛尾巴掸子还挂在墙上,说我在部队里整天土里爬泥里滚,用它掸身上的尘土好使。

看着这些飘着浓郁乡土味的礼物,我想起许多事来。

我生性好动,在学校时,经常参加打篮球、跳高、爬山等体育运动,每年都能捧回好几张奖状,母亲摸着那些奖状,脸上总洋溢着甜甜的微笑。有时候她还会蒸些白面馒头奖励我,说我给她争了光彩,长了志气。

然而爱动的人费鞋,母亲常提着我那咧开嘴的鞋子愣神。至今我还清楚地记得,童年的一个子夜,我从梦中醒来,母亲正在一针一线为我补鞋。浑浊的煤油灯光被她慈祥的目光沉淀了,变得明亮而清澈。她的手拔不出针,就用牙咬住针往外拔,一不留神,针刺中了嘴唇,疼得她直咬牙。就这样,当黎明降临,我鞋子上的"老鼠洞"悄悄长出了两朵好看的花。穿着母亲补好的鞋,我的精气神倍增。然而,为了给我补鞋,母亲一年要熬很多很多的夜。

参军后,母亲给我最多的礼物就是鞋垫,至今柜子里还存有十几双。母亲既不会写字,又不懂绘画,可是她做的鞋垫件件是工艺品,各种图案小巧玲珑,清丽淡雅,有的还绣上"保卫祖国""忠诚""勤奋""幸福"等字样。我知道,母亲不会写字，这些都是母亲请人画在上面，又一针一线绣上的。她说，训练时脚爱出汗，布鞋垫吸汗，能保护脚。至于鞋垫上那些字的寓意，做儿的心明如洗——那是母亲的嘱托、母亲的希望，那是母亲的情、母亲的爱啊。

那年回家，我一进门便看见院子里有一个皮匠，腰里捆着一道绳子，手里提着一把刮刀，吃力地一刀一刀捋皮。仔细一瞧，原来是母亲。"妈，您这是做啥呀？"母亲转头一看，多年不见的儿子回来了，赶忙撂下手里的活计来接我的提包，激动得忘了回答我的问话。后来我才知道，她熟了几张上好的滩羊皮，准备给父亲和我缝制两条羊皮褥子。我说："父亲有病，您就给父亲做一条吧。部队发的棉褥子、棕垫子都很绵软暖和，不需要羊皮褥子。"可是母亲说："你外出训练，羊皮褥子隔潮防寒，可以预防风湿关节炎。不过做起来很费劲。你别急，等妈做好后再送给你。你爹的还能用，等铺烂了我再给他做。"听着母亲的话，我鼻子酸了，眼眶湿了。此刻，我只有一个念头，我要用百倍的努力去求索，去创造，去回报娘的恩情。

母亲要走了，她要回大山里的老家。她打开提包，把制作精良、洁白柔软的羊皮褥子铺到我的床上，叮咛我："驻训时把它铺在棉褥子底下，铺一段时间就要拿出来晒一晒，防止受潮、变味、虫咬。"那一刻，我突然领悟，我铺的哪里是羊皮褥子，而是永远睡在母亲温暖的怀抱里……

母校孕育梦想

时光过去非常久了，在母校读书的情景已经模糊不清，但有些记忆却清晰如昨。

七岁那年，父亲带我翻过两座山，去生产队的村办小学报名。那时公社（乡）已经有学校了，离公社远一些的生产队（村）也有队办学校，负责教一年级的孩子，二年级开始到公社的学校上学。

走进生产队的一间屋子，我瞧见几个孩子坐在土墩上等待，趁父亲找人之机，我环视了这间屋子：大约二十平米，土墙土地，六排高低、大小、宽窄相异的土台子错落地立在中央，正墙上方写着八个大字，当时不认得，后来才晓得是"好好学习，天天向上"。墙中央是一块凹进去的黑板，侧墙有一扇三尺见方的窗户，糊着报纸。这就是平台生产队的队办学校，晚上在这里开农民扫盲班（认字班）或当会议室开会，白天一年级的学生上课。

那天报上名，父亲就带我回家了，没有发书，也没有见到老师。过了几天要开学了，父母说我不能上学了，要不然两个弟弟没人照看。就这样，我还没有走进学堂就辍学了。

两年后（1972年3月），我九岁，直接去了公社的学校——旦马小学。队办学校停办了，公社周边所有队办小学都合并于旦马小学。

故乡是我生命开始的地方，而旦马小学则是我梦想的发源地。校园位于大台子河畔，东面与公社政府机关相邻，南面是大泉，西连横路生产队，对面是高耸陡峭的大泉鄂博，是我们平台村的地盘。六七排平房坐西朝东，教室比平台队的要宽敞明亮，木质长条桌凳半新半旧。校舍东边有一个足球场大小的运动场，有两个木头篮球架子，角落里有一张土块砌基、水泥台面的乒乓球桌，是老师、学生打球、跑步、做操的活动场所。

当时在校的学生并不多，我们班只有二十几个人。时间久了，具体准确的数据已记不清了。我们一年级只有语文和算数两门课，算数由1开始教数字、学数数，语文看图识字从人、手、口、羊、马开始教认字、学写字，从a、o、e、i、u、ü开始教汉语拼音。尽管从零开始，尽管起步较晚，但毕竟上学了，我心中有说不出的高兴。

依稀记得，我第一天上学背的是父母装食品用的黑色牛毛线挎包（山里人自制，自己捻线自己编），包里装了一个青稞面馍馍。我背着书包，从门前的山坡走下去，先向北一拐，走过一段羊肠小道，过一道河沟，再经过一段平路往西一拐，过大台子河，就来到了学校。遇到下雨天，家里没有雨伞，妈妈就给我找了一块方布或毛毡往身上一披，后来就用塑料布或塑料袋。遇到大雨大风，披在身上的塑料布就成了"聋子的耳朵"。坡陡路滑，我常常全身湿透，两手泥巴。但我从没有迟到过一次，也没有旷过一次课。

学生只有两个作业本，一个是生字本，一个是算数本，本子不够用了，就翻到背面再写。当时家里没有多余的钱买本子，我的作业本都是正反两面都写完，有的封面上都写满了字。我们还经常拿木棒、石子、废电池的碳杆在学校的操场上写字，一个生字写几十遍甚至一百遍，无论春夏秋冬，无论严寒酷暑，一如既往。碳杆在地面上写字最好，清晰，保留时间长。虽然是废品，对于我来说也是难求的紧俏货。在外面，我基本上是用石子写字，有时折一截树枝写。寒冬手冻僵了，就放到嘴上哈一哈；写困了，就站起来跺跺脚、抡抡胳膊、抖抖手腕，继续写。那时的冬季特别冷，有个同学的耳朵冻肿了，回到教室在火炉上一烤，肿得像猪八戒的耳朵似的,现在想起来都害怕。即便是在这样的条件下,也没有一个人叫苦喊冷。有时同学之间会比较谁写得多、写得好,心里暗暗较起劲儿。

后来,除了语文、算数,还开了音乐、体育课。音乐老师教我们唱"我爱北京天安门,天安门上太阳升,伟大领袖毛主席指引我们向前进……"我们扯着嗓子唱得酣畅淋漓,歌声传遍大台子河谷,久久回荡。歌声触动心灵,涵养情愫,荡起心中的涟漪,使我在懵懂中产生了向往的情怀。

体育课上,老师教我们做广播体操、滚铁环、跳绳,还和我们一起玩"丢手绢"等。

我升三年级的时候,学校由小学变成中学,九年一贯制(小学五年,初中两年,高中两年),从此,旦马中学诞生了,学生也逐渐多了起来。校舍不够用了,校领导动员大家勤工俭学。先是移山造地,打土基(土坯)。学校把挖土的任务分配到每个班级,同学们有的从家里拉来架子车,有的拿来担筐、背篓,展开了一场轰轰烈烈的"愚公移山"。

那时我已经当了班长,领到任务后,我把任务平均分成三块,全班分成三组,各自为战,背拉挑扛,劳动场上尘土飞扬,用了整整一学期的劳动课和课外活动时间,完成了我们班的任务。

那一年,全校师生像蚂蚁搬家,足足把山坡向前推进了一百多米,打成的土基垒得像长城似的。我升初中时,那里修建了一栋老师宿舍、四栋教室,还挖了跳远的沙坑,安装了单杆、双杆等运动设施。紧接着,又在学校东侧挖掘了一块足球场大的活动场地,形成了旦马中学后来的规模。

学校沿大台子河岸有一条水渠,栽种着很多白杨树和柳树,靠大泉一旁有一大片树林,树木高大,树叶密密匝匝,小鸟飞来飞去、叽叽喳喳,是我们背课文和玩耍的好去处。每到自习时间,校园周围、水渠旁边到处都是读书的学生,琅琅读书声、潺潺流水声和树叶哗哗声、鸟儿啁啾声美妙而和谐,使寂静的山区显得热闹而富有活力。

随着年级升高，语文老师开始让我们写作文。记忆犹新的是那节关于"我的理想"的作文课，大家朗读各自的作文。同学们的理想可谓五花八门，有想为母亲做饭的，有想为父亲放羊的，有想当科学家、解放军的，有想开飞机、开汽车的等等。老师讲评道："听罢同学们的作文，我很激动、很欣慰。理想就是人生的目标，人活着就得有理想，并且要努力为之奋斗。"那天，老师给我们讲了雷锋的故事、张思德的英雄事迹，要我们长大了无论做什么工作，都要为人民服务。时至今日，这节课的场景仍然难以忘怀。

六一儿童节前后是我们最快乐的日子。我们穿着蓝裤子、白衬衣，系着红领巾，参加庆祝活动。有时候家里宽裕，母亲就早早拿着布票和购货证去供销社扯布回来给我做新衣服。没有新衣服的时候，我就去借别人家孩子的穿。

有时公社也利用学校的场地组织运动会，各大队和牧场的代表队齐聚学校，周围的社员、牧民都来观看，非常热闹。高二那年，我作为校篮球队队员参加了比赛，获得了第二名的好成绩。

我爱体育课，喜欢各种运动，所以每年运动会都有获奖项目，基本上年年都被评为三好学生。奖状拿回家后，妈妈心里乐滋滋的，给我把奖状一张一张贴在墙上。

那时候，学校冬季取暖用的是煤炉子，架在教室中间，学生每天早晨到校的第一件事就是生火。但由于大家都不大会，往往是上课铃声响了，教室里还是浓烟滚滚。烧柴都是学生从家里拿，有时候轮到谁值日谁拿，所以我们天天拎着柴火上学。后来经班主任同意，我利用星期天组织全班学生去森林里拾柴，一人一捆，或扛或背。后来其他年级的同学也效仿我们去拾柴。

学校的课外活动丰富多彩，有时集体组织唱歌、办墙报、出黑板报，有时也组织拔河、跳绳等体育活动。我更爱打篮球，在激烈的拼争中，不但锻炼了身体，而且能培养团队意识。

初中时，正赶上国家升学时间由春季改为秋季，所以我初中多读了半年。当时"文化大革命"刚结束，课程越来越多，生产劳动也越来越多，经常参加生产队的平田整地、庄稼收割等劳动。最高兴的是秋收拔田，全校几百人浩浩荡荡"移师"麦田，满山遍野都是收粮食的人，一个晌午，几个山头的庄稼就被拔倒在地里。午餐由生产队安排，大多是牛肉泡馍、羊肉泡馍，大家可以敞开肚皮吃一顿。但晚上回来，还得熬油点灯做作业。

在学校上学，或在家复习功课、读书写字，我从不需要老师和父母督促。尤其是寒暑假作业，有的学生假期结束了还做不完，而我不但把老师布置的如数做完，还经常给自己加码，另外会抽空看一些小说之类的书籍。有时候去拾柴、拾粪，骑在驴上我也会看书，去参加生产队的劳动也带着书，利用中午休息抓紧时间看上几页。为了看书，我夜里很晚才睡觉，经常因打盹被煤油灯烧掉眉毛和头发。

上高中时，学习更紧张了。学校给细水大队、康路大队、牧场等离家较远的学生提供宿舍，学校附近生产队的学生是不住校的。但为了有更多的时间复习，父母决定让我住校。于是我由走读改为住读，每周星期六放学后回家，星期天下午返校。返校时要拿足一周的吃食，我就背上麦面、青稞糁子和自己做的馍馍。住校后，我的时间都用在了学习上，早晨天不亮起床，先到教室复习，天亮后到操场背诵，晚上去教室看书、做题，有时一直复习到凌晨一两点才回宿舍睡觉。

高中的课程难度更大了，学校的师资力量显得捉襟见肘。给我们上课的老师大部分是初中毕业生，还有个别小学文化程度的。虽然老师们拿出了十八般武艺备课，但一上讲台仍然底气不足。一次，一个老师在讲一道物理题时怎么都解不下去，在黑板上写了擦、擦了写，把一盒粉笔都用完了，仍然不得其解，急得额头上的汗水直往脸上流，眼眶里满含自责和惭愧的泪水。

光阴似箭，岁月如梭。1981年6月，我高中毕业了。我们这一届是旦马中学的第四届高中毕业生，也是最后一届，此后旦马中学不设高中，读高中就要到城里去了。

从旦马小学到中学，我读书学习九年半，当了八年班长、两年学生会主席，到现在还有一些同学喊我"老班长"。我的知识储备是从旦马中学开始的，人生基础是旦马中学夯实的，旦马中学是我敬爱的母校。人说，最忆人间不了情。我说："最忆是母校。"时至今日，我还觉得自己是旦马中学的在校学生，到退休还没有毕业。我在军营度过了四十多年的光阴，比上学的年头多多了，但很少梦到在部队的工作、生活，却时常梦见步履匆匆赶到旦马中学读书的情景，尤其是老师们苦心育人的付出。

意大利教育家亚米契斯曾说："学校是母亲，永远不要把她忘记。即使你长大成人，周游了世界，见过了大世面，但她那质朴的房屋、简陋的院子，都将留在你的记忆之中。正如你的妈妈永远会记得你呱呱坠地的地方一样。"因为这里开化了我的无知，开阔了我的眼界；因为这里孕育了我的梦想，给我插上了憧憬美好生活的翅膀。

恩师如桥

认识你也是在秋天。

新学期开学时，你来到我们学校，那时我刚读高中。以前教我们的大都是土生土长甚至是只有小学文化程度的老师。故乡是绿的世界，花的海洋，但偏僻而落后，生活起来很艰难。因此，大学生很少涉足，即使来了也只是匆匆过客。但是你来了，带着丰富的知识和烫金的大学文凭满面春风地来了，灿烂的微笑如同一朵静美的秋菊。草原的孩子眼里出现了一条彩虹，像一座美丽的彩桥。

虽然你只教了我短短两年时间，但你传授给我的知识和给我留下的美好印象，我至今也无法用语言来表达。你毕业于大都市的高等学府，却从不嫌弃贫困山区和穷孩子，犹如春蚕吐丝，把满腔心血奉献给他们。尤其对那些家庭贫穷、学习成绩优异的学生，你更是爱才如命。如果有同学交不起学费、买不起课本，你会毫不犹豫地慷慨解囊。

就在我即将参加高考之际，不幸突然降临。一天夜里，我父亲胃穿孔住进县城的医院。母亲去医院伺候父亲，操持家务的重担自然落到我这个长子身上。我既要给两个弟弟做饭洗衣，又要锄田、放羊、喂猪，隔三差五还要去五十多公里以外的县医院探望父母。见此情景，你每天晚上步行二三里路上山，来我家给我补习功课。我正式应考的前一天，穿着一件破了袖子的衣裳，你发现后，掏出十元钱让我买件新衣穿去考场。那慈母般的心肠，娓娓动听的话语，驱走了我胸中的忧伤和寒意……

父亲在医院住了三个多月，花去几千元医疗费。家里本来就一贫如洗，医疗费绝大部分是借款。后来人家都怕我们还不了债，不再借钱给我们。你知道情况后，从学校借了三十余元钱硬塞到我的手里："这是我的一点心意，拿去给你父亲治病。"我望着你，感激的泪水止不住流了下来。

后来，在你的鼓励和支持下，我带着你送给我的一大包复习资料跨入了军营。一晃十多年过去了，回首往事，历历在目，仿佛就在昨天，就在眼前。

你好，我的老师。你赋予一个穷学生的厚爱，他永远铭记心中！

告别故乡

轻轻的我走了,
正如我轻轻的来,
我轻轻的招手,
作别西天的云彩。

那河畔的金柳,
是夕阳中的新娘,
波光里的艳影,
在我的心头荡漾。

软泥上的青荇,
油油的在水底招摇,
在康河的柔波里,
我甘心做一条水草。

那榆荫下的一潭,
不是清泉,是天上虹;

揉碎在浮藻间，

沉淀着彩虹似的梦。

寻梦？撑一支长篙，

向青草更青处漫溯；

满载一船星辉，

在星辉斑斓里放歌。

但我不能放歌，

悄悄是别离的笙箫；

夏虫也为我沉默，

沉默是今晚的康桥。

悄悄的我走了，

正如我悄悄的来；

我挥一挥衣袖，

不带走一片云彩。

这是现代诗人徐志摩脍炙人口的诗篇《再别康桥》，我非常喜欢，常用以自勉。读这些美妙的诗句，诗人的胸怀、境界跃然纸上、矗立在眼前，是多么的豁达敞亮。再联想诗人当年的处境，更能使人产生共鸣。当我们徘徊在人生的十字路口，何不像诗人那样潇洒地"挥一挥衣袖"，作别依依不舍的"康桥"，去"撑一支长篙"寻找自己的梦想，也许能"满载一船星辉"！

20世纪80年代，改革的春风吹遍了大江南北，唤醒了沉睡的雄狮，激活了亿万国人的心。在这个多彩的时节，我却遭遇了一生最大的考验。忘不了啊，1981

年！败也1981年，成也1981年。

先是有一天夜里，父亲突发疾病住进医院，母亲去陪护，我和两个兄弟都在上学。父亲住院近半年时间，家庭的重担自然压到了我的肩上。白天上学，放学回家后要喂猪、喂鸡、喂驴、烧火、做饭，既要照顾两个弟弟，还要安顿那些家畜、家禽，家里还有几亩自留地需要耕种和管理。

紧接着就是高考。那年我们全班30多人参加预选，竞争非常激烈，最后只取前2名参加正式考试。经过一番激烈角逐，我以第一名的成绩胜出，将和另一名同学一起参加一年一度的国家大考。考场在武威城里，距我们家五十多公里。那时没有公交车，来回都是步行。高考结束后，我等啊等，等了一个多月，始终没有等到盼望已久的录取通知，只等到了一张分数通知单，与我报考学校的最低录取分数线只差几分。面壁十年却没有突破，我的梦想破灭了。

我蹲在自家的自留地里，一边给土豆苗培土，一边想：今后就只能面朝黄土背朝天，和父辈一样当一辈子农民或放一辈子羊。当时我的心情差到了极点，只好一门心思用劲除草，一行一行、一片一片……

父亲出院时已是秋收时节，我已经把自留地里的小麦拔倒（故乡土地松软，收割庄稼得拔而不能割），捆成勒头（捆粮食的一种方法）捆子立在地里。真是"天道酬勤，人勤地不懒"，那年自留地里的小麦长得特别好，粮食捆子比我还高。据父亲说，那年我种的土豆个头也特别大，有的一个能有一斤多重。

秋季开学时，父母同意我去学校补习，准备来年再次参加高考。

那年我们中学早已不设高中部了，学校没有专门的补习班，我要么自学，要么跟着初二毕业班的学生学习。一段时间后，我觉得补习非常无聊，尤其是跟着初二的学生重复学习那些已经学过的知识，简直味同嚼蜡，稍微平静的心绪又开始躁动、失落、痛苦……于是，我做出一个让父母猝不及防的决定——当兵。

报名、目测、体检、政审……最后定兵之前，公社武装部、学校领导带着接兵干部到我们家来家访。当他们走进我家书房（实际是卧室兼客厅，老家把这样的屋也叫书房），一看四壁都是我的奖状，不知是哪一位情不自禁地说："哇，这么多奖状，这个孩子太优秀！"

母亲有句口头禅"人当了兵，铁碾了钉"，不知是对当兵人的怜惜，还是对部队的看法，我想主要还是怕我吃不了当兵的苦。母亲不太情愿让我去当兵，她更想让我考大学。所以当他们家访时，母亲一脸的不高兴。父亲有病在身，一句表态的话都没有说，但我知道他是支持我的。当接兵干部征求生产队的意见时，生产队没有一个人同意我去当兵，有的队干部直接反对："他不能去。"我想原因不外乎两个，一个是他们替我父母考虑，我走了，家里就没有主要劳力了；一个是他嫌我家贫穷，看不起我们。平台生产队成立以来，我是第二个应征当兵的。按理说，一人参军全家光荣，生产队也应该高兴。可是，我的家人不乐意，生产队也反对。最后，接兵干部力排众议："这个孩子，无论如何我都要接走。"就这样，在一片反对声中，我走上了从军之路。

定兵后，公社通知生产队给我们家2只羊、100斤粮食欢送我。临走那些天，父母里里外外地忙碌。我逐一拜访了附近的、本队的亲朋好友、生产队干部，邀请他们到家里来做客。我还去看望了同学，去自留地里看了看拔倒的粮食、长势喜人的土豆。那几块地洒满了我的汗水和泪水，见证过我的辛酸和苦楚。我还去了森林，去了草原，去了大台子河，去了大泉鄂博……祁连山已然是一派巍峨壮丽的景象。

我站在高高的山岗上，伫立在深秋的风中，久久地凝望家乡的山山水水。大山在深情地注视着我，森林在深情地注视我，草原也在深情地注视着我。我走在乡间的小路上，路边的九月菊、喇叭花长成花海，她们熟悉我的身影，熟悉我的足音，还有我的笑声和泪珠。我站在平台子顶上，徘徊在暮色的晚风里，久久地凝望家乡的山路，这些路上印满我歪歪斜斜的脚印，洒满我点点滴滴的汗水。在这些路上，父亲、母亲曾经牵着我的手，亦步亦趋。在这些路上，我曾经和大人们一道去生产队的地上犁地、挑灰、拉粪、拔田、拉草，路见证过我挥汗如雨、灰头土脸的劳动情景。在这些路上，我曾经独自走过白天，走过夜间，走过天晴，走过雨雪，哭过、笑过、唱过……

别了，原始森林，是你给了我顶天立地的勇气和信心，使我有了搏击人生的坚强和力量；别了，大草原，在你的怀抱中，我逐渐成熟，你的慈爱与博大已经深深地根植于我的骨骼，使我有了足够的胸怀容纳江河湖海，包容万事万物；别了，家乡的山路，是你的咫尺平坦磨炼了我的耐力，让我具备了独闯天涯的勇气。

最后，我赶着毛驴去大泉驮了一次水。我掬了一捧泉水慢慢地喝，是那么清冽、那么甘甜。我又给我从森林里挖栽的大黄、野百合、野韭菜浇了最后一次水。我抚摸着大黄硕大的绿叶和高过我一头的枝干，怜爱之心和眷恋之情油然而生：再见大黄，再见故乡……我要去寻找我的"康桥"，我要"在星辉斑斓里放歌"。

临行当天，来了很多亲朋好友，母亲用一口大锅、一口小锅把生产队宰杀的两只羊全煮了，亲朋们吃肉喝酒，非常高兴。有的拉着我的手鼓励我："好孩子，当兵了，到部队一定好好干！"有的送来赞许的目光、祝福的微笑，也有的用异样的眼神看着我。父母脸色沧桑，没有丝毫喜色，母亲一言不发，还时不时流着眼泪……

出发时，我背上武装部发的衣物和用品，带上所有的高中课本和复习资料，向默默无语站在家门口送我的父亲挥挥手，由母亲和二婶送到武威。除了那些书，我离家时没拿一针一线、一分一厘。实话说，家里穷得连一分钱都拿不出来给我。

"未汝天子河湟地，不拟回头望故乡。"和许多农村孩子一样，我当兵就是决心跳出农村、走出大山，改变自己的命运，再不回望故乡——无论多么贫瘠，多么美丽。

1981年10月的一天，我坐上从武威到部队的运兵专车离开了故乡。望着车窗外匆匆闪过的熟悉景象，我禁不住流下行行热泪，产生了无限的感慨和对梦想的渴望。于是，我吟诵出一些不成诗的句子，虽然并不优美动听，却也表达了离乡之情——

    告别祁连山的神奇
    告别大草原的美丽
    林间的小溪
    草叶上的露珠
    人生路上的点点滴滴
    镌刻在
    过去的时光里
    忘不了十八年的
    酸甜苦辣
    忘不了十八年的
    奔波攀爬
    所有的
    所有的一切都成回忆

    告别温暖的老屋
    告别慈祥的父母
    十月怀胎
    咿呀学语
    浑身的条条血管里
    流淌着
    祖辈不息的血脉

忘不了十八年的

抚头抚脚

忘不了十八年的

养育恩情

一切的一切

都将是无穷的动力

告别故乡

告别亲人

不管前面是

雪山草地

坎坷与荆棘

还是刀山火海

在未来的岁月里

我要让

热切的期冀

梦想的种子

长成参天大树

书写自己的新世纪

连队写真

新兵生活印象

汽车在崎岖的山路上上坡、下坡、转弯，时而加速，时而减速，颠簸地行驶，直到夜间十二时左右停稳。"到了，醒醒、醒醒，准备下车。"睡得昏头昏脑的新兵揉揉惺忪的双眼——终于到了。

从早晨十点钟出发，整整行驶了十多个小时，运兵车把我们从武威送到了新兵训练的地方。从此，我在农村的青少年生活结束了，全新的、严肃紧张的部队生活开始了——我的三个月新兵训练正式拉开序幕……

宿舍是车库

当天夜里迷迷糊糊下车后，集合站队，点名，我被分到新兵连四班。在新兵连吃的第一顿饭是臊子面。夜深了没有胃口，胡乱扒拉两口就被班长带进宿舍安排就寝。我环视宿舍一周，三面水泥墙壁，与门相对的一面墙上开了一扇很小的窗子，透出一线亮光，两扇硕大的铁门，屋顶吊着两个幽幽发亮的电灯泡。屋里打地铺，白色的单人褥子平铺成一排。我们按照班长的安排，各自把行李放在指定位置，打开背包，铺上床单，摆上枕头，打开被子就睡觉了。

第二天军号一响，班长就催促我们："起床，出操，动作快点，快点。"没过多久，集合跑步的脚步声就回荡在操场，我初次感受到军营紧张的节奏。

出操回来就开始整理内务。我发现床单上有零星麦草，翻开褥子一看，原来我们的地铺就是在地面上铺了一层麦草。我把麦草放回褥子下面，开始叠被子。军人的被子要叠成四方的"豆腐块"。班长把自己的被子铺平，一边讲要领，一边给我们演示如何把被子叠成"豆腐块"，而后我们开始按图索骥叠被子。折腾了半天，手都叠酸了，与班长的被子相比，差距不是一般的大。班长说："别着急，慢慢来，练一段时间就能叠出形状了。抓紧洗漱，准备开饭。"

早饭后，我才知道新兵在定西地区公安处后院驻训。定西是出了名的苦甲天下，公安处只有一栋很小的三层办公楼。因为没有更多的房子，一排四个班的新兵分别住在四个车库里。我们四班的宿舍就是最靠南边的一个车库。

在这个车库里，我们一住就是三个月。刚开始，床铺软软的，晚上大铁门一关也不很冷。随着严冬的到来，车库的温度越来越低，虽然有一组暖气片，但夜间多数时候都是冰凉的。为了保暖，新兵连的每个车库都挂了绒毯式的门帘，但仍然挡不住冬季的严寒。夜深一层，室温就冷一层。尤其遇到刮风下雪的恶劣天气，风嗖嗖地直往门缝里钻，我们冻得不敢脱衣睡觉，半夜时常被冻醒。

西北冬季的天气如小孩的脾气一般，太阳出来，温度就升高，一旦刮风，气温就急剧下降。下雪时不太冷，雪晴后气温降低。我们经常幻想雪不要停，天不要晴，这样，一来天气不很冷，二来下雪天一般都安排教育学习，不到室外去训练，可以稍事放松或休整。

记得有一段时间天气特别冷，室外温度降到零下二十几度。夜里，很多战士和衣而卧，三三两两挤在一起取暖，一个天水籍战士不知怎么睡的，竟然钻进褥子下面的草窝里，头上、身上沾满白花花的麦草，活脱脱一个叫花子，引得全班战士哄堂大笑。

新兵训练强度大，白天训练汗一身泥一身，又没有条件天天洗澡，车库通气性较差，夜里汗臭味很重，值班员早晨起床后第一件事就是开门换气。那扇大铁门，开关的响声如牛吼一般，既沉闷有磁性，又响亮尖锐，每当夜深人静有战士要起夜，那吱吱呀呀的声音就会让你不得安睡。

遇到由班级组织政治学习、开会讨论等活动时，我们全班一字排开，坐在地铺的床沿上，拿一个木方凳当桌子，做笔记、写心得。这时，车库既是我们的宿舍又是我们的学习室。学累了、写困了，车库又成了练兵场，见缝插针练军姿、练敬礼、练倒立、练踢腿、走正步……

临近新训结束，当推开那扇大铁门走进车库，虽然车库还是那个车库，被子还是那床被子，床铺还是草打的地铺，但叠得四四方方如豆腐块的军被夺人眼球。那十一床被子如同刀切一般方正，军帽放在被子上方中央，帽线棱角分明，皮腰带折叠置于被子前面，像受阅似的，整齐地排在一条线上。床单铺得平展展的，像一道风景线。车库的墙上多了一个学习园地，上面整整齐齐地贴着我们的学习体会、交流发言、决心书等，还挂着卫生流动红旗、队列训练会操第一名、文艺演唱比赛第一名的锦旗。

说起文艺演唱，我又想起了新兵连唱歌。我们在新兵连，利用晚上和业余时间学会了很多军歌和通俗歌曲。唱歌、拉歌是新兵生活的一项重要内容，也是最具魅力的活动。娱乐活动时要唱歌，集合站队时要唱歌，列队行进时要唱歌，开会前要唱歌，散会后要唱歌，饭前一首歌更是雷打不动。开会前或训练间隙，排与排之间的拉歌更是此起彼伏。说是文艺演唱，实际上主要内容就是唱歌。这些简单甚至简陋的文艺活动，给枯燥的新兵生活增添了无限的乐趣。

就这样，在那个车库里生活、学习、训练，我们艰苦着，进步着。学政治、学军事，从军人的一举一动、起居作息学起，学会了叠被子、打背包等基本技能，学会了操枪弄炮的基本常识，增进了相互间的了解和战友情谊，为日后的军旅生涯打下了坚实基础。

穿一号军装的小个子

在新兵连，我的个头不算最小的，在我们班的10个新兵里，我排倒数第四。那年的新兵连有十几个篮球队员，他们的身高都在1.8米到1.9米甚至更高，与他们相比，我就是小个子，但参军入伍时，武装部却发给我一套一号军装。

过去的服装型号不像现在这样科学、齐全，只有号没有型，一号相当于现在的180号，1.8米的人穿着比较合适。当时我提出让武装部换一套，答复是没有多余的，让我到了部队再换。我想让母亲把裤子往短改一改，答复是军装不能随便改，于是我就穿着它来到了部队。到新兵连去换，又说我的服装已经穿过了，不能换。于是，换小号军装的念头就此打住，那套一号军装穿在身上，与我朝夕相伴。

那时，我的身高只有1.6米多一些，两三年后才超过1.7米。因为穿着棉衣棉裤，上衣还不怎么长，裤子就长了不少。军人要求不能搭肩挽背，不准挽袖子、挽裤腿。无奈，我还是偷偷把裤边挽了起来。一旦训练，挽起的裤边又会自动掉下来，掉了挽，挽了掉，感觉很不方便。后来我索性用针线把裤边折起缝合，裤子短了，人也精神了。

老问题解决后，新问题随之而来。要进行军容风纪检查，挽起裤边属于不合格。无奈，每到检查军容风纪，我就把缝合线拆除，等检查结束后再重新缝合。这样反反复复，直到新兵训练结束。

那年，军人的冬夏常服面料由棉布改为涤卡。棉布和涤卡的颜色、品质都不在一个档次，棉布松软、颜色发白，涤卡结实不变形、颜色鲜艳，所以涤卡的军装要比棉布的更挺拔好看。老兵们非常羡慕新兵，我们新兵的优越感不言而喻。有老兵看我穿着不合适的军装，提出用棉布军装换我的涤卡军装，我有些心动。

可是没过几天，新兵连开始搞教育整顿，说有老兵侵占新兵利益，二排一个班长换了新兵的衣服，责令其在排里做检查，各排要进行一次教育整顿，吸取教训。我换军装的想法再一次化成泡影。

时间一分一秒过去，军旅的日子一天一天增加，军装在一点一点褪色，但我对军装的热爱却一层一层加深。虽然穿着不太合身，可是每当穿上军装，尤其站成队列或走在大街小巷，军人的庄重、神圣、自豪感油然而生。

后来，这身一号军装越穿越舍不得，我也不想换了，训练或劳动弄脏了，我就及时将它洗得干干净净。星期天，我会用刷牙缸装上开水，把皱褶一点一点熨平，保证军装始终整洁平展。我多次穿着这身一号军装，代表我们班参加读书演讲、会操比武，均取得了较好的成绩，我也因此成为新兵连有名的"人小军装大"的新兵。

天天发糕钢丝面

"收碗了，收碗了。"值班员边喊边接着说，"晚饭吃发糕。"我们把各自的大洋瓷碗拿给值班员，值班员抱起一大摞碗交给炊事班，炊事员在每个碗里蒸上发糕，到开饭时再发给新兵，一人一碗。这是新兵连吃发糕的一种方法。

发糕，大多数人并不陌生，但对于我这个从草原上来的新兵而言是非常新鲜的。新兵连的发糕与现在的发糕相比，不论做法、色泽还是口感都差一大截，但没有任何添加物，百分之百的玉米面。蒸在碗里的发糕是死面坨子。有时也用笼蒸，然后用刀切成块，再一块一块打到碗里。

刚到部队时，觉得什么都新鲜，饭菜要比在家时好上百倍、千倍。特别是第一次吃发糕，觉得甜甜的、软软的，比家里的藜子面窝窝头好吃得多。尤其是钢丝面，我在老家压根儿没见过，更谈不上吃了。在部队第一次吃，觉得颜色黄黄的，筋道、有嚼头，第一印象还是不错的。

钢丝面其实就是用压面机压出的玉米面条，圆柱形，和人们平常吃的拉面差不多粗细。新兵们经常到炊事班帮厨，我去的几次都是帮炊事员压钢丝面。因为当时的压面机是手摇的，转动压面机最少需要两个人轮换，这是炊事班最吃力的活。为了保证不煮化、断碎，压钢丝面时还要掺少许麦面，这样也更好吃。

说到好吃，钢丝面也仅仅比发糕好吃，因为发糕是纯玉米面，钢丝面多少有一些白面。在苦甲天下的定西，在那个年代的军营里，基本上顿顿吃的是白菜、萝卜、土豆片，人称"老三片"，水果、鸡蛋、牛奶都是奢侈品。发糕和钢丝面是新兵连出现频率最高的主食。但天天吃这两样东西，时间一长，问题就出现了。一番狼吞虎咽后，肚子胀得像吹圆的皮球，严重者腹部绞痛，坐立难安。

肚皮疼得爬不起来

虽然我在学校也进行过简单的列队、跑步等训练，但兵之初的训练是彻头彻尾、脱胎换骨的修炼，是死去活来的重塑，苦累程度可以想见，有时练到躺下就爬不起来。

我的记忆里有几个难忘的场景，一是练军姿。立正、稍息是军人最基本的队列动作，也是军人最基础、最简单的军事训练。练军姿，主要就是学会立正。看着简单，说着简单，但训练起来却很不简单。

立正时两腿要并拢，中间不能有缝隙，收腹，挺胸抬头，下颌微收。看文字觉得很轻松，但做到标准动作却很难。有些战士把吃奶的劲都使上了，两腿就是合不拢。我因为较胖，收腹动作怎么也做不好，班长要我使劲吸气，动不动还来敲打按压。两腿要用劲打直，脖子同时用劲，前梗后挺。这样一站就是半小时，有时两小时、三小时。一番折腾后，新兵们个个成泄了气的皮球——蔫了。正是这样训了蔫、蔫了训，反反复复，塑造了我们的军姿军容。有个战士天生罗圈腿，为了让两腿并拢，他每天晚上拿背包带把双腿捆上睡觉。受他影响，我也坚持天天睡前躺在床上练收腹挺胸。

第二个难忘的场景是正步训练。"一步两动训练，正步——走。"班长在下口令时有意把"步"字拉长，"走"字叫得短促有力，暗中提示新兵，这是正步走的分解动作，就是一步分两个动作完成。随着口令，全班战士摆臂，"唰"地踢腿。踢出的腿要打直，脚面要下绷，保持水平，脚尖距离地面二十五厘米。尽管开训前班长反复讲解，还极其认真地反复示范，还是有两名新兵因为用力过大，踢出的一只脚落地了。

全班恢复队形，继续练习分解动作。先站着练摆臂，再背手练踢腿，之后接着一步两动。正步一步两动训练是队列训练中最难受的，腿脚高度不够的，班长就拿尺子比画；腿打弯的，班长要教怎么用劲；脚面不平正的，班长去扶压。班长一边纠正动作，一边提醒大家："注意身体保持正直，重心移到左脚，挺胸抬头目视前方。"还没等班长把每个人的动作纠正完，我们早已摇摇晃晃了。班长说："挺住。"在那寒风凛冽的腊月，在零下二十多摄氏度的室外，皮肤冻得像针扎似的痛，我们按班长的要求咬紧牙关挺住，个个满身大汗。

时间一分一秒过去，训练一遍遍进行，直至练到摆臂、踢腿有机结合，一条腿能站立五分钟，保持动作不变形，训练才往下一节进行。

第三个忘不了的是射击训练。当时新兵武器装备的训练，好像只有半自动步枪的基本知识和使用方法，还有手榴弹投掷。新兵训练结束下连后，我记得中队只有762半自动步枪、54式冲锋枪、56式班用轻机枪和54式手枪。

枪对我们新兵的诱惑最大，到部队后最盼望的就是早日配发一支枪。有了枪就期望能早日打靶，在靶场上一展身手。然而在新兵连，最先开展的是队列、擒拿技术等动作训练，即使涉及枪的训练科目，如持枪行进、刺杀等，用的都是木枪。终于等到射击训练，我们拿到了真枪，班长发冲锋枪，新兵发步枪。我拿着沉甸甸、亮晃晃的钢枪如获至宝，高兴了好几天。新兵对枪的热爱不亚于对自己眼睛的热爱，有的人擦拭完了，久久不愿放入枪柜，有的人时不时把放入枪柜的枪拿出来反复观察、欣赏。

射击训练，先是简单的兵器知识介绍，而后是枪的分解结合（拆卸组装）、擦拭保养，然后是瞄准射击。当时有三种姿势训练：卧姿有依托射击是第一练习；立姿射击是第二练习；跪姿射击是第三练习。还有一个综合练习，就是先在150米的距离上打完一练习，再跃进至100米处跪下打二练习，最后跃进至50米的地方完成立姿射击。

"卧倒！"班长一声令下，训练开始了。"啪！"全班齐刷刷卧倒出枪趴下，开始按教员和班长讲解的动作要领一遍一遍体会、琢磨。有时候一练就是一个晌午或一个下午，直到中午或傍晚吃饭时才结束。眼睛看花了，要么用手揉一揉，要么移开缺口和准星向远方看一看；手冻僵了，放到嘴上哈一哈，或攥指成拳活动活动……

射击训练中最难受的是跪姿射击。端枪跪倒，刚开始跪不了多长时间，而且身体晃，枪也跟着晃，瞄不准。举枪的稳定性训练就是最重要、最关键的训练。为了增加腿力、臂力和身体的稳定性，班长在每个新兵的枪刺上挂了石块或砖头，根据情况，有的挂一块，有的挂两块、三块不等，练习时间也从三分钟、五分钟、十分钟逐渐增加。初次练习，有的新兵连一分钟都撑不下来，有个新兵连一块砖都端不起来。但到后来，大家都挂三块砖，有的挂石头或沙袋，比三块砖还重。等一个波次练完，全班没有一个人能站起来，脚麻木了，腿僵硬了，手臂酸疼了，那个难受劲儿犹如抽筋拆骨，趴好半天才能缓缓坐起来。有个新兵趴下不动了，原来是肌肉痉挛了，训练场的气氛顿时紧张起来。虽然如此，大家还是较着劲儿，谁也不甘心落后，稍作歇息又开始练习。冬季的西北高原上，那些一字排开跪着端枪瞄准，枪刺上还挂着石头的绿色身影，为荒凉之地平添了不少生气。

训练结束，列队归营。有的新兵因长时间跪着训练，拉伤了腿上和脚上的肌肉，有的扭了腰，一瘸一跛。我也精疲力竭，走起路直打趔趄。但我们唱起《打靶归来》依然是那样豪迈，那样雄壮有力："日落西山红霞飞，战士打靶把营归，胸前的红花映彩霞，愉快的歌声满天飞……"嘹亮的歌声在山沟里经久不息。

等所有的射击训练任务完成，我的肩窝、膝盖、胳膊肘都磨破了，先是鲜红色的血泡，后来结上粗糙的硬茧。这些伤疤，直到新兵训练结束后很长一段时间才渐渐恢复。

还有一个忘不了的是，我是从农村入伍的，下苦力没有问题，但做技巧性的动作就显得有些笨拙，不得不下功夫练腰肌、腹肌，增加腰力，增强身体的灵活性。练腰肌、腹肌，当时的训练方法有三种，一种是做俯卧撑，一种是做仰卧起坐，一种是吊在单杠上做端腿动作或做圈身上（当时的单杠二练习）。

每到黄昏或夜幕降临，业余时间的"加小操"活动（也称群众性的小群练兵活动）就开始了。几分钟的热身活动后，先开始做俯卧撑，接下来做仰卧起坐，有时候穿插进行，最后到器械训练场做单杠一二练习。一练习是引体向上，练臂力的，二练习才是练腰腹力的。腰和腹部缺少力量，圈身上是做不了的。所以，先得两手抓住单杠吊起身体，然后打直身子做端腿动作，就是把腿抬到至少与身体垂直或更高，抬起放下，放下抬起，反复练习。有时候也做静端，即把腿端起，长时间持续端着，直到确实撑不住为止。有一天练习完毕，我从单杠上下来，瘫软在沙坑里，肚皮疼得怎么也爬不起来，平躺了好久，两个战友把我抬进了宿舍。

最怕紧急集合

有一天躺在床上，忽然想起母亲说的"人当了兵，铁碾了钉"，想着想着就睡着了，迷迷糊糊中听到急促的紧急集合哨声。我猛地翻起，发现别的新兵鼾声正酣，再仔细听听，外面静得出奇。原来是做了一个梦，自己给自己搞了一次紧急集合。

紧急集合是在紧急情况下迅速进行的集合，是应对突发情况的一种紧急行动,是新兵训练的重要内容。尽管从穿衣戴帽、打背包到携带装备都进行了训练,但每天睡觉时总担心紧急集合。有一天我刚刚入睡就听到紧急集合的哨声,全班在伸手不见五指的黑暗中立即起床行动,在慌乱中听见"我的裤子呢?""我的鞋子呢?""我的帽子谁戴走了?""哎呀,我的背包绳怎么找不着了。"过了好几分钟,我们才从车库跑到操场。新兵连领导和排长们检查了我们的装备携带情况,嗬,真是丢盔弃甲,洋相百出:有的没有戴帽子,有的没有背水壶,有的把鞋穿错了,有的把裤子穿反了,有的把上衣纽扣扣错位了,有的把背包打成一团糟,没有一个符合要求的……

第二天早晨,全班重新练习紧急集合,从打背包开始,一遍一遍地打,横二竖三,横二竖三(过去没有背囊,被子要用背包绳捆起来背上,横二竖三就是捆被子时顺长打两道,横向打三道),打好又拆开,拆开又打好,直到在几十秒内打出标准的背包才叫停。而后再连贯起来练,睡下起来,起来再睡下。这是军人的需要,我们一直练到在一分多钟内全副武装集合起来为止。尽管这样,新兵还是担心紧急集合,睡前经常有人猜测:"今晚不会搞紧急集合吧?"

在一次次的反复练习中,在一次一次的紧急集合训练中,我们夯实了军人的基本素质,培养了雷厉风行的作风。此时此刻,我对母亲那句"人当了兵,铁碾了钉"有了更加深刻的理解。我暗下决心,要把自己磨炼成一颗钉子,一颗对国家和人民有用的好钉子……

三个月新兵训练结束考核时,我们的言谈举止实现了由随随便便向规规矩矩、有板有眼的转变,行为动作基本有了军人的气度和样子,不但再也不怕紧急集合了,正步也走得和电视上的阅兵方队不差上下,各项军事技能有了大幅度提高,我的射击成绩达到全优。在手榴弹(500克)投掷考核时,我一出手即扔到65米,成绩名列榜首。我这个小个子兵,再次进入战友们的视野。

新兵连的生活是我军旅生涯筑基夯土的起点,我从一个不谙世事的农村学生渐渐成长为一名真正的士兵;新兵连的生活教会了我乐观积极地迎接人生路上的挑战，让我懂得了只有不断战胜生活、工作中的一个个困难才能摆脱平庸、走向辉煌；新兵连的生活见证了一个普通士兵的成长，更见证了一批批武警战士爱军习武和对祖国、对人民的赤胆忠心。

敬礼！新兵连。感谢！兵之初。

当个好兵

每当出差或外出游玩，一旦巧遇拱桥或古桥，渭源县灞陵桥的雄姿就会在我的眼前闪现，清代诗人杨景对灞陵桥的题诗便跃然心头：

闻眺城边渭水流，长虹一道卧桥头。
源探鸟鼠关山月，窟隐蛟龙秦地秋。
远举斜阳光射雁，平沙击石浪惊鸥。
一帆风顺达千里，东走长安轻荡舟。

在渭源时，我常常去灞陵桥观赏它精巧壮观的造型和名人要员为它题写的匾额、对联，站在桥上看悠然东去的渭河水。自从离开渭源，我再也没有踏上过这片热土。但我从没有忘记渭源，从没有忘记灞陵桥和诗人为其量身定做的诗词，更没有忘记人民武装警察部队渭源县中队。我从那里起步，一路千余公里走到京城。在渭源战斗、生活的两年时光，烙印像刻刀刻在心里，深刻而清晰。

新兵训练结束，我被分配到渭源县中队，军旅生涯正式启航。

那时，渭源县中队驻守渭河岸边，营院是一户人家的车马店，坐北朝南，四方四正，大门正对着灞陵桥。中队看守的监狱修建在车马店北边。建看守所时，这个院子被同时征用，通过简单的改造，做了中队的营房。环顾四周，北面一排房子是崭新的砖混结构，据说是拆除了土房子，在原址上新盖的，两间是我们中队长、指导员的办公室，两间是他们的宿舍，中间有一个大会议室，还有几间战士的宿舍，每个班一间。东边有五六间旧土房，是过去车马店的客房，两间当中队的客房，一间做炊事员的宿舍，一间是兵器室，还有一间是综合仓库，旁边紧挨一个很大的车马棚，虽然昔日的车来车往早已销声匿迹，但喂马槽、拴马桩面貌依旧，斑驳陆离，可见久远的沧桑。两扇黑色的大铁门开在南边，东边有一间类似值班室的房子给司务长住，西边是饭堂和灶房。这些都是新建的砖瓦房。西面沿着渭河修了一堵长长的、两米高的围墙，紧挨着伙房的靠墙处是中队用于冬储的菜窖。宽阔方正的院子中间有一垄菜地，有器械训练场，还有一块篮球场大小的空地，是我们的训练场。院外还有一个很大的院子，在东边旧土房的背面，我们称后院，中队的厕所、猪圈、农副业生产地都在那里。

定西苦甲天下，渭源县更是苦甲定西。当时渭源县城周边的老乡一天三顿饭，顿顿是洋芋——早晨煮洋芋，中午吃剩洋芋，晚饭再把剩洋芋加工成洋芋饼或洋芋焖焖吃。相比于渭源老乡的吃食，中队的伙食要好上好几倍，比新兵连的伙食也好得多，主食都是白米、白面，饭菜花样多了，味道也鲜美了很多。后来我才知道，这主要得益于中队的菜地和远乡的一个农场，每当夏秋季节，蔬菜基本能自给自足，而且农场的小麦、胡麻、大豆、洋芋等农作物，有的收回储藏到冬天吃，有的出售了，补贴到官兵的伙食中。

渭源县中队主要担负看守渭源县看守所的任务，执勤任务是中心工作。到中队的第二天，我们就在老兵的带领下上哨执勤，几天后，我们新兵就单独执勤了。由于人员少，白天要站两班哨，夜间站一班哨。熬人的是夜间哨，有时候刚进入梦乡，就被"上哨了"的叫声唤醒，尤其是冬季，被窝刚暖热就要起来上哨，下哨后被窝还没有暖热，起床的哨子又吹响了……

上哨是县中队最重要的任务，尤其夜间上哨，虽然走在路上时还有些迷糊，但一上哨楼，人立马精神了，因为高墙下面有杀人不眨眼的罪犯，自己的肩上荷枪实弹。太累了有时也犯困，每当这个时候我就掐掐人中穴，揪揪耳朵，或干脆走出哨楼，站在监墙风最紧、最阴冷的位置，宁可把自己冻僵也要时刻保持警惕，耳听监舍的动静，眼观监墙上下的空间，丝毫不敢懈怠。

新兵、老兵都把中队当作自己的家，忠于职守，团结友爱，关系和睦。当时的中队长、指导员都是营级干部，他们孩子的年龄跟我们新兵不相上下，对我们嘘寒问暖如同父母。老兵走在前、干在先，手把手帮带，好似兄长。走进渭源县中队，我的心好像燕子飞到了巢穴，感受到了家的温暖，所以几乎把所有的时间、精力都用到了工作上。

如果说新兵连让我懂得了一个农村学生与士兵的不同，初步明白了为谁当兵、为谁扛枪的道理，那么渭源县中队则使我产生了当一个好兵的强烈愿望，并日夜为之奋斗，朝夕为之拼搏。

清晨，阳光还躲在山那边梳洗打扮，除了执勤的哨兵，其他的兵还沉睡在黎明前的梦乡里。我已经悄悄起床，像入伍前在家里那样，拿起铁锨、扫帚去中队的后院清扫厕所、猪圈。等自卫哨吹响起床哨时，我已经打扫完卫生，做好了出早操的准备。

俗话说，不想当将军的士兵不是好士兵。但在那时，渭源县中队想当将军的人并不多，想当军官的人和想当一个好兵的人却不在少数。所以，在渭源县中队当一个好兵也不容易，稍微有一点懒惰或迟疑，工作都就被别人抢着干了。经历过几次之后，我有了新的认知：要当一个好兵，就必须比别人起得更早、跑得更快，得更勤奋，能吃别人吃不了的苦。

当起床的哨音划破黎明的天空，新的一天开始了。早操的内容每天都不一样，有时是队列训练，有时是拳术，有时是操枪法练习，有时是长跑，有时是爬山。在军事技能方面，老兵是我的老师，不论早操还是操课，我都虚心接受老兵的指导。我是在山洼里跑着长大的，长跑、爬山是我的长项，我可以甩开膀子和跑得快的同志一起尽情发挥，大汗淋漓的感觉非常爽。

说起爬山，我也常常一个人或约上同年兵去爬老君山，在节假日、星期天，在别人睡懒觉的时候。我暗暗下决心，要把自己锻造成一个坚强勇敢的好兵，塑造成一个永不屈服、永不向困难低头的男人。在前一天晚上睡觉前，我们就向班长请好假，第二天一早爬山。那时的爬山几乎不是爬山，而是跑山，山下是快跑，山腰是慢跑，快到山顶时速度才渐渐慢了。老君山海拔2000多米，净高500多米，坡度80度，山路陡峭弯曲。登临峰顶，渭源县城的风貌尽收眼底。五四青年节，渭源县团委组织城区青年团员登老君山，一番角逐后，我获得第二名的好成绩，为中队争得了小小的荣誉。

出操之后，一天紧张的学习教育、训练、劳动等就像钟表上的刻度，每一项都按时间节点进行，秩序井然。饭后茶余，部队的说法是八小时以外或课外时间，先是雷打不动地加小操，我们新兵会主动去训练场，多则半小时，少则十几分钟，要么队列训练，要么练单双杠。

开春时，中队后院的菜地进行了翻垦，通过疏通畦垄、整顿沟塍，田埂被我们平整得光滑、笔直。白菜、萝卜、青菜、豌豆、茄子等蔬菜开着各色小花，煞是好看。还有一大片小麦，由于肥好水足，长势喜人。劳动时，我发现后院特别安静，只有小动物偶尔鸣叫，是读书学习的好去处。每当没有任务的黄昏时分，只要能挤出一点时间，我都会拿着书来到这里，有时清晨也来这里看书、背诵。

晚饭后到熄灯前的一段时间，中队的器械场，尤其是单双杠下面是最热闹的地方，有时候中队领导、老兵也来围观我们练习，或者示范和切磋动作，谁要是做出高水平的动作，大家掌声雷动，赞叹声、笑声不绝于耳……

夜幕降临，值班员吹响了中队熄灯哨，热闹了一天的军营归于平静，士兵们躺下，有的望着屋顶想心事，有的听着渭河的哗哗声、小孩的戏水声、邻居的鸡鸣犬吠声。那时，我经过允许，可以在别人休息后到会议室学习。我不想放弃理想，我要考军校，为了一辈子面朝黄土背朝天的父母，为了当一个好兵。为降低强光对营区的影响，我在会议室学习时只开一盏灯，不知多少个夜晚，我在昏暗的灯光下独自苦读。

一天晚上，指导员来了。他说："多开几个灯，光线太暗。"我说："太亮了影响大家休息。"指导员说："渭源县中队好多年没有出过干部了，自从军校恢复招生，一个也没有考上。你们要争取打破零的纪录。"我虽然下定决心要考军校，训练在拼命，文化学习在拼命，但我不敢向指导员作出任何保证，只是怔怔地站着。他见我没有应答，说："徐贵生，你的情况和表现，是我最看好的。"他拍拍我的肩，笑一笑，补了一句"别辜负我对你的希望"，转身走了。

我坐下来继续复习。长夜漫漫，时光有限。有时，我一坐就是半夜。累了，便推窗望望窗外，营区静悄悄的，月光像白银似的铺满院落，唯有渭河水的哗哗声从院墙外隐约传来，随风渐高、渐轻。每每此时，对故乡魂牵梦绕的眷恋和对父母的深深思念油然而生，母亲的不舍和父亲默默的眼神又浮现眼前。不，不能分心，我要当一个好兵，我要实现理想。一旦出现思乡的不安，我就迅速进行一番自我安慰，让心情平静下来。有时候，我索性去大门口的路灯下背记定理公式、古文诗词。中队大门口是营区熄灯后唯一有亮光的地方，也是我常去背书的地方，左边有一个水泥墩子，被我坐得油光发亮。

这里解释一下指导员所说的"你们"。当时渭源县中队有三个战士准备考军校，包括我。一个战士已经参加过一次考试了，另一个也是武威籍战士，和我同年兵。指导员把"打破零光蛋"的希望寄托在我们身上。他们俩有时也来会议室学习。我们三个关系很好，经常在一起解疑释惑，到今天我还心存感激。我觉得他们的天资和成绩都比我强，我暗暗发誓要赶上他们，不能让器重我的指导员失望。

渭源县中队的拥政爱民活动成绩斐然，在当地有口皆碑，挂在中队会议室的锦旗多数是当地政府部门和人民群众送来的，有救火的，有救人的，有抓小偷的，有参加义务劳动的，有植树造林的……我一下队就参加了学雷锋助民小组，有时星期六下午是党团活动日，有时是星期天，到周围村子里帮助老百姓种田，走上街头清扫街道卫生，帮老人、孩子理发，积极参加文明礼貌月和拥政爱民活动。那一年，我被渭源县委县政府评为精神文明先进个人。颁奖那天，县委礼堂坐满了人，中队官兵都参加了表彰大会，战友们为我鼓掌，为我喝彩，确实让我高兴，让我感动。我为中队争得了荣誉。大概是九月份，我被中队推荐参加了总队在临夏支队举办的中队教歌员培训班。一个月的时间里，我跟着教员从"叨来咪发唆拉西"学起，初步掌握了简谱知识，从此与唱歌结下不解之缘。结业归队后，我利用晚上的时间，给中队官兵教会了很多军歌和流行的电影插曲。

转眼间，春夏秋冬又一个轮回。虽然两眼一睁忙到熄灯，有时会让我感觉喘不过气，但中队的生活是快乐的。我因工作成绩突出，受中队嘉奖一次，被提升为副班长。第二年，几个老兵退伍后又补充来几个新兵，中队的工作照常有序推进。我虽然不再是新兵，但工作干得比新兵还新兵，细小工作更是不放松，处处走在前，时时带好头。

由于距军校招生考试的时间越来越近，我把大部分业余时间都用在了复习上，白天满身汗水练捕歼战术，晚上挑灯夜战搞题海战术。3月，我参加了支队的预选考试，排名第一。不久，我参加了总队的军事考试和文化课考试，排名第二，考上了武警甘肃总队教导大队（后改为武警兰州指挥学校）。

"宝剑锋从磨砺出，梅花香自苦寒来。"4月，录取通知书来了，我要离开渭源，离开渭源县中队。彼时距我离开老家、离开父母已经两年半了。冰冻的渭河刚刚解封，岸边的杨柳初吐嫩芽，荒凉的河道里布满离别的伤感。离开那天，我再一次登上灞陵桥，沿着桥面熟悉的台阶走到最高处，手扶栏杆，望着滚滚向东的渭河水，想起了故乡，想起了两年多拼命训练、拼命工作、拼命学习的日日夜夜。我的眼泪哗哗流下。

一阵春风刮过，黄土弥天，寒意袭来，挂在桥檐下的匾额吱吱作响。循声望去，于右任题写的"大道之行"四个遒劲端庄、雄健有力的大字映入眼帘。我心头忽然浮上一句话："对，当个好兵，大道行之，一路向前。"

上 哨

虽然已多年不在神圣的哨位上哨了,但梦醒时分,常有上哨的往事在闪回。

新兵下队不久,经过短暂的哨兵动作训练、老兵带哨,我们就开始单独上岗执勤了,非常兴奋和激动。

当我第一次走上高高的监墙时,原本并不陌生的哨楼一下子变得面目可憎,好像堕入了一个黑暗无边的魔窟,张牙舞爪的魔鬼蠢蠢欲动,迎面扑来,我不禁战栗起来。正在我胡思乱想之际,一声"报告班长"的呼喊让我更加紧张,原来三号监舍的一名犯人要求出监打水。我立即定定神,声音还有些哆嗦:"什么事?""报告班长……"他毕恭毕敬地重复了一遍刚才的请示。我下意识地握了握手中的枪,挺挺胸脯,却还是忘记了早已烂熟于心的"台词",只好装作没听清的样子,又用一句"什么事"搪塞了过去,心情才慢慢平静下来。

记得下队不久就轮到我上夜哨了。那天夜色浓重,监区一片漆黑,风卷得沙走石飞,监舍门的撞击声、沙子石头的击打声,噼里啪啦不绝于耳。咚咚,咚咚,隐隐约约听到有人在敲哨楼的门,我认为是犯罪分子趁机来偷袭,吓得心跳加快,呼吸困难,浑身都是鸡皮疙瘩,迟迟不敢上前开门。直到队长扯着嗓子喊门,我才知道是自己人来了。悬着的心还没放下,我又觉得没有及时开门,肯定要挨批评,更加忐忑不安,两大滴泪珠从眼角滑落。中队长问明情况后并没有发火,说:"上哨一定要胆大心细,要眼观六路耳听八方。不要怕,慢慢来,过一段时间就好了。"

就这样，随着星光月移、云飘日落，随着在监墙上来来回回的次数增多，恐惧感才慢慢消失了，这时候，我才觉得自己有了一点哨兵的样子。

站在哨位上，哨兵面对的真正敌人是寒冷和困倦，有时候战胜自己比战胜罪犯还难。每当上夜哨，我们都像是发动战争一样，想尽一切办法对付瞌睡虫。一次，一位战友来信说，他们中队的一名战士上哨时睡觉，造成数名罪犯越狱，因此被捕入狱。我心里的滋味也难以言表。上哨警惕性不高，不但毁掉了自己的美好前程，给国家和人民生命财产安全造成的危害也是无法估量的。从此，我上哨更加警惕，丝毫不敢懈怠，心里暗暗发誓："再冷也不能躲进哨楼御寒，再热也决不钻进哨楼避暑，再困也要坚持在监墙上来回走动，不停留、不打盹，使自己的眼睛、耳朵每时每刻都盯着目标、听着监舍内的动静，做到眼观六路耳听八方。"

就这样，我上了两年多的哨，平平安安，平平淡淡，没有发生执勤事故。虽然没有惊人的壮举，更没有取得辉煌的成绩，但我明白了一个深刻的道理：上哨，最可怕的敌人并不是关在监狱的罪犯，也不是来偷袭的敌特，而是哨兵自己。我们上哨既看守着罪犯，也看守着自己；既为国家和人民的安宁上哨，也为个人的前途和清白上哨。尤其在当今社会，哨兵面对的敌人更加复杂多变，考验每时每刻都在向你宣战。作为一名共和国的武警战士，上哨——上好哨就显得尤为重要。

班长给我们吹笛子

都是多年以前的事了。

那时,老兵复员后,班里基本上都是新兵。由于新战士军事动作欠火候、欠磨合,在中队组织的会操比武中经常"冒泡"。虽然队长没有点名批评,但"龙虎榜"上倒数第一的名次,像一块沉重的石头压得全班喘不过气来。好胜心极强的班长更是闷闷不乐,回到班里一支接一支地抽烟。班长是甘肃酒泉人,也是一个知青,人长得帅,心直口快,说起话来高声大嗓。新兵们在这个班里,总是轻手轻脚地干完小活计就匆匆去操场加小操,没有一个敢在宿舍多停留一会儿。

一天晚上,蔚蓝的天空已挂上稀疏的星星,战士们在营院器械场练单双杠,班长搬了一个马扎坐在附近。

夜很静,只有单双杠吱吱呀呀的响声,偶尔也有蚊虫的嗡嗡声,远处有隐隐约约的犬吠声。

"别练了,你们过来。"班长的喊声打破了沉闷的寂静。

战士们小跑过来,齐刷刷地站在班长的面前。"去去去,我又不吃你们,一人拿一个小凳子坐过来。"说话时,班长用力摆手,显得对大家极不满意。他走进屋子,从抽屉里取出那支心爱的竹笛。他擅长吹流行歌曲,军歌最拿手,但我们已很久没有听到班长的笛声了。

班长先用手拭了拭笛子,又看了看围坐在身旁的我们,然后就吹了起来。这一次，班长吹得并不怎么好，总是磕磕绊绊的。但他吹得很认真，一曲接着一曲。天幕上如钩的弯月在班长的笛声里影影绰绰，满天的星星在班长的笛声里闪闪烁烁，我们的心也随着班长的笛声起起落落。全班静静地坐在院子中央，入神地听着悠悠的笛声。

当班长吹完最后一曲《草原上升起不落的太阳》时，把笛子轻轻地放在地上，然后说："唉，看来情绪不好，什么也甭想做好。连平日里最拿手的曲子，今天都没有吹出感觉。"

战士们有的说班长吹得真好，有的说吹得不错，也有人和我一样眼眶里湿湿的，没有吱声。

"战友们，吹笛子和搞训练的道理是一样的。一方面心情要好，心情好才能吹出情调来。另一方面要讲究技法，也就是吹奏与指法要协调。训练呢，首先要刻苦练，刻苦就要热爱、有兴趣；其次要巧练，什么地方用劲、劲大劲小都要用心琢磨……"

班长说到这里，忽然不说了。一下子又静了，静得连班长的呼吸声都能听得到。

班长环视了一圈，接着说："大家说曲子好听，是因为音符的不同排列组合，才有了曲调的抑扬顿挫。要想把全班的工作搞好，要想把全班的训练成绩提高，我们大家就要像音符一样发出应该发出的声音，不能出现杂音……"

夜一层一层凉下来了，战士们一点睡意也没有。月亮已爬上西山头，把白花花的月光均匀地洒在院子周围的树上、花上，洒在我们身上。

"啪！"班长伸手打死了一只蚊子，挥挥手说："不早了，休息，明天还要训练呢。"他拾起笛子，提着凳子第一个走了。战士们有的慢慢地站了起来，有的还愣愣地坐着。"不能出现杂音"的声音在我的脑子里久久回荡……

后来，班长一有空就为我们吹笛子，好像那句"不能出现杂音"的话像种子一样，在战士们的心中生了根。一听到班长的笛声，我们的神经就兴奋起来，浑身就有使不完的劲。再后来，我们彻底改写了班级会操比武的历史。

几年后，班长复员了。虽然我再也没有见过他，但一直记得他，记得他那关切的眼神，记得他那追求上进的品格，记得他那动听的笛声……

三中队

如羽飞扬的大雪静静地飘落，汽车在黄土高原弯曲的山路上小心翼翼地爬行，路面厚重的积雪被车轮碾压，发出"嘎巴嘎巴"的响声，山路的尽头就是三中队的营院。在这场大雪中，我如同孤鸿寡鹄，踌躇满志、忐忑不安地走进了三中队的营门。

遥想当年，我高考落榜，从甘肃西部的祁连山来到地处陇中的定西当兵时，一览无余的黄土高原正如未来的世界一般在我面前徐徐展开。我不知道将会遇到什么、结局什么样，但我知道要面对的是一群陌生的兵和崭新的工作、生活。此时，我刚刚从军校毕业，走马上任三中队的一排长，还不知道如何当一名合格的排长。

站在三中队的营区，东看是一座接天的大山，西望是一座逐级攀升的莽山，中队队部的营房就在这两座大山中间的一座山头上，中队的地形可简略概括为"两山夹一山"或"两沟围一山"。雪天，烟雾缭绕，银装素裹，雪野茫茫。当冰雪消融，大地原形显露，黄土漫漫，荒凉贫瘠，有些地方寸草不生。三中队官兵常年驻守在这里，守卫大山深处的国家仓库。

三中队诞生在人民军队的摇篮，前身是中国人民解放军八四六七五部队三连。三连有悠久的历史，从战争的炮火中走来，中华人民共和国成立初期是驰骋草原、战功赫赫的骑兵三连。后来投身于国家经济建设战线，从步兵到骑兵，从骑兵到守卫兵，从守卫兵到武警部队，番号也由三连变为三中队。不管是三连还是三中队，官兵们一路艰苦奋斗，功绩卓著，会议室四壁挂满的奖状、锦旗、奖牌无声地诉说着这些辉煌的历史。我到三中队时，三中队已转战经济战场奋战了二十多个春秋。

以三中队队部驻扎的这个山头为基点，建制内的排班散落分布在一条长度近30公里的弧线上。我当一排长时就和一班驻守在一个名叫后沟的执勤点。后沟在大山最深处，弧线最西端。三中队队部所在的部队驻守一条2公里长的山沟，后沟执勤点守卫山沟的最后面，所以叫后沟。

后沟执勤点依山而建，东边的一座大山抬头也望不到山顶，西面的一座大山崖壁陡峭、笔直，像与天相接。两山夹一干河，战士调侃地称"夹皮沟"。两间房子，一间是宿舍，一间是伙房。战士们上厕所要到宿舍后的山坡上去，那里挖了一个土坑当厕所。当时一班八个战士，长年累月驻守在这里，执勤的劳累和生活的艰苦是难以想象的。

我去的时候正值三九时节，宿舍里靠生火取暖，但那点温度怎么也抵挡不住寒冷，每天晚上，战士们都会连连升级当"团长"（身体团起来睡觉）。伙房更是冷得出奇，冰锅冷灶，不，是冰天雪地——屋顶挂满霜，地面是厚厚的冰溜。炊事员做饭时哆哆嗦嗦，我抓起他的手一看，手背布满裂口，丝丝鲜血将流未流。

一个月黑风高的夜晚，一个战士突发疾病，腹痛得直打滚。我和一班长背起他就往队部跑，可是卫生员也无能为力。当时中队既没有汽车也没有摩托车，情急之下，我、一班长和卫生员又背着他往十几公里外的医院赶去。跑到医院，我们四个人都成了"落汤鸡"，病人痛得满身汗水，我们三个又急又累，也是汗水满身。医生诊断这个战士患了急性阑尾炎，很快就送进了手术室。

那个年代，在偏僻荒凉的执勤点工作、生活，挑战、考验如同家常便饭。但工作总是在不断解决问题中保持向前，生活总是在酸甜苦辣中继续。

我所带的一排三个班，部署在类似等腰三角形三个角点的位置，班与班之间最远相距20多公里。我要去三个班点检查一次工作或查铺查哨，就要从后沟的角点出发，沿着那条高低不平的路（等腰三角形的一个等边），大约步行两个小时到达中间的那个点（二班），有时候检查一番就会赶到第三个点（三班），有时候会在二班吃饭，有时候也住几天，解决执勤点存在的问题，和战士们谈心，一起搞政治教育、学习、训练。到三班也同样，有时候检查一番就返回，有时候也会住下来，与战士们拉拉家常，了解了解情况，再回到后沟。来来去去，一天要步行几十公里，朝发夕至、披星戴月，筋疲力尽，两腿像灌满铅似的，躺倒就不想起来。

后来，中队给后沟执勤点买了自行车，炊事员不去买菜时，我就可以骑车去各执勤点，轻松了许多，时间也节省了不少，但途经两个达坂时得推着自行车吃力地翻越。一次，我去二班蹲点，晚上接到队部的通知，第二天早晨要参加支委会。那天夜里雷声大作，下了大雨，第二天早晨天倒是晴了，可队部两侧的山沟里山洪暴发，把回中队的必经之路冲垮了，路面上全是淤泥、石头、木头等杂物。我先是推着自行车小心翼翼地蹚泥而过——那才真叫"摸着石头过河"，因为路面被毁，尺把厚的淤泥下面暗藏玄机，稍不留神就会陷入深坑。上坡时，自行车根本就推不动，我只好让自行车"骑"着我，踩着没过小腿的泥水，深一脚浅一脚地返回队部。

就这样，我在一排工作、生活了近一年时间，与这些执勤点结下了不解之缘。为了解决那些年龄与我相仿的士兵这样那样的问题，我渐渐成熟老练起来，成为他们的领导，也成了他们的兄长。

三中队的三排驻守在距离队部30公里的地方，位于执勤点分布弧线的东端，在另一条"夹皮沟"里。三排长提拔后，我在三排当过一段时间排长。初到三排时，我觉得这里好安静，除了战士们的说话声，就只有喂养的三头猪的哼哧声。后来我才知道，这个地方前不着村后不着店，方圆几里只有三排，官兵形象地称为"一线天","白天兵看兵,晚上兵看星,看天一绺绺,风吹黄土飞"是这个执勤点的真实写照。

在这里,我基本掌握了当排长的方法,也真切地感受到自己像个排长了。虽然三排也分散在两个执勤点驻守,但集中起来的人数要比一排多得多。两个排编制是相同的,但一排更分散,不管集中在哪个点,除去留守执勤的战士,三个班最多能集中起来一个班的人数。

我最喜欢夏季清晨阳光初升的时刻。那时燥热退去,山里凉风习习,一天的训练刚刚开始,战士们通过一夜的休息,养足了精神,列队行进在山沟里,那"一二三四"的喊声高亢洪亮,震得山头都在颤抖,这时,你可以深切地感受到军人血战沙场的磅礴力量。我也喜欢站在山顶上看星星。我总认为高原夜空的星河是最灿烂的,像哨兵的眼睛一样闪亮。我常常和夜间执勤的士兵一起站在山梁上,拉家常,赏月亮,讲述北斗星、牛郎织女星的故事。

在大山深处训练擒拿格斗技术和捕歼战术,天然的训练场地到处都是,就地取材,实战实训。比如擒敌技术训练场,驻守城市的部队得专门修建训练场地,驻守山沟的部队就直接在河滩里训练。但地处黄土高原山沟里的河滩,沙子并不纯净,而是一半沙子一半黄土。拳脚还没有施展几下,倒功也没有倒上几次,我们浑身上下已经沾满黄土,几乎成了土人,如果有汗,土人又会变成泥人。战士们站或坐,看上去极像秦俑。虽然在土里、泥里摸爬滚打,但没有一个人叫苦,没有一个人喊累。望着可爱的战士们,我的眼眶里也涌出感动的泪水。

那时,山沟里的文化生活非常单调,虽然电影已经普及,电视也开始走进千家万户,外面的世界越来越精彩,但在三排的执勤点却看不了电视,娱乐活动除了打篮球、唱歌,再没有吸引战士们的。为此,中队领导、前任排长也想了很多办法。我上任后,在山上找到一处有微弱信号的地方,开了十平方米的平地,架设好天线,让战士们把电视抱到山坡上去看。其实,那也只能称之为"听电视",因为只有马赛克图像,声音也是时断时续,说话的声音还不及噪声多。

驻守在山沟里，生活枯燥，寂寞如影随形。哨兵站在高高的山梁上，只有风作伴；人走在路上，只有影子作伴。在那里，鸟雀都不常见，偶尔出现一只野兔、野鸡，都能让人兴奋半天。

为了改善文化生活，有时候我也组织全排去五六公里外的镇子看电影、洗澡、购物。有一段时间，训练、劳动任务重，战士们很辛苦，我留在排里值班，安排值班的班长带战士们去小镇洗澡、看电影，放松一下。那时执勤点没有澡堂，战士们夏天用凉水冲澡，冬天就只能洗洗脸、洗洗手。

那天，值班员带着战士们按时回来，但个个面无喜色，大汗淋漓。我问值班员怎么回事，值班员嘟囔着不敢直说。在我的再三追问下，值班员才开了口。他说，从电影院出来后遇到几个街头混混，打了一架，一个新战士不见了。

我一听，气不打一处来！让你们去看电影，你们却打架斗殴，还把自己的部属打丢了，这和打了败仗逃回来有何区别！我对他们一顿猛批。当排长以来，我从没有跟部属发过火，这是第一次。俗话说慈不掌兵。我下了一个"向后转"的口令，命令部队跑步去镇子上找回新兵。当部队跑步行进到一个山沟拐弯处，看见那个新兵正急匆匆往回走。我见他完好无损，提到嗓子眼的心才慢慢地落了回去。回到执勤点，我详细询问了情况，的确是那几个游手好闲的青年故意滋事，被制服后已交派出所处理。

针对这件事，全排开展了为期三天的拥政爱民、尊干爱兵教育整顿，取得了超出预期的效果，并在随后的一场瓢泼大雨中得到体现。

从三排去队部，耗时最短的是一条山路，要翻两座大山。我们夏季经常走这条路，凌晨四点半起床洗漱、吃早餐，饭后出发，赶八点操课前就能到队部与其他部队同步行动。如果走大道去队部，需要起得更早。

那天起床时，零星落着小雨，部队按时出发，向队部开进。我走在队伍最后面，时时提醒战士们别掉队。顺利翻过第一座山峰，正在攀爬第二座大山时，黑云压顶，西北风裹挟着大雨迎面而来。雨势凶猛，路面泥泞不堪，战士们勾着头、猫着腰，几乎是在爬行。每遇到特别难行处，班长们、身体强壮的战士们就主动拉起体弱的战士通过。雨越下越大，风越刮越急，雷鸣电闪，气温骤降，冷得人瑟瑟发抖。等部队全部登上山顶时，山下的那条沟里已经水流成河。那天战士们下山的情景极像当年红军翻越雪山草地，个个都是从泥水里滑下来、滚下来、爬下来的，那个场景至今还常常浮现在我的眼前。

前几天，支队领导带领工作组来三中队蹲点。那天部队集中，支队政委要讲评"两有一树"教育活动开展情况。当我们满身泥水走进中队营院时，工作组的领导已经吃过早餐，在屋檐下站着说话。当部队集合到中队会议室时，三排的战士从头到脚流着泥水，脱去雨衣后，衣服也都是湿漉漉的，裤子上沾满黄澄澄的泥巴，雨水从鞋里溢出淌到地上，又从地上流到身后，流出了一条长长的尾巴……

那天，政委讲评说，三中队的"两有一树"教育成效是显著的，三排冒着大雨翻山越岭，徒步行军十多公里，没有误时误事就是最好的例证，对三排大加赞扬。他说："部队就是要像这样，要能在关键时刻站出来，危难时刻豁出去，这样的部队就是一支战无不胜的部队！"

后来因为编制调整，也为了便于管理，上级决定把三中队分成两个中队。一、二排（二排驻队部）大部为三中队，三排和一排三班编成五中队，撤销排建制。我从三排长改任五中队司务长。半年后，我调任三中队代理中队长，两年后改任指导员。

最让我印象深刻的是三中队的干部和兵，以及他们以队为家、敬业奉献的精神。那时三中队的干部没有一个带家属的，日出带兵学习、训练、劳动，晚上跟兵同步熄灯，吃在中队，睡在中队，心思和精力都用在中队建设上，私事都默默埋在心里。练兵场、训练场、劳动场，哪里最困难，干部就在哪里；哪里最艰苦，干部就到艰苦处去。兵，以西北、华北、东北的为主，也有四川、河南、湖北、湖南等地的，不管他们从城市来还是从农村来，到了地处黄土高原的三中队,都能服从命令、吃苦耐劳,即使来自大城市的兵,干起脏活累活来也不含糊。

时至今日,那个来自兰州的干部子弟在中队库区放羊的情景仍是我心中一道亮丽的风景(《边走边唱的小兵》中,"小兵"的原形就是他);那个来自山东的战士探家时几经周折背回两口袋红豆、绿豆种子,让我在中队的地里试种,那些种子早已在我的心里长出茵茵绿芽;那个喂猪的战士,一个人喂几十头猪、近千只鸡,天天从早忙到晚,他忙碌的身影至今还在我眼前晃动;那几个来自南方的机灵鬼,训练、劳动争先恐后,工作样样名列前茅,但每到冬春二季,他们嘴唇、手背、脚跟上开的裂口痛在我心上。还有那个训练时晕倒的战士,执勤时被闹事者打伤的战士,还有那个几次提干、转志愿兵都没有如愿的战士,还有很多……

三中队的兵是写不完的,一想到他们,我就觉得他们仍然站在我的身旁,站在三中队的队伍里,精神抖擞地忙碌着。

为了改善中队伙食,我当中队长时,对原本建在山下的猪圈、马棚、羊圈、鸡舍进行了大规模整修翻建,把猪圈改建成石头、水泥结构,能用水冲洗。改造了军马的马棚,扩大了羊圈,新建了养鸡场。通过当地畜牧站从外地引进的美国杜洛克猪,几个月后长得像牛犊一样,周围村庄的老百姓见了,既新鲜又好奇。他们说:"三中队养的哪是猪,把猪养成牛了。"中队的猪最多时有近五十头,羊一百四十多只,鸡七百多只,还有四匹军马,我们就用这四匹马耕种了库区的一百多亩田地。风调雨顺时,小麦、土豆、大豆、豌豆、胡麻等作物收获喜人,可观的收入都补贴了官兵的伙食。还有各种蔬菜,夏秋两季基本能自给自足。官兵们看着自己碗里的鸡蛋、红烧肉,笑在脸上,喜在心里。

还有一条狗让我记忆犹新,难以忘怀。在三中队,我每天深夜都得去队部周围的执勤点查铺查哨。从队部出发,沿库区设置的岗哨查一遍,来回四公里多。我最担心夜间哨兵在哨楼里睡觉,坏人趁机袭击、搞破坏。所以,只要我在中队,不管天气如何,每天夜间都坚持去查铺查哨,雷打不动。每当我走出宿舍,那条黄狗（战士们叫它老黄）就跟在我的身后，我快走，它也快走；我慢走，它也慢走；我站住，它也站住；我在哨楼里转一圈，它也跟着在哨楼里转一圈。大山深处，风清月白的夜晚，我们就是一对沉默的老人；在漆黑的夜晚，在风雨中，我们还是一对沉默的老人，我走在它前面，它跟在我后面，不离不弃。此刻，它是我的胆量，是我的勇气，是我的伙伴，是我的警卫员。它对我、对官兵的忠诚，对中队的贡献远不止这些。平日里，它既追野兔也追坏人，营区、库区内的风吹草动，总是它先警觉地发现并报警。它是名副其实的哨兵，也是哨兵忠实的伙伴，只要有人叫，它就跑过去跟在他们身后巡逻，日复一日，年复一年，乐此不疲。它的不渝坚守、耿耿忠心，天地可鉴、日月可表。我不知道它何年何月生，我到中队时，它已经是"老黄"了。后来，它的牙掉光了，无疾而终，战士们把他安葬于中队旁边的一棵大树下。为了记住这位"功臣战友"，我写了一篇《怀念老黄》的文章纪念它，文章发表后收集在我的作品集《大漠橄榄》里。

　　因为三中队在大山深处，距离支队机关七八十公里，且远离城镇，三中队的干部尤其是中队主官不好选配。所以，我先后在三中队当中队长、指导员，掌握了基层中队建设发展的所有知识和技能。当中队长时，我扑下身子抓管理、抓执勤、抓训练，中队没有发生过任何事故、案件，训练成绩在全支队名列前茅，我个人在支队干部大比武中获得手枪立姿射击第一名、五公里越野射击第三名的好成绩。后来，不论在支队、总队还是总部机关，直到今天，每次打靶，我的射击成绩都是优秀。当指导员时，我认真学习领会上级的指示精神，精心组织党支部的各种会议，扎扎实实备课、讲课，把战士的冷暖挂在心上，坚持做好每个人的思想工作，与全中队官兵同甘共苦，中队上报的各种情况总结、报告、请示等亲自动手，初步掌握了写文字材料的基本功。

　　几年间，中队承前启后、开拓前进，在延续过去的优良传统和创新发展上使劲用力，全面建设如同芝麻开花节节高。我从支队捧回好几面"安全无事故"和"基层建设先进中队"的锦旗和奖牌。当中队会议室有限的墙壁上再也无法容纳新的奖状、奖牌、锦旗时，我把那些已经风化、残破、年代久远的荣誉拍照放入相框挂了起来，为不断增加的新成员腾出了一些空间。

后来，我被任命为五中队中队长，还抽空来三中队看望之前带过的兵和新同事，偶尔也带五中队官兵和三中队官兵一起搞射击训练。一年后，我调到支队机关工作，再也没有机会来三中队，但不论在哪一级机关，我都时常关注着三中队。三中队的那些艰苦岁月，那些鲜活的故事、独具魅力的军营生活、可亲可敬可爱的士兵，让我难以忘怀。

三中队是我干部生涯的摇篮，是我此生最重要的经历之一。我从军校毕业走上排长岗位，在三中队学会了如何当排长，如何当中队主官，如何当支部书记。我的领导指挥才能是三中队启蒙的，我的写作技能、研究才能是在三中队打的基础，我的军事素养是在三中队垒土奠基的。如果没有三中队的历练和摔打，我的军旅人生肯定会是另外一种轨迹和模式，甚至是短暂的。

曾有一位百岁老红军，在记者采访时再三叮咛："万千河流汇大海，一切根源在连队。一定要重视连队的发展，注意基层干部的培养。"这话掷地有声，也道出了我的心声。

当岁月的年轮转动至21世纪，我离开三中队十多年后的一天，武警总部决定撤销三中队的番号。三中队从此湮没于历史的长河之中。

三中队官兵的奉献和过去的辉煌，我只能记在心中了，三中队也给我留下了无尽的惆怅和无限的思索。

哦，三中队。

昨夜的星辰

回望身后的脚印,一串串跟着日升月落,踩满额头的沟沟坎坎。追寻往事,一件件或苦或甜,伴随着青春的脚步,连着事业的起点,留下许多清晰的回忆。

那年,我被分配到西北高原一个驻守大山深处的中队任排长。一天晚上,天阴沉沉的,飘着雪花。大约午夜时分,我在排部突然接到十余公里外的指导员的特别命令:"只排长一人迅速到连部集中。"

走出排部大门,我看着锅底一样漆黑的夜空和崎岖的山路,心里犯起嘀咕:指导员平时待我如同亲兄弟,怎么在这种时候让我独自到队部集中,莫非有重大军情?心里忐忑不安,军人的责任感驱使我硬着头皮上了路。

通往队部有一条捷径,是一条羊肠小道,平时少有人走,弯弯曲曲,周围是荒山野岭。刚走出不远,路旁一棵老槐树上突然"哗啦啦"飞起两只乌鸦,吓得我浑身起满鸡皮疙瘩。回过神后,我高一脚低一脚向前奔跑,心里暗暗骂着鬼天气。远处星星点点的蓝色灯火如同搜寻猎物的豺狼的眼睛,使我更加慌乱,五脏六腑都抽搐起来。此时,我多么希望天突然放晴,月亮升起,星光灿烂,更希望有人跟我结伴同行。

沿山行走,黑夜无边,逆风而行,身如负重。当我爬上最后一座山顶时,风交雪刮得我气都喘不过来,只好低着头、弯着腰、捂着嘴,吃力地向前走,一不留神,被盖着雪被子的"石先生"绊了一个嘴啃泥。爬起来,摸摸发热的鼻子、麻木的四肢，抖抖身上的积雪，既恼火又害怕，无奈地摇摇头，又一瘸一拐风雪兼程……

四个小时后，我赶到了连部。连部风平浪静，我却始终找不到指导员。我回过头，发现他浑身热气腾腾地站在我身后，眉睫、帽檐上结满毛茸茸的冰霜，笑吟吟地对我说："去休息吧。"这句话说得我莫名其妙，如坠云雾。

我躺在床上，好生纳闷，再一想夜行的情景，心头升起对指导员的不满：莫非他有意整我？

后来我才知道，指导员真是故意的。通信员告诉我，指导员发现我胆小，无法适应带兵打仗的需要，在有意识地帮助我锻炼胆量，今晚是第一次夜训。而且，指导员怕我在路上有啥意外，傍晚从连队出发赶到我们排部，又一路尾随，陪着我走过来的。

听了通信员的解释，我不禁为之一震，原来是这样。我被指导员深深地感动了。

从此，我渴望成熟，努力成长，在无数个黑夜里听风声雨声、犬吠狼嚎，在险山恶水中带领战士摸爬滚打，练战术、练技术、练胆子，同心跳、恐惧和自然做斗争。如今十余年过去了，回忆起来，那一夜的确是太难忘、太难忘啊，虽然没有星星，也没有月亮，更无美丽可言，可是，爱抚、重视、在乎、关心、期盼的群星却向我放出明亮的光芒，也照耀着我的军旅生涯乃至今后遥远的、无尽的长路。

黄土情

我们在北国的黄土地上训练,橄榄绿浸染成土黄色,一个士兵就是一座雕塑,宛如出土的兵马俑,只有两只眸子炯炯有神,放射着灵动的光。

小憩时,我索性匍匐着身子贴紧大地,舔一丝泥土品味芳馨,劳累便融进土里,胸中仿佛装进一个生机勃勃的地球——金黄的稻谷、滴翠的草木、姹紫嫣红的花朵,还有山,还有水……脉搏跟大地同频共振,顿生不竭的动力。

班长用手在地上掏了一个小洞,洞上开一扇天窗,和新战士玩起北方孩子常玩的"喝老酒"游戏。轮到新战士"斟酒"、班长"喝酒"了,新战士巧妙一推,盖在天窗的纸未能挡住从下面扇起的黄土,班长满满地吃了一嘴土,惹得战士们前仰后合,笑声如雷震荡山谷。班长说,这哪是土啊,他分明尝到了母亲酿造的米酒的醇香。

战士们热爱着这片广袤的黄土地,因为这是祖国的土地、生养我们的地方——无论贫瘠还是富饶,每一寸土地都如金子般珍贵。官兵们知道这些黄土地寸草不生,但一到春季,他们还是坚持在营房周围能耕种的地方种上各种耐旱的树木和花草。官兵们知道这里除了黄土还是黄土,但痴心不改,一年又一年、一茬又一茬,把青春、汗水、热情、痴心深深地根植于这片黄土地里,使它有了无限的生机。

炎炎烈日烤不焦战士美丽的心灵,猎猎的风遮不住战士警惕的眼睛,滚滚黄土埋不了战士心中的那片绿茵。因为，无数次风雨砥砺，黄土地馈赠了战士高山般的坚强，江河般的柔情，大地般的胸怀，小草般的信念——烈火烧不尽、春风吹又生；古老的传说、五千年的历史文化，中国共产党的奋斗史和军队的光荣传统，流淌在他们的血管里，根植在他们的骨骼里，忠于党、忠于祖国、忠于人民，是他们永远不变的信仰。

茫茫浑黄，凄凄戈壁，响着战士们如歌的步伐，到处是战士们骁勇善战的飒爽英姿。他们长年在这里战斗、生活，为黄土地播种希望，为高原人民送去安宁。

战士，对祖国的明天充满憧憬！

哨所的冬天

哨所是一个永远值得怀念的地方——在那里当过兵的人永远也不会忘记；哨所是我们的家——官兵把琐碎的日子坚守得有滋有味；哨所是我们的热血青春——哨兵脚踩寂寞、头顶蓝天，用忠诚书写激情岁月。在四季中，最难忘的是冬天。

哨所的冬天，气温在零下二十多摄氏度，冰天雪地、冷风飕飕是常态，酷寒是这里的主旋律。战士们上哨时用"三皮"（皮帽、皮大衣、皮棉鞋）全副武装，还冻得直打哆嗦。

冬天的哨所困难很多，吃菜难、饮水难、出行难。大雪封山，买不到菜，顿顿都吃白水煮面、烙饼。山泉、河流结冰，挑不到水，只能融冰消雪，甚至学着上甘岭的志愿军，一口干粮一把雪。那时没有液化气，停电也是常事，冰锅冷灶，做饭都成了困难。炉子里填着干柴、湿柳，怎么也烧不旺，炊事员无能为力，班长只好集合战士们来当"鼓风机"，你一口我一口，一个接着一个吹。等饭熟了，战士们也个个灰头土脸，像专演妖魔鬼怪的演员似的，个别爱开玩笑的战士故意做个鬼脸，逗得大家哈哈大笑。端起热气腾腾的饭菜，狼吞虎咽，速战速决，不是因为饥不择食，而是怕吃慢了，盛在碗里的饭就冻成冰块了。

虽然如此，战士们却没有一个说哨所的冬天不好。

冬天的哨所最壮观、最美丽。古人说："春风不度玉门关。"哨所没有春天，也没有秋天。哨所的春天是从夏天开始的。四五月间，冰雪消融，大地袒露出贫瘠的胸膛，放眼望去，到处是荒山秃岭，本来就稀疏的植被，绿芽们却羞羞答答，迟迟不肯露脸。秋天，树枯草萎，落英缤纷，是一个萧瑟的时节，而且猝不及防、无声无息就结束了。唯有冬天，空中飘舞着柳絮似的雪花，像天使般轻歌曼舞，山谷间似烟似雾，坐落在雪山之间的哨所像仙境一般。眺望远处，"北国风光，千里冰封，万里雪飘……"蔚为壮观。在冰清玉洁的旷野上，哨楼像一座千年古塔熠熠生辉。哨兵屹立旁边，岿然不动，睫毛和军帽边沿结上一层洁白的冰霜。红色的帽徽、领章，寒光闪闪的枪刺，点缀出一派生机和威严，风景这边独好。周围的白杨树、柳树，枝头缀满毛茸茸的穗子，像秋天熟透的稻谷，甚是喜人。

这也是战士们展示英姿、显示才华的大好时机。在白茫茫的大地上，铲掉积雪，开出一块空地，摆上器械，练擒敌、走队列，训练场上热气腾腾，喊声、杀声，震得山摇地动，大有排山倒海之势。俗话说："冬练三九，夏练三伏。"有时候，班长专门组织大家到冰天雪地里练战术。随着班长一声"卧倒"的口令，全班齐刷刷倒在了雪地上。紧接着班长又下第二道命令："低姿匍匐前进！"战士们像离弦之箭，你追我赶，"唰唰唰"向前运动，身后留下一条长长的雪痕，速度一个比一个快，动作一个比一个利索。训练时间一长，眉毛、胡须上结满白白的冰碴。班长问："冷不冷？""不冷！"班长接着问："累不累？""不累！"声音一个比一个响亮，真是"喊声上天感嫦娥，气魄入地惊鬼神"，寒冷和困难随之销声匿迹。

冷的山沟，热的血。休息时，战士们闲不住，个个是身手不凡的能工巧匠，有的滚雪球，有的塑雪人、雪马和雪兔，情绪高涨。雪人的眼睛、鼻子，都是战士们拿土豆、红萝卜做的，大熊猫的耳朵、牦牛的牛角、丛林狼的尾巴和眼睛都是就地取材的枯草、树枝、石子、菜叶、红绿萝卜，有的还拿来各色墨水给自己的"作品"描眉画眼、涂脂抹粉。一个战士别出心裁，按照自己的模样堆了一个雪人，用自己的雨衣、腰带、帽子把雪人武装起来，又拿了一把训练用的木枪让雪人抱着。他拍拍雪人的肩膀说："老兄，你别闲着，也为祖国做点事、尽点力吧。现在给你一个任务，把你身边的这些珍稀动物给我保护好。"一句话逗得围观的战士哈哈大笑，笑声在深山里回荡……远远望去，哨所就像雪雕艺术博览馆，人物、动物栩栩如生，美不胜收。

此刻，我突然明白了"境由心造"的道理：再艰苦的条件、再恶劣的环境，只要有奋斗的人在，有奋斗的决心和信心，一切都会变得美好起来。所有的美好和欢乐都是人们不懈奋斗的结果，奋斗中创造美好，奋斗中收获欢乐——幸福是奋斗出来的。

哨所的太阳

常常想，走进哨所，我们的思想也就有了太阳的高度，于是便看见荒山野岭的警营里充满赤诚和忠心。那些头戴帽徽、腰扎武装带的士兵站在哨位上，把执勤站成一种优美的风景和富有哲理的格言，湿润着我们的眼睛，滋养着我们的灵魂——教人自新，催人奋进。

军校毕业后，我被分配到大西北的一个执勤点当排长，从此与哨所有了不解之缘。在那里，我结识了黄土高原，结识了崎岖如天路的山间小道，但也结识了难以忍受的风沙、寒冷和寂寞。"一年一场风，从春刮到冬"是这里的真实写照。加之驻地远离城市，人烟稀少，没有人声，没有车响，也听不到鸡鸣犬吠，甚至没有花香鸟语，像置身于一个荒漠世界。但，每当夜幕降临，北风呜呜，飞沙走石隆隆作响，你躺在床上，感觉如同在漫漫旅途上颠簸。寂寞难耐，思念就像蠕动的春蚕爬上心头，本不平静的心又骚动起来，难以入睡。离开这种鬼地方的想法日甚一日，我决定想办法离开哨所。但在这期间，有几件事震撼了我的心灵。

那是一个初夏的凌晨，失眠一夜的我，情绪坏到了极点，于是早早起床，百无聊赖地沿着通往哨楼的羊肠小道向前走去。当走近哨楼时，不见哨兵的踪影。我的心忐忑不安起来：莫非哨兵脱岗睡觉了？莫非被坏人袭击了？我立即大吼："哨兵！哨兵哪里去了？"

"排长，我在这里呢。"一个稚嫩的回答从哨楼侧面的坡地传来，战士小王猫着腰，好像在寻找什么。我上前一瞧，枪斜挂在他的肩上，帽子歪戴着，几乎遮住一只眼睛，手里攥着几棵嫩绿的蒲公英。见他那兵不兵、民不民的样子，还擅离岗位，我的气不打一处来。一怒之下，我把小王狠狠地"剋"了一顿，把对哨所的不满一股脑儿泼洒在他身上，小王一脸羞愧，一味地认错。

原来，哨所为了改善生活，养了猪、羊、鸡、兔，但是没有成品饲料，全靠战士们铲草喂养。哨所周围植被少，只有耐寒耐旱的沙打旺、骆驼草，战士们上哨时兼顾挖一些，下哨后带回来，在哨所已成惯例。听了小王的解释，我原谅了他，叮咛他以后不要在上哨期间干别的事，执勤要提高警惕、一心一意。他激动地还我以军礼。当与小王握手告别时，我愕然了。这是怎样的一双手：青春年少、血气方刚的年轻人的手，竟如此粗糙、皲裂，和榆树皮不差分毫！我用责怪的口气问小王："怎么把手弄得如此糟糕？"他说："哨所的水碱大，风厉害，手从水里拿出来，只要被风一吹就裂口子。据班长们说，也可能是紫外线辐射、蔬菜匮乏、身体缺维生素造成的。唉，我也搞不清楚，反正大家的手大多是这个样。"听罢，我更有些惊诧了。这些情况，麻木的我竟全然不知。我凝视着小王，他蜡黄的脸上隐隐有几分憔悴，也许是刚才的紧张、委屈，也许是一年四季风吹日晒的结果，也许是吃的蔬菜、水果少造成的……我脑子里一片空白，我为自己的浅薄而羞愧，同时感到自己可耻。我眼前的这位士兵，如一轮鲜红的太阳，炙烤着我灵魂中的水分。

不久，中队号召官兵之间开展谈心活动，我找哨所的所有战士谈了话。这些年龄与我相仿、来自大江南北的士兵对哨所的热爱是无与伦比的，甚至胜过爱自己的家、自己的生命。他们七八个人，既是战斗员，又是炊事员、饲养员，团结得就像一家人，没有一个叫苦、喊累，日子过得充实快乐。我想到了大山的脊梁，这些士兵不正是中国的脊梁吗？这次活动，又一次使我感受到生命的苍白和个人的自私。

一次，突然刮起大风，哨所的几只羊不知去向。班长带着大家到山里寻找，战士们顶着刺骨的寒风，翻山越岭，在一个陡峭的避风处发现了两只小羊……

有一年，哨所旁边村庄的一个老乡家发生火灾，一个战士冲进火海背老人出来时，不幸被倒塌的梁柱砸中头部，当场人事不省，倒在熊熊大火之中……

在哨所干了十年的老班长，在一个伸手不见五指的黑夜，与五名前来偷袭的犯罪分子展开了殊死搏斗，老班长被打伤。当援兵赶到时，罪犯已逃之夭夭，班长的肠子流到外面，身后是一条长长的血路……

听到这里，我流泪了。哨所与职责升华了士兵的生命，大山使士兵以崇高的形象成为永恒，我挚爱的士兵兄弟啊。

哨所在大山腹地，周围是典型的高寒山区，大部分是不毛之地，常年飞沙走石。在哨所看天只有"一缕缕"，每天的日照时间只有几小时，八月天也得穿皮袄，站在哨位上的哨兵最渴望的是天上的那轮太阳。太阳于士兵，太金贵了。

太阳的光焰润泽了万物的生命，校正了生活的偏差。在我的心中，这些士兵也是太阳啊，他们使人民的生活充满温暖，也使我们的精神格外富有。我凝视士兵头顶的帽徽，思考今后的路如何走，未来的生活怎样过。

士兵，今天我该以怎样的方式向你们致敬！

哨楼的记忆

哨楼之于战士，犹如珊瑚礁之于海洋水族。有哨楼才有武警战士的用武之地，才有守卫者的辉煌历史。尽管随着时代的发展，有些时候并不一定需要哨楼，但我还是要这么说。当兵数十年，与哨楼朝夕相伴的日日夜夜有多少，我已记不清了，但那些哨楼的影子在记忆里旧痕深深，清晰可见。

第一次见到哨楼，是在新兵连。新兵连的哨楼破旧，但在我的心中印象最深刻，第一眼看到它时感觉很庄严。

记得我们乘坐的客车还没有驶进营区，从车窗里就瞧见了哨楼的"尊容"。远远看到绿色的哨楼屹立在营门口，一名身着警服的战士端正地站在哨楼门侧，明晃晃的枪刺，红色的领章、帽徽点缀出非凡的威严，使哨楼显得格外气派。

刚到部队，觉得一切都非常新鲜，在参观完营院的角角落落后，哨楼是营区最美的景点的认识已根深蒂固，以致我后来多次跑到哨楼欣赏，甚至生出几分留恋。

然而，亲身站在哨楼里执勤时，一切却面目全非，十分陌生。

那天早晨，我被班长带到哨楼。东方刚刚泛起鱼肚白，奇冷难耐，我直打哆嗦。虽然班长关心我，主动把我让进哨楼里面，但并没有减轻严寒对我的侵袭，我还是一个劲地裹紧大衣。其间，我认真打量了一番哨楼的容颜。原来，这个哨楼是七八块木板拼凑的，背面两块，两个侧面各两块，顶盖是一个纸箱子拆了一面直接扣在上面的,毫无神圣和庄严之感。木板与木板之间的距离有十厘米左右,从木板缝里钻进来的风比外面的更冷。一班哨站下来,四肢都凉透了,使我真正感受了"布衾多年冷似铁"的滋味,情绪似瀑布般一落千丈。

三个月后,新训结束了。当我和新兵连的哨楼告别时,才突然明白,哨楼是因为有哨兵才庄严、神圣。神圣的并不是哨楼,而是哨兵肩上的责任。

我站过最高的哨楼,是看守所监墙上的哨楼。那座监狱在县城中央,砖木结构的哨楼坐落在监墙上,兀立空中,像一个饱经风霜的老人。木质门窗已疤痕累累,左右两扇门,左面的已经散架,被拆下来放在一旁,右面的一扇门,下半部分用铁皮包裹,上半部分已用油漆刷过好几遍,纹路清晰可辨,一半油漆已基本脱落。墙壁也补得斑斑点点,有些地方已经开裂。一部手摇式电话机,不"打"不响——每次打电话前都得先敲打几下,否则就拨不出去。即使偶然打通了,也是噪声比通话声音大。

境由心造,一点也不假。虽然这座哨楼也非常简陋,甚至有些破败,但由于高于周围的一切建筑物,像是鹤立鸡群。站在哨楼里居高临下,不但把监狱里的一切动静看得清清楚楚,也能把小城的景致尽收眼底。站得高,看得远,眼界开阔,心胸豁达大度,情志也随着哨楼高了起来,像范仲淹登上岳阳楼"心旷神怡,宠辱皆忘",不因寂寞而烦躁,不因苦累而叹息,一心一意站岗放哨。闲暇时,我手不释卷,刻苦学习,执勤站哨丝毫不敢麻痹大意。两年多时间,在那个一步见方的破旧哨楼里,我认真履行职责,其间虽然没有壮举,也没有立功受奖成英雄,但每天看到的那些活生生的反面教材,着实使我的灵魂得到了很大的触动。我衷心感谢这平凡哨楼给予的不平凡馈赠。

我见过最多的哨楼是当排长时守卫的目标。从地图上看,几十个哨楼分布在四十平方公里的土地上,星罗棋布,十分壮观。但是,实地一看又让人傻眼了。有的哨楼在河滩,有的哨楼在山巅,有的隐在山旮旯。有木板搭的,有土块和石头垒起的,有的干脆是在陡坡上掏了一个洞。它们是我见过的最为简陋的哨楼。

记得一次山洪暴发，滚滚洪水摧枯拉朽，把那些建在河川上的哨楼冲了个一干二净。哨兵见山洪暴发，及时跑到高处才躲过一劫。雨过天晴，战士们搬来几块大石头，摆放在原来哨楼的位置上，在巨石上站岗放哨。那些天和以后的一段时间，那些石头就成了官兵执勤的哨楼。

没有哨楼，无法挡风遮雨。在饱尝了露天站哨的酸甜苦辣后，我们有了血气方刚的气魄，立志改变生存的环境。我们在三十多摄氏度的天气，顶着高原强烈的紫外线，去山上背石头，去河里拉沙子，去山里打柴当椽子，官兵自当泥工、瓦工，自己动手重建哨楼。石头、树枝划破了手掌、脚心，钻心地痛。日晒风吹，脸上火辣辣的，既流汗也流血，但没有一个人说痛喊苦。就这样，大家动手垒起了更漂亮、更结实的哨楼。人是要有点精神的，有了精神，与困难战斗其乐无穷，也就没有做不成的事情。

到我离开这个中队时，经过目标单位和部队双方的努力，对所有哨楼进行了翻修或重建，土石结构的哨楼改成钢筋混凝土结构，木头哨楼全部换了新，外表刷着绿色的油漆，远远望去，万黄丛中一点绿，倒也为执勤点增添了些许生机。

与哨楼相依相伴的日日夜夜，给我心中留下了深刻的记忆，如黄土高原的风沙和紫外线在我脸上留下的痕迹。如今，那些破旧的哨楼永远退出了历史舞台，取而代之的哨楼，不论是牢固程度、造型还是室内设施都很现代，与过去的无法相提并论。

历史的车轮总是不断前进的，条件的改观是成绩、是进步。但必须明白，哨楼的本质属性没有变，哨兵的职责更没有变。忧患意识和警惕之心什么时候都不能丢！

高原的阳光

初上高原的人总觉得不舒服，除了高原反应引起的头昏脑涨，强烈的阳光也刺得眼睛难以睁开。其实，太阳还是那轮太阳，阳光还是那缕阳光，只是因为海拔高，高原的阳光才显得强烈，就像熊熊燃烧的烈火，炽热难当，让人有一种要在"烈火中永生"的恐惧。

记忆犹新的是十几年前亲历的一次高原阳光"沐浴"。当时，我们在高原上的一座警营集训。那是一个星期五的晌午，部队正在组织捕歼战术训练。当我们（追捕小组）把"罪犯"（由战士扮演）追至一片开阔地时，头顶的日头毒辣辣的，地面上遍布粗沙、砾石，脚踩在上面高低不平，鞋底发出咯咯的响声。一条条干涸的沟壑纵横交错，让看上去平坦的地面支离破碎。当我们投身其中时，顿觉行进速度减缓，好像有一种无形的魔力在阻止我们向前。不多时，我便四肢无力、胸闷气短、眼冒金星，眼睁睁看着目标逃之夭夭。我的两腿像灌了铅似的，脚沉重如石，脸上豆大的汗珠不停地往下滚落，不一会儿，上衣、裤子全湿透了，像刚被雨水淋过似的。

水！水！水成了解除燥热和干渴的救星。但是，水刚从咽喉滑下，还没有在肚子里停稳，水分子就"蹭蹭蹭"从皮肤上渗出。有两个战士已经不能独立行走，需要靠别人搀扶着往前移动。还是中队长有经验，他说这个地方阳光厉害，不要停，快点走过去就好了。放眼远眺，这里的确是周围最高的荒原。再看地面，寸草不生，点缀其上的几棵骆驼草也已枯死，仅剩发白的骨架。抬头望，眼睛像被灼伤般疼痛，急忙低头，眼前一片漆黑，金花乱冒。太阳像一个大熔炉，天白茫茫得像一块大镜子，光束像根根银针刺来，耀得人眼花缭乱。那种热，那种难受，我无法用语言形容。

当我们步履艰难地走过那片高地时，已精疲力竭。"罪犯"由于跑得过快，晕倒在地。大家见状，慌得六神无主，班长更是心急如焚。中队长一把抱起那个战士，其他人也手忙脚乱地前去帮抬，很快把他抬到平坦的地方，四肢伸开躺平。中队长先给他按压人中穴，没有反应，紧接着又给他做人工呼吸，其他战士也动了起来，有的搓揉胳膊，有的按摩下肢，有的拿出水壶……把捕歼战打成了急救战。

等返回营地，大家原本白净的面色变得黝黑，像经过了无数个饥荒年代，一个个无精打采。那个晕倒的战士虽然抢救了过来，但是大病一场，被战士们轮流背了回来。

常年生活在高原，像这样长时间在正午的阳光下暴晒的时候并不多，但是高原的阳光总是天天要照的。公差勤务时，如果遇到强烈的阳光，即使是一小会儿也让人难以承受，有时还会晒得人心烦意乱。高原的阳光，用不了多久就能把鸡蛋晒熟，把肉片烤焦。

高原的阳光也有温顺得让人陶醉的时候。夏季雨后的早晨，站在高原上观日出是十分惬意的事情。天空蓝得像洗过一样，青草绿油油的，山谷间晓岚氤氲，空气凉润润的。虽然从地平线上升起的太阳看上去没有海上升起的太阳那么大，但晨曦初露，阳光灿烂耀眼，像金丝线一般一束一束洒落高原，把高原装扮得珠光宝气。抬起头，照在脸上的阳光如同母亲的目光一样温柔。深深地吸一口清新的空气，一切烦恼将随之消失，心胸也如高原一样豁达大度。冬日的黄昏，夕阳西下，残阳如血，阳光锋芒褪尽，暖暖地从西山头上照过来，映红了天上的云彩和远处的雪山，映红了那些或牧羊或耕种或在墙角侃大山的人们的脸，也映红了高原士兵的脸。那种红，我无法用语言具体描述和形容，既真实又虚幻。此时此刻，展现在人们眼前的美丽景色才是真正的高原红，美极了。但，当最后一缕光线从天幕上消失，暮霭又弥漫山沟，把一个神秘的高原留给人们。

十几年的高原生活，经年累月在野外生产劳动、执勤训练，受高原烈日的炙烤和风沙吹打，我原本白嫩的皮肤变成了古铜色，脸颊也被高原的阳光打上了深深的烙印，紫里透红，多了一分饱经风霜的沧桑和脱了稚气的老成。但回想起来，又觉得受益良多，无怨无悔。因为，我从幼稚走向成熟，由柔弱变得刚毅，都得益于高原阳光的沐浴和冶炼。

哦，高原的阳光！

忆军马

你一不留神就以悲壮的方式结束了桀骜不驯的一生。听到这突如其来的噩耗,我不敢相信这是事实。当确认你真的离开了这个世界时,两行清泪悄悄挂上我的脸庞——为你伤心,为你祈祷。泪花里,你仿佛驰骋在广袤的原野上,款款向我奔来……

我想,如果把你和我武装起来,穿上金甲铁衣,配上头盔钢枪,就是现代版的"金戈铁马,气吞万里如虎",一定威风凛凛,英勇善战,比三国时的周郎强上百倍;"万里赴戎机,关山度若飞",木兰姑娘肯定不能与我们相提并论。即使汉朝的飞将军李广看到我们驰骋沙场的情景,一定也会汗颜。"数风流人物还看今朝。"但是,鼓角争鸣、硝烟烽火的年代已经远去,我们只能守候和平。这就决定了你必须去做一个普通劳动者,你的职责由效命战场变为耕田种地,多时在南山优哉游哉。但你毫无怨言,也许这才是最好的,甚至是你所期望的。

那时中队有近百亩土地,你们四匹军马,春天要耕种,秋天要犁地。这些任务本来是你牛大哥的,但是在那个特殊的环境里却落到了你们肩上。有你们,中队的地每年都能按时下种,有时比周围的老百姓种得还快。中队年年都是丰收年,捧着金灿灿的小麦,战士们个个都笑开了眼。

你是你们中间最年轻的,走起路来始终高昂着头,雄赳赳,气昂昂。走路也好,干活也罢,你始终不落人后,表现出义无反顾的精神。那三位"老兄"都是功臣，老成持重，默默无闻，你最没资格骄傲，但年轻气盛，最爱出风头，所以时常遭到不公正待遇——活你得多干，苦活、累活全是你的；坏事你得承担，骂挨得多，挨打也少不了你。

记得在一个春寒料峭的早晨，春种正在紧锣密鼓地进行。战士们怕冷，为了赶时间，把三犁并成两犁，没有精耕细种，我批评了他们。他们一股脑儿地将委屈发泄在你的身上，狠狠地抽了你几鞭子。你一下子冲出老远，开始使性子、尥蹶子。当时我在想，一旦爆发战争或遇到危险情况，关键时刻，你还能像三国时刘备的坐骑那样在江中腾空而起吗？还能在敌人的枪林弹雨中冲锋陷阵吗？还能将自己的主人从血泊中驮回家吗？

休息时，我轻轻地抚平了你身上深深的鞭迹。望着你眼角的泪痕，我的心也开始流泪。从你那忧郁的眼神和哼哧哼哧的鼻声中，我似乎明白了什么。我恨自己不成熟，处事草率，战士们使性子，让你受罪了。

还记得吗？在一个风高月黑的夜晚，你们从那个不太舒适的圈中跑了。第二天清晨，饲养员发现你们已经不知去向。当时，我急得如同热锅上的蚂蚁。饲养员气得直跺脚，并气愤地说，肯定是你带的头。那天全中队停训一天，大家编成四个小组，背着干粮，兵分四路去找你们。天黑时，战士们回来了，却连你们的影子都没有发现。第二天，全中队继续找，直到黄昏时分，才从远村一位老乡家找到了你们。老乡看见你们屁股上烙的"军"字，便收留了你们，但你们已经一天多没有吃东西了。找到了你们，饲养员又不知去哪里了，一夜未回，于是全中队继续出发，去找饲养员。就这样，折腾得中队几天不得安宁。

一次，你们趁饲养员偷懒，跨过围栏，踩踏了老乡家正在抽穗的稻谷，老乡找上门，非要中队赔偿损失。民以食为天啊，其实对你们来说也一样，吃不饱肚子，肯定要想办法。也许，这也是后来你遭遇不幸的直接原因。听说你是在牧草时，为了吃到悬崖上的青草而失足滑落深谷的。如果你吃饱了，一定不会涉足那些危险的峭壁，对吗？

斗转星移,你已走了好几年。又逢马年,人们茶余饭后谈论的是与马有关的故事,街头巷尾的广告、电视上的动画、新闻媒体上宣传的都是马。这又让我想起你——我忘不了你啊,我的朋友,我的战友,你一路走好。

机关掠影

没有学过新闻的"新闻干事"

说实话，我这辈子压根儿没有想过靠写文章为生，更没有想过写新闻。

在基层当连队干部时，我还是单身，空闲时间，我或坐在大山沟的石头上，或站在山间，仰望星空，做文学梦。所以，我拿出一部分工资，报名参加了几家文学杂志社的小说、诗歌写作函授班，梦想将来成为小说家或者诗人。我写了不少小小说、短篇小说，还有很多诗词歌赋，寄给报刊后都如石沉大海，连老师的一句勉励都没有听到。

山河岁月，绵绵而来，匆匆而去。一晃，我从军校毕业，到三中队当排长，到五中队当司务长，又三中队当中队长、指导员，再到五中队当中队长，这么来来回回，六七个年头就过去了。20世纪90年代初，我调入支队机关，又调到总队机关，进而调进总部机关。在此之前，我从来没有想过到机关工作，更没有想到一干就是几十年。在此之前，我也从来没有想过从事文字工作，更没有想到会与方块字打交道，而且一打就是几十年。从前的梦想，只是当一个率性的小说家，或者一个浪漫的诗人，打发时日，消磨时光，而不是把写作当作职业。而今，写作的的确确成了职业，一干就是一生。

这一年金秋，我踏进了支队机关大院。深秋的黄土高原一派萧瑟，冷风阵阵，席卷满地的黄土和枯叶，偶尔的几声鸟鸣更显寂寥与冷落。即便是城市也是灰头土脸，除了汽车刺耳的鸣笛声，再也没有什么能引起人的兴趣。但支队机关大院里，百十号新兵正如火如荼地训练，番号声、喊杀声不绝于耳，给荒凉的黄土高原平添了无限的生机和活力。我到支队后，先去新兵教导队当队长，负责新兵训练工作。我在军校学的是军事专业，在基层大部分时间是军事干部。再加上前几年在三中队、五中队的工作经历，训练新兵的工作倒也得心应手。

原先的计划是，新兵训练结束后，我就去司令部训练股当参谋。后来，一件偶然的事情却改变了我事业发展和军旅生涯的路径。那时，我老中队的一名战士因跳进大粪池救人，被支队记三等功。我看到支队通报后，为我的老中队、老战友骄傲。欣喜之余，我把这个老兵的事迹整理成了一篇三四百字的新闻稿寄给了当地报社。稿子寄出去了，我也没把它当回事，可是没过几天，有人拿来一份《定西报》，说我的文章上报了。我一看，写那个老战友立功的报道被刊登在一版。

时隔多年，我还记得，那个冬日的傍晚，我独自坐在办公室反复阅读自己文章时的兴奋。明亮的灯光从屋顶射下来，照亮蜡黄的报纸，黑色的方块字显得更加清晰，我的眼睛久久不愿从报纸上挪开，心底涌起一股暖意和冲动。

其实，我压根儿没有学过新闻，在这之前也根本不知道怎么写新闻。那天写这个老兵的报道时，我眼前放了两样东西，一样是支队的通报，一样是一张旧报纸。我把通报上的内容做了一些删减调整，按旧报纸范文的格式套进，一篇新闻就这样写成了。没想到这一写一发，预先安排的军事部门去不成了。

有一天，干部股股长来新兵教导队找我，说："组织股股长调到总队政治部了，组织股需要一个能写的人接替工作。政治处主任说你的那篇新闻写得不错，司令部就不去了，到组织股当干事。"就这样，新训一结束，我就到支队政治处组织股上班了。从此，原本的军事干部成了政工干部，埋头笔耕成为我生活的一部分。没想到，我不但来了情绪，还发现部队有写不完的材料、写不完的新鲜事。

在组织股当干事压力颇大，说是一个股，当时只有我一个人。业务工作都是新的，得从头学起，首当其冲的是公文写作，如通知、通报、通令、请示、报告、事迹材料、讲话稿等。其次是准备开会、组织开会。再次是下部队搞调研、抓落实等。组织股的工作本来就很清苦，大部分时间都泡在文字材料堆里，片刻的轻松也是人生无限奢侈的享受了。当然，机关工作与基层截然不同的是没有那么多琐事，业务工作相对单纯，忙完了也有自己能够支配的小块时间，主要是八小时以外，重点是晚上。

每当夜幕降临，华灯初上，人们都喜欢溜马路、逛公园。家在驻地的干部都回家了，和我一样的单身干部换上便装，有的去会友，有的去唱歌跳舞。那时街道两旁到处都是歌舞厅，跳舞唱歌是时尚，部队也没有禁止官兵到外面跳舞唱歌。这个时候，楼道里鸦雀无声，正是我独上高楼"爬格子"的时候，也是读书写作的好时候。于是，我又有了新的新闻作品散见于各级报刊。

我当了支队组织股股长没多久，又在一个秋冬交替的时候被借调到总队政治部宣传处，负责全总队的新闻工作。我在总队的试用期限是三个月，三个月之内胜任本职留人，否则就要打道回府。这是总队政治部首长对我讲的。当时我想，如果三个月内不能正式调进总队，再回到支队该多丢人啊。一时间，我压力很大，深知路走到此处如逆水行舟——不进则退。有人说："宁可满身泥泞爬到河对岸，也绝不衣冠楚楚站在河这边。"我发誓："宁叫人嫉妒，也绝不叫人看不起。"于是，我白天翻山越岭搞采访，夜里闭门谢客挑灯写新闻。

那段时间，我几乎浸泡在新闻里，眼里看新闻，嘴里读新闻，心里想新闻，手里写新闻。我开始广泛涉猎新闻写作知识，一边苦写一边苦读，通过自学，我陆续读了好几本新闻写作的教科书和很多记者的写作手记，初步懂得了标题、导语、背景材料、角度选择、表述方法等新闻写作的要求，逐步由外行向内行、业余向专业过渡。

为了能够更加真实、生动地反映基层官兵日常的执勤训练和工作生活，我冒着零下30多摄氏度的严寒，顶着10级左右的大风，与官兵一起在沙漠戈壁的"鬼见愁"天气巡逻执勤,第一次领略了"背着石头"巡逻的真实感觉,第一次体会了棉纱口罩冻得像冰块的滋味,第一次目睹了战士在执勤时脸上、手上、脚上被冻出的小水泡……

这个冬天虽然有些寒冷,但因为努力,片片雪花化作了温暖可人的漫天杏花。三个月后,我在省级以上报刊发表了二十多篇新闻。因为"考试"合格,我正式调进总队机关,名正言顺地成了政治部的宣传干事。

现在想起来,能调进省城,到总队级机关工作,都得益于那第一篇豆腐块新闻的动力。

负责了新闻工作,有机会接触一些大报的编辑、记者,在跟他们的交流中,我深感自己学识的浅薄,也隐隐品尝了搞新闻的艰辛和寂寞。在跟他们的接触和交流中,我不但学到了更广博的新闻知识,更让我感动、时常鼓舞我的是那些"老报人"不因清贫移志、不因名利牵绊、不因商海诱惑而堕落的清高,他们默默无闻、执着严谨的新闻精神,成为我前行的不竭动力。在此后的岁月里,我以他们为样板,把新闻当成事业来干,晨钟暮鼓,夏雨冬雪,不停地读书、采访、写作,第一年发表了一百多篇新闻,平均三天一篇,成了一名名副其实的新闻干事。正因为有了这段刻骨铭心的历练,以后我在机关工作的数十年,也始终保持了清贫朴实,在风口浪尖上不坠青云之志。

那时,和我同时借调的还有几个干部,都是单身,总队安排我们住在以前的图书室里。说是图书室,其实一本书也没有,只是房间很大,废弃的书柜很多,我们各自用书柜作墙,给自己围了一块小天地,放了床,摆了书桌。这样,虽然我们同在屋檐下,但休息、工作互不干扰。那段时间,我几乎吃、住、写作都在那个小格子里,有时过了饭点就啃几口干饼子,不困不休息,困了就和衣而卧打个盹儿。那些日子,我几乎没有白天、没有黑夜、没有正常的作息,节假日也很少去逛街,也不回家,真可谓把所有的时间都用到了学习和新闻写作上。直到后来,我的家属和孩子也到了兰州,这样的生活才稍有改观。

那时我的儿子还小，家属上班没有人照看他时，如遇有重大采访任务，我就带着儿子，乘坐长途汽车下部队，穿梭往返于西北高原、大漠戈壁的军营哨所，游走在基层官兵中间。一次去河西走廊的部队采访，公共汽车在戈壁滩上抛锚了。太阳毒辣辣的，车体被晒得烫手，车内根本不能坐人，所有乘客都下车等待救援。戈壁滩光秃秃的，没有任何遮风挡雨的东西。为了防止孩子中暑，我双手举着挎包，给他遮挡强烈的阳光。天黑前到达部队驻地，我的胳膊像灌了铅似的难受，儿子还是有些轻微中暑。而我采写的《人在西部》《爱兵的故事写不完》等文章，也与高原的烈日一起，为我的新闻干事生涯添上了难忘的一笔。

翻开影集，看着儿子跟我下部队时拍的那些或坐在大草原、或坐在黄土山坡上的照片，是那样的天真活泼，而温馨的背后，却是鲜为人知的辛酸。

俗话说天道酬勤。生活不会亏待努力过的人。当日历翻过我到总队机关的第二个三百六十五天时，我又有一百多篇新闻作品见诸全国多家报刊，我也被多家报刊聘为特约记者、特约通讯员，有几家报刊还将我评为优秀特约记者。我还有十几篇新闻作品在各种征文活动中获奖。更让我高兴的是，我采写的《"模特猪"宰杀记》被评为全国晚报年度好新闻一等奖，是那年全国唯一的一个一等奖。这让兰州晚报社也跟着风光了好一阵子，新闻发布会、经验介绍会一场接着一场开，又是给我举行颁奖仪式，又是给我开祝贺会。作为一名业余的军队作者，能获如此殊荣，让我兴奋不已。

新闻作品就像我的孩子一般，每当从报刊上看到自己的作品，都能让我兴奋好久。我用剪刀将它们整整齐齐地剪下来，再一篇一篇整整齐齐地贴到剪贴本上。我给剪贴本取名"雪球"，厚厚的两大本，从第一篇文章开始编号，一直编到450多号。除去少量的言论、散文作品，新闻作品至少有400篇之多，大部分是搞新闻的那两三年写的。再后来，出于对守卫祖国大西北的武警部队官兵的深深热爱和由衷敬佩，我从不同角度选取了100篇反映武警甘肃省总队官兵精神风貌的消息、通讯、特写、散文作品和探讨新闻业务的文章，于1999年出版了我的

第一部作品集《大漠橄榄》。

　　"成功不是凭梦想和希望，而是凭努力和实践。"虽然我没有把新闻工作干到老，达到"铁肩担道义，妙手著文章"的境界，也没有写出鸿篇巨著，但对于一个农家子弟、一个学军习武的军人，在那样短的时间内有如此多的收获，我尽心尽力了。我十分感激新闻战线上的老前辈，也十分感激自己发表的第一篇豆腐块新闻，有他们的奠基、引路，才筑起了我后来事业的万里长城。

痴心不改

笔田力耕，文海苦读，殚精竭虑，苦心经营，顾不上抹去额头的汗水，顾不上擦掉旅途的风尘，忙忙碌碌在方寸间送走月亮，迎来日出，下肚的时常是残羹冷炙，谈何潇洒？每每此时，苦不堪言，悔不当初。

稿子投出，翘首等待，变成铅字倒也是个慰藉。如果泥牛入海，真是哑巴吃黄连——苦在心里道不出。倘若同志们理解"爬格子"的辛苦倒也罢了，否则，那冷嘲热讽，犹如雪上加霜。

撂笔卸甲，发誓不再写稿子。闲庭信步，悠哉三日，却失魂落魄，如坠云雾。结果，禁不住油墨香的诱惑，禁不住火热军营的吸引，禁不住脑子里活蹦乱跳的故事，禁不住无所事事的空寂，不得已而拿起笔，铺开稿纸重操旧业，继续在晨钟暮鼓中思考，在字里行间游走，如痴如醉"爬格子"。

初到北京

"我爱北京天安门,天安门上太阳升……"

从会唱这首歌起,我就向往北京,向往天安门,想着什么时候能去北京看看天安门该多好啊!这不仅是我的愿望,也是很多人的梦想。

可以说,我是追随着香港回归的脚步声,追着实现雪洗耻辱的百年梦进京的。1996年,我来到了首都北京。当时香港回归的宣传报道一浪高过一浪。1997年,香港回到了祖国的怀抱。

虽然当兵时梦想考上军校、跳出农门,但军校毕业后,我再也没有想过要去哪里工作,一切听从组织安排,更没有想过有朝一日会到北京工作。当火车驶入华北平原时,一望无际的庄稼地,粮食作物和树木绿油油的,与雪域高原相比,眼前的景色是那样的靓丽和生机盎然,给我一种从未有过的新鲜感。

随着汽笛的长鸣,火车缓缓驶进北京西站。那时的北京西站通车不久,地砖崭新,扶手栏杆锃光瓦亮,地下通道似点亮灯火的迷宫,虽然没有现在改造后那么便捷、漂亮,但也是我见过的最大的火车站。下车后,武警部队机关(当时称总部)的司机来接我,我坐在车上,眼前掠过的是熙熙攘攘、摩肩接踵的人流和鳞次栉比的高楼。汽车一辆挨着一辆,喇叭声此起彼伏,在我好奇、兴奋又茫然的心情中,汽车已驶进武警总部机关的大门。

武警总部机关是武警部队最高的领导指挥机关(后来称武警部队机关)。那时参谋部（当时称司令部）直属工作部（当时称直属政治部）需要一个既懂军事，又在组织和宣传部门写过材料的人。那时，我在武警甘肃省总队和兰州新闻界已经小有名气，但在武警总部机关的视野里却渺小如沧海一粟。我学的是军事，在基层当过排长、中队长，在支队机关是组织干事、股长，在总队机关是宣传干事。经在总部机关工作的战友推荐，用人单位的首长考察，尤其是看了我发表的文章后，觉得我是比较合适的人选，我这才有机会走进处在"塔尖"的总部机关。

那时的武警总部机关院子不大，只有一栋高楼，虽然办公条件不像我想象的那么宽敞，但印象是美好的。机关干部南腔北调的都有，精神状态好、素质高，待人热情礼貌，对我这个生面孔也没有另眼相看。机关的伙食也好，吃饭用餐券，每天三毛钱。福利搞得也不错，每到周末还发一些鸡蛋、大米、食用油之类的副食品。

初到北京的日子是艰苦的。当时总部机关的住宿、办公条件都比较紧张，参谋部、政治工作部（当时称政治部）、后勤保障部（当时称后勤部）挤在一栋楼上办公，基本是一个处（室）一间办公室。新进的干部一没住房，二无宿舍，我就住在办公室，白天和同志们在办公室办公，晚上在办公室睡觉，一张三人沙发是我的床。一段时间后，总部从租赁的村民四合院里腾出一间房子给我当宿舍，我在北京算是有了住的地方。

那座四合院可不是老式的北京四合院，房子是砖墙，石棉瓦顶，是六郎庄村临时搭建的专供外地来京务工人员租住的。房子里只有一张床，机关首长又给我找了一对淘汰的沙发和一张伤痕累累的旧三屉桌。有了住所，我还是几乎以办公室为家。因为机关天天加班，而且我一个单身汉，干完工作太晚了，索性在沙发上一躺，一晚上就过去了，第二天上班也比较方便。还有一个难以启齿的原因，就是那间屋子冬天特别冷，夏天又如蒸笼一般闷热难当，我只有星期六或星期天才偶尔回去一下，暂歇一天半日。

为了方便上下班，我花80元钱从旧货市场买了一辆旧自行车，每当晚饭后想回六郎庄时，我就骑车沿着万泉河路蜿蜒向北，再拐向西，颠簸至六郎庄村，再向北拐进一个胡同就到了那座四合院。那时的万泉河路有一半是砂石路，到六郎庄村的路下雨天就变得泥泞不堪。万泉河路西和六郎庄村周围种着蔬菜、水稻。夏天，田野间花香扑鼻，鸟飞蝶舞，蛙声此起彼伏；秋天，稻田一片金黄，微风过处稻浪滚滚，稻穗沙沙作响。六郎庄村在颐和园东边，每当我回六郎庄，早晨就早早起床，有时绕昆明湖，有时绕颐和园外墙跑一圈，然后走进六郎庄的田间地头，赏赏花、看看景、观观秋色、听听秋声，顿觉轻松惬意。

那时，我觉得北京的气候要比西北高原好得多，西北少雨，北京雨多，且多在夜间下雨。早晨起床，酣畅淋漓的大雨骤停，天气放晴，天蓝如洗，空气凉爽湿润，人的心情也跟这天气一样，豁达了、敞亮了、清新了。随着太阳升起，人也有了新的气象、新的动力、新的希望。当时北京很少有沙尘暴，更没有听说过雾霾。遇上这样的星期日，跑步回来或风歇雨停后，我就在六郎庄村的小饭馆里吃早餐（一笼小笼包两块五毛钱，一碗稀饭五毛钱，另赠送一小碟咸菜），然后骑自行车大致沿六郎庄——清华——北大——雍和宫——东四——建国门——长安街，再从长安街东向西到公主坟，沿西三环回到六郎庄的路线骑行一圈。有时候线路随机，有时也会专门去天安门附近、东单、前门大街。因为新鲜，这也想看，那也想瞧，有时整整转一天，中午找一家便宜的饭馆吃一碗炸酱面（三块钱），晚上回到六郎庄吃小笼包或牛肉面（三块钱）。当然，我最爱去、最常去的还是天安门广场。天安门是国家的象征，往那里一站，仿佛"中国人民从此站起来了"的宣言还在久久回荡，顿觉自己腰板硬了，身躯也高大了，"我是中国人"的自豪感油然而生。那时想看的地方太多，想吃的东西也很多，只是由我个人支配的时间太少，兜里的钞票更是少得可怜。

初到北京的心情是复杂的，高兴的是我来到了首都，到武警总部这样的大机关工作，但工作、生活的压力背负在肩，有时让人身心俱疲，初来乍到的不安也时常在心头作祟。

一是要熟悉和适应新的工作环境，时时处处战战兢兢。在总部机关，办公室是新的，领导、同事是新的，认识的人寥若晨星，具体到业务部门，更连一个似曾相识的面孔都难寻。

一是工作多、标准高，不能有丝毫马虎。虽然到总部机关，我仍然做宣传干事的工作，但初来乍到，什么活都得干，而且一字一句都关乎大局，严谨细致、准确无误是基本标准，麻痹大意、错误疏漏是大忌。

一是我属于借调，干得好才能留下，干得不好就得走人。是打道回府还是留下来工作，全在我个人的能力素质能否适应新的岗位，能否担得起职责任务。摆在我面前的压力之大足以想见。

还有家属的工作调动问题，虽然当时考虑为时尚早，但不考虑肯定不现实。我在北京一个熟人都没有，家属能去哪个单位？哪个单位能接收她？孩子怎么上学？在北京没有房子怎么办？难题多得像葡萄串似的。那时我刚刚把家属调进兰州市的一家单位，才结束两地分居的生活，没想到新的两地分居又开始了。我已经领教过调动工作的难处，也品尝过牛郎织女的苦楚，从兰州到陌生的北京，摆在面前的路遥远而艰难，想着都怕。

就在我鼓足劲埋头工作时，意想不到的情况出现了。

有一天，我办公室的电话铃响了，有位大区级的首长找我，我一头雾水，因为隔着的层级太多了，我一个营职干部，与他非亲非故又没有交往，他根本不认识我。当我怀着忐忑不安的心情走进他的办公室时，他问我："你是徐贵生？"我回答说："我是徐贵生。"我话音未落，首长一掌拍在桌面上，看起来非常生气。这么一惊，我反而镇定下来，询问首长我是不是做错什么事了。后来气氛缓和下来，首长告诉我，他收到一封匿名举报信，说我在某个饭局上说了一些不该说的话，而且他接到了写信人的电话，此人自称是某单位的工作人员，并复述了信上的内容。这简直就是诬陷！我的声音也提高了八度："首长，我用我的党性、我的人格向您保证,我没有说过信上写的那些话!"

回来后,我认真反思了自己到总部的前前后后,也联想了在总队工作的日日夜夜,确认自己没有得罪过任何人。这个写匿名信诬陷我的人真是用心险恶,手段狠毒。

第二天,我又去了首长办公室,首长让我再认真想一想,究竟有没有说过那些话或者类似的话。我肯定地说:"没有!我既没有参加过那个饭局,也没有说过那些话,更没有做过对不起别人的事。"

为了这件事,首长先后找我谈过七次话,最后一次谈话的情景,我至今记忆犹新,难以忘怀。那天是星期一,当我走进机关大门时,看见首长在操场上走路锻炼身体。他看见我后示意我过去,陪他在操场上走圈儿。我知道,单位成立了一个调查组,对这件事和对我进行了全面调查,调查组的结论大致如下:徐贵生同志品行端正,为人诚实,作风踏实,工作勤奋,是一个比较优秀的干部,在总部借调期间没有跟信上所说的人员吃过饭,某单位也没有那个写信和打电话的人,断定为诬告信。我一边陪首长走路,一边回答他的问话。最后我说:"首长,这件事就到此为止吧。我不想与那个人计较。虽然这的确是对我的诬陷,但对我也是一次非常深刻的教育……"

后来,调查组对那封信上的痕迹做了缜密的调查,发现写信的人是我的同事。他的目的非常明确,就是阻止我调进总部机关。

这件事让我意识到,真正的高处不胜寒,寒在人心叵测。虽然事情已经尘埃落定,但我原本波动的情绪又陡增几分不安,让我对留在总部机关工作产生了疑虑。但随后的事实证明是我多虑了。有一天,我在电梯里遇到了那位首长,他热情地问我:"小徐,最近工作还好吧?"我说:"首长,挺好。"末了,首长告诉我,我调动的事,组织上已经研究过了,让我准备回去办手续。听到这个消息,我心中五味杂陈,当然更多的是惊喜。这件事让我认识了那位首长,多次谈话也增进了我们的了解和友谊,更重要的是,在我的调动上,他一路支持,让我把事业的列车畅通无阻地开进了总部机关。

我感喟不已。我们党之所以伟大，党的伟大事业之所以不断向前推进，正是因为有这样坚持真理、主持公道的领导干部，他们对党忠诚，爱憎分明，爱才惜才，不受诱惑，在纷繁复杂中明辨真伪，是真正的国之栋梁！堂堂正正做人，清清白白做事，是党员领导干部做人做事的要求，也是最起码的人格标准。

记得我来没多久，领导就安排我到北京周边某支队的一个驻训点，先是蹲点，紧接着搞新兵情况调查。那个点在山沟里，营房坐北朝南，顺沟而建，墙是用石头垒的，和西北部队的房子没多大区别。晚上，呜呜的北风像吹哨子似的，我把被子裹了又裹，也难以抵御四处钻进的寒冷。当我第一次走进伙房时，几样简单的物品整齐地摆放在灶台上，印象深刻的是地面上堆放的一堆土豆，冻得像铁蛋一样。当时我就想，在首都北京、总部周边也有条件这么艰苦的部队？调研结束后，我写了一份关于某部新兵情况的调查报告。这是我到总部机关的第一份调查研究报告，写好上报时，心里多少有些忐忑。没想到这份报告逐级呈到了总部首长面前，各级首长的批示密密麻麻写满首页的空白处，最引人注目的是主要首长批示开头的两个字"很好"。这两个字，让我，不，是让全处同志都兴奋不已。第二年，同样的时间，我再次去这个驻训点，同样搞新兵情况调查。天依旧很冷，驻训官兵的生活条件依旧，但工作、生活井然有序，军事训练热火朝天。有了第一次的调研经历，这一次我就从容多了。蹲点调研期间，我白天到训练场，深入官兵了解情况，晚上梳理材料。报告完成上报后，司令部和总部主要首长同样签批了"很好"。这两份调研报告对我个人的影响要大于对部队工作的影响，在我立足未稳时，奠定了我在总部机关工作的基础。

初到北京，工作上是辛苦的。首先是角色的转换。我在总队是搞宣传工作的，以新闻报道为主业，到总部机关后，以下部队搞调研、写材料为重点，加班加点是家常便饭。那时，我整天以办公室为家，通宵达旦做计划、搞安排、写材料，休息时也要随叫随到。

为了不影响儿子上学，我先把他带到了北京，父子二人挤在一张单人床上，我既当爹又当娘。早晨，我很早起来给他做早餐，之后骑车把他送进学校，下午接到机关，吃了晚饭再回去。开会、下部队时，我就把孩子交给机关通信站的同志或部里的公务员。有时孩子也跟着我加班，深更半夜，我才骑着破自行车捎上他，沿着灯光昏暗的万泉河路回六郎庄的宿舍。那一年，我的生活、工作节奏就像打仗一样紧张，常常步履匆匆，既要照顾孩子，又要干好工作，直到后来家属调进北京，这种状况才得以缓解。

实话说，在武警总部工作的紧张、任务的繁重是空前的，尤其是文字材料的标准之高、要求之严是难以想象的。在这里工作的大部分人都是从各级武警部队选调来的精英，辛苦的不是我一个人，加班加点工作的不是我一个人，在沙发上睡觉的不是我一个人，与家属、孩子两地分居的也不是我一个人……从一般参谋干事到二级部领导、部门领导、总部首长都很忙，晚饭后、节假日，大部分人都在加班工作，这是有目共睹的事实。融进这个大家庭里，个人的辛苦又能算得了什么？个人的得失又能算得了什么？

总体来说，初到北京的一段时间，甘甜和辛苦同在，激情和惆怅并存。我的生命列车一直在缺氧的高原上驰骋，突然驶进富氧的华北平原，停靠在首都北京，工作、生活驶进快车道，快节奏、高水平成为主旋律，让我有好长一段时间处于"醉氧"状态，在跌跌撞撞中摸索前行。

我以激动的心情来写初到北京的生活、工作。我十分感谢在艰苦岁月里扶我成长的各级首长，我知道，没有他们的鼓励和鞭策，我早就在跌跌撞撞中摔倒了。我感谢向总部首长写匿名信诬陷我的人，他给我上了一堂生动的人生课，让我懂得了约束和矜持，收敛了西北汉子豪放的性格，谨言慎行、低调做人成为我后来为人处世的基本遵循和行为准则。正因为此，我在机关的工作、生活良好起步，并收获了行稳致远、善始善终的良好结局。

爱是一双鞋垫

那天，我去邮局寄信，遇到一个小战士也去邮局，说要取家乡寄来的包裹。因为熟悉，所以我毫无顾忌地随口问他是什么包裹，他也直截了当地回答说是鞋垫。过去，从老家往部队寄鞋垫司空见惯，但现在已非常少见了。于是，我又问小战士鞋垫是谁寄来的。他顿时语无伦次，小脸蛋像秋天的苹果，渐渐地泛起红来。从他的言行举止，我断定鞋垫一定是他的那个"她"寄来的。后来他讲的故事证实了我的判断。

他的故乡在北方的一个农村，他和她从小在一个村子里长大，是典型的青梅竹马。她家里很穷，母亲长年卧病在床，她是长女，五口之家全靠她的父亲和她撑着。因此，她勉强读完初二就辍学了。上学期间，她会忙里偷闲做绣花鞋垫送给他。在家乡，姑娘们做鞋垫送人是非常正常的，所以那时他就像月亮不懂悠悠飘来的白云的恋情一样，不晓得她的心思。

一晃三年的时间，日子雁翼般划过。毕业后，他去了家里的工厂，给父亲当帮手。为了接济她们家，他让她来工厂打工。善良、实在、勤劳的美德在她的身上像群星一样闪耀，光芒时时铺洒他的心头。渴了，她能及时送来水；饿了，她能及时端来饭。他的一切需要，她都了如指掌。他有空时，不知不觉就会来到她的操作间。这时他才意识到，丘比特的箭已射中了他们。在一个月亮很圆的晚上，她在月光的清辉里拿出一双用大红线绣着一个大大的"心"字的鞋垫，向他表白了爱慕之情。他接受了她的爱情。明月清风、婆娑柳树与他们相拥的身影，构成了月光下令人陶醉的风景。

俗话说："人有旦夕祸福，月有阴晴圆缺。"当他向父亲提出要向她家提亲时，却遭到了父亲的坚决反对。为此，他和父亲不欢而散。他的父亲没念过书，秉性耿直，在家里说一不二。改革开放后，他父亲白手起家闯市场，在家乡已是小有名气的能人。为了不让他们来往，父亲辞退了她，并在年底让他报名当了兵。

那一刻，他无语地望着月亮和满天星星，任凭冷风狂吹猛打，两行清泪无声地滑落脸颊……

她回家后，除了拼命干活还是干活，只有干活才能打发难熬的时光，缓解针刺一般的相思之痛。每当夜幕降临，她就在月光下以泪洗面，把对恋人的思念寄托给月亮，捎给白云。

他到部队后就急忙给她写了信，安慰她不要灰心，一定要相信终有花好月圆的时候。他要求她，在想他的时候就做双鞋垫。于是她撂下锄头，拾起线头，离开锅台，坐上炕台，一针一线，细细缝、密密绣，用心绣起鞋垫。她坐在阳光下，用汗水把温暖绣进鞋垫；她坐在大树下，用树叶把生命的颜色绣进鞋垫；她坐在孤灯下，用灯花把星火燎原的灿烂绣进鞋垫；她坐在月光下，用相思把纯洁的爱情绣进鞋垫。总之，那些花花绿绿的鞋垫绣进了她的智慧，放飞了她的思念，浸透了她的泪水，绣满了她的忠贞。

每一对鞋垫，她都做两双，力求成双成对，一双留给自己，一双寄到部队。她说，千里姻缘一线牵，只有两个人都垫上一模一样的鞋垫才能心心相印。鞋垫绣好后，她要翻过两座大山，跑到镇上的邮局寄，她的辛劳，山沟里的一草一木都为之动容。

每当他从邮局取回包裹，心里就有一种难以言名的滋味。他看到了她那颗像天上的星星一样纯洁的心，看到了她那双柔情似水的眼睛，看到了她那头被微风撩起的秀发，看到了她独自在山路上蹒跚跋涉的身影……

　　垫着她做的鞋垫，他迎来日出、送走晚霞，走过了三年从军路。一千多个日日夜夜，他军装的颜色渐渐淡去，脸上的稚气却被成熟、坚定和军人的刚毅所取代。他说除了部队的培养，她的鞋垫功不可没，他要好好珍惜。最近他说服父亲同意了他们的婚事。

　　听完他们的故事，我十分感动。原来，纯真的爱情就像一块洁白的绸缎，用爱织上经线，用情绣上纬线，针针线线千回百转才能天长地久。

　　我仿佛看到那个小战士垫着爱人绣的鞋垫，在练兵场上的龙腾虎跃，在抢险救灾和战火纷飞中的冲锋陷阵、义无反顾。

　　爱是一双鞋垫，一旦垫进鞋里，就能撑起一个顶天立地的信念，跨越万水千山、征服来犯之敌时就无所畏惧，所向披靡。

心中有一首歌

倚窗远眺，外面是一个银装素裹的世界。雪花凌空飘洒，鳞次栉比的楼房像身披婚纱的新嫁娘，楚楚动人。上班的人们穿梭如织，五颜六色的御寒衣物被白雪衬托得鲜艳夺目。人流像慢镜头，渐渐消失在远方。

"妈，妈……"一位身穿红色呢子大衣的女同志突然滑倒在街心，捎在自行车后座上的孩子被滚了雪球，吓得直叫喊。我惊叫一声："哎呀，快，帮孩子一把！"我忘了身居高楼，手在推窗，脚在行动，结果被墙挡住了去路。等我再次凝神观看时，行人们已七手八脚地扶起了母子俩。可能没有摔伤，女同志带上孩子，继续骑车上路了。这时，我提在嗓子眼的心才慢慢落下来。我暗暗埋怨起那位不称职的丈夫：冰天雪地的，怎么让她捎着娃娃？想来，她的丈夫不在身边，也许出差，也许供职异地，也许戍守在边关哨卡……

望着母子俩远去的背影，我的眼睛模糊了，蓦然间，那母子俩变成了另外一对熟悉的面孔——妻和儿，仿佛我那还在上幼儿园的宝贝儿子在喊："爸爸，快来接我。"

我与妻于1988年的"八一"结婚，十几年来始终聚少离多，酸甜苦辣难以言表。完婚后第一次回老家，蜜月没有度完，她就摔成左腿骨折。痊愈后，也是这样一个"千里冰封，万里雪飘"的日子，也是如此一滑，再一次造成骨折……待到月挂树梢时，我才精疲力竭地从连队赶到妻的病床前。见到她那张熟悉而蜡黄的脸，我一句话也没说出来。或许，我与她此刻都有些心力交瘁；或许，俩人都心知肚明，只要能在一起就别无他求。

我是个军人，结婚后一直与妻两地分居，相聚的日子连一年的十二分之一都不到。有时候工作一忙，二十天的假期也很难保证，休假相聚常常开"空头支票"。每每探亲回到妻子身边，她就情不自禁地扑在我怀里，嘤嘤地诉说着一个女人的委屈，我却不知道该给她怎样的温存与补偿。

如今，她的日子更加忙碌。下班后，只照顾我那"小皇帝"已让她够受。做妻子难，做军人的妻子更难，何况她的左腿短了一厘米，里面还有九颗钢钉。繁重的家务和抚养孩子的任务一股脑地抛给她，有时我还把年迈的父母也交给她。我没有时间去照顾她，也不知道她孱弱的身体能否承受得住。多年来，内疚之于我，孤寂之于她，已积成流淌的河。每听到"你放心吧，家中有我哩"的话语，或是收到一封滚烫的信，我的心河里便泛起阵阵爱的涟漪……

雪越下越大，街上的行人渐渐稀少，窗缝里钻进的寒风撩动着我的缕缕黑发，我的思绪在延伸，心潮在翻涌……

忽然想起一首曲子，用来嘱咐远方的妻子，还有那些默默支持丈夫、任劳任怨的军嫂们，"下雪了，天晴了，下雪别忘穿棉袄……"

永远的士兵

那次下部队采访，无意间听到一个士兵的故事。我没有粉饰雕琢，原汁原味地记录了下来。

这个兵出生在一个富裕家庭，从小在父母和哥哥姐姐的呵护下长大。中学毕业后，父母给他找了一个效益较好的单位，他却不顾一切跑到区征兵办公室报名参军，成了一名武警战士。

入伍不久，艰苦的训练开始了。他体质较差，班长讲的动作要领都能理解，但做起来很吃力，坚持不了多久，脸上就渗出豆大的汗珠，身上的棉衣经常被汗水渗透，风吹来时透心的凉。有一天训练擒敌技术，他由于不得法，险些摔成脑震荡。返回营地，他疲惫地扶着墙壁，身体还直往下滑。但他没有流泪，洗一把脸，掸干净身上的灰尘，又活跃起来，不是帮助战友打扫卫生、整理内务，就是辅导文化学习，或组织大家打篮球、出黑板报。

一个雨打芭蕉的日子，他收到了远嫁他乡的姐姐的来信，信上说哥哥患了白血病，将不久于人世。信从他颤抖的手里掉落，他急忙弯腰拾起，强忍泪水，把信锁进了抽屉，留一脸平静给朝夕相处的战友。为了排遣心中的郁闷，他换上旧警服，独自去掏厕所、清理猪舍，犄角旮旯都扫得干干净净。他把痛苦埋藏心里，笑容挂在脸上。

当兵第二年，他收到父亲的电报，顿时瘫软在地。原来，母亲陪他哥哥去医院做化疗的路上遇到车祸，双双遇难。中队官兵得知真情，纷纷伸出友爱之手，给他请了假，买了车票，捐了钱物，送他回家料理丧事。当他回到家中时，看到父亲双眼无神，神志恍惚；姐姐喉咙沙哑，哭成了泪人儿。家人的欢歌笑语已成回忆，富裕的家庭也变得一贫如洗。这突如其来的变故，像天塌下来般压在他的肩头。他擦干眼泪，处理完母亲和哥哥的后事，安排好父亲的生活，匆匆返回部队。他依然挺胸抬头，憔悴的脸上那双深陷的眼睛闪烁着不可战胜的凛然。

后来，他开始利用休息时间复习文化课，准备报考军校。他把学过的课程从头至尾复习了一遍又一遍，尽管枯燥无味，但他沉浸其中，忘记了所有痛苦。基层预考时，他名列榜首，全中队官兵都认为，这个小兵学习、工作都非常投入，成绩肯定不会差，而且立过功、受过奖，又是中队的训练尖子，条件过硬，正式考试时一定没问题。

他的确不负众望，总成绩远远超过了录取分数线，但他却没有被录取，原因是身体不合格。他并没有为此伤心落泪，仍一如既往地执勤、训练、劳动。退伍时，中队党支部征求他的意见，他说坚决服从组织安排。党支部根据他的表现和工作需要，让他当了班长。留队后，他和老家的对象结了婚，把照顾父亲的任务交给媳妇，自己回到了部队，和那些离不开他的兵们生活在一起。

他先后三次考军校，三次落榜，但年年立功受奖，年年是优秀士兵。军校没有上成，组织上给他转了志愿兵。后来又有两次提干机会，一次是由于名额限制未能如愿，一次是他主动放弃，将名额让给了一名家庭困难的战友。不久，这位战友从战士宿舍搬进司务长办公室，成了一名中尉警官。其他战友不服气，一定要为他鸣不平，他却把微笑和祝福送给那位战友。他无怨无悔，对兵头将尾的职位一往情深，乐此不疲。

20世纪80年代，他父亲下海经商，生意如芝麻开花节节高，先后开了两家公司。因人手不够，父亲要求他脱了警服去当董事长。他拒绝了父亲的要求，不料父亲却因劳累过度，在外出洽谈生意时去世了。公司的员工和姐姐强烈要求他复员回来继承父业，一些战友也劝他脱了警服回家。但他谢绝了他们的好意，放弃了董事长的职位，毅然回到部队。有人说他不开窍，放着舒适的日子不过，放着大把的钱不赚，非要留在部队吃苦受罪，真是"傻冒"。他装作听不见，有时一笑了之，依旧挺胸抬头，走自己的路。

一晃十几个春秋过去了，他的孩子也上中学了。和他一起入伍的战友，有的已成为团级干部，他还是一个普通士兵。组织根据他的事迹，第三次为他填写了转干报告。这时，他已主动请缨去执行一次追捕任务。两名持枪杀人犯作案后逃跑，被围困于一座山上。山上有高耸云霄的松柏，有枝叶茂密的灌木林，沟沟坎坎，荆棘丛生，易藏难寻，逮住罪犯如同大海捞针。他带领一个小分队钻进山林，从此与指挥所失去了联系。第二天早晨，当曙光染红山谷的时候，森林里传来了激烈的枪声，战友们循声找去，发现两名罪犯一死一伤，他也倒在了血泊中。把他送进医院抢救时，医护人员直摇头，说救活的希望基本是零，有一颗子弹穿透了他的右胸，多器官受损，而且失血过多。昏迷七天后，他苏醒了，虽然脸色蜡黄，但仍表现出压倒一切的坚定。

三个月后，他出院了，提干的报告也批到了单位，然而却没有他的名字。后来才知道，他超龄了。但他依旧挺胸抬头，平静如水。每天清晨，他带着战士们在阳光下跑步，姿态端正，步伐铿锵……

每每想起这些，我就心潮澎湃。我为这个士兵骄傲，我为共和国有这样的士兵骄傲！

农场的兵

曾经，这里是一片荒芜的土地，夏天野草闲花丛生，冬天沙子石头乱飞。

后来，这里变得美丽可爱。春天，白的梨花、粉的桃花、紫的山楂花……百花齐放；秋天，瓜果缀满枝头、鸡满圈、鱼满塘……五谷丰登、六畜成群。如果不是亲睹，我真不敢相信这是一个武警部队的农场。管理得如此有条不紊，种植养殖的品种之多，果实之喜人，让人垂涎欲滴。

管理这个农场的是一群兵，负责农场养殖种植的还是这些兵。当兵走向灾害时，能救生灵于水火之中；当兵走向困难时，天堑也变通途；当兵走向荒漠时，世界就变得五彩缤纷、硕果累累。

当兵的搞农业生产由来已久，我知道的是从南泥湾大生产运动开始。那时解放军战士一手扛枪，一手扛着铁锹，或摇着纺车、织布机，一边战斗一边生产，轰轰烈烈的生产劳动为战争年代提供了急需的粮食和物资。现在国家富裕了，军队不再搞生产经营，编制撤销，兵员回归战位，农场被写进了军史。但在20世纪90年代，我去这个农场调研时，农场的兵已经换了十三茬。也就是说，这个农场已有十三年历史了，有的兵已经在这里生产劳动了十三个春秋。时至今日我都没有忘掉他们，所以把他们带着泥土的音容笑貌和朝气蓬勃工作、生活的情况记录下来。

农场的兵与众不同。警服、肩章、领花、大檐帽，使他们平添了军人的威武雄姿；铁锨、锄头、镰刀，又增加了他们的憨厚土气；黝黑的脸蛋、粗糙的皮肤、手上的老茧是职业的写照。农场的兵，一脚踏进场门，就像铆钉一样铆在这希望的田野上，春天播种，秋天收获，在平凡的岗位上创造着非凡的业绩。

小宋是农副业生产队副队长，也是农场的拓荒人之一。农场始建时，他入伍不到四年。每天清晨，星斗满天的时候，他就裹一件布满油渍的皮大衣，开着一辆带拖车的拖拉机，开始拉土填沟、平田整地。一天到晚忙忙碌碌，常常是两手泥巴，满身汗水。等收工回到宿舍，早已像出土文物，只有两只眼睛还在转动。近千亩的黄沙地、盐碱滩、乱石堆、垃圾坑，似乎一夜间就在拖拉机的轰鸣声中旧貌换新颜，变成了平展展的良田、水汪汪的鱼塘。个中辛劳，只有小宋和他的战友们有最深切的体会。

小宋是一个多面手，砌围墙、盖房子也在行。农场的每一堵围墙、每一间平房、每一幢楼，都是他和战友们用勤劳和汗水筑成的。提干后，他仍然以普通士兵的身份要求自己，工作越干越欢，果树栽培、地膜种植、浇水施肥、除草，样样抢在先、干在前。我去农场采访那天，晚上十点多，风高月黑，万物已沉睡，大地已寂静，农场果园里传来的马达轰响引起了我的注意。我索性循声漫步过去，远远看到一个人开动"铁牛"，在果树的间隙耕地，人随着拖拉机的前进而颠簸，黑土地被一犁一犁翻新，黑油油、湿漉漉，散发着泥土的气味。这个开夜车耕地的人就是小宋。他说："已到春种的时候了，农场地多人少，不加班加点就会延误下种。"

小宋还是一个典型的"老黄牛"式干部。他是农副业生产的技术权威，但从不给上级出难题，也不对下级摆架子。他对农场提的建设性建议和意见最多，敢讲真话。他4次荣立三等功，多次被评为优秀党员、学雷锋标兵，年年有嘉奖卡片入档，是武警部队表彰的基层建设先进个人。谈起农场的发展前景，他说："要推广地膜覆盖技术，科学养殖，根据市场需求搞适销对路的新品种，走生产加工一条龙的产业化道路……"他那被烈日晒得有些沧桑的脸上始终洋溢着坚定、自信。

农场除种小麦、玉米、红薯、土豆等粮食作物和蔬菜，还养猪、鸡、鸭、鱼、蛙、梅花鹿。十八岁从大西北贫困山区入伍的小白，刚跳出农门，还没来得及想自己在部队应该干什么，就被分配到农场，与叽叽咕咕的鸡鸭和活蹦乱跳的鱼打起交道。他白天喂鸡、喂鱼，晚上拿着书本坐在鱼池旁边的路灯下一页一页翻看，琢磨工作中遇到的一个个问题。通过几年的实践和自学，他成了农场的养殖能手。

养鸡最难的是养雏鸡和鸡病防治。小雏鸡圈内要保持恒温，天热了必须搬到凉处，天冷了再挪到暖和处，每挪动一次，小白就要出一身大汗。为了全面了解情况，及时处理问题，他经常卷着被褥到鸡舍与小鸡共眠。一天深夜，他发现几只小鸡叫声微弱，精神不振，原来是患了白痢病。白痢病是传染病，不及时治疗和预防，几千只小鸡在很短的时间内就会死亡。事不宜迟，他先用碘酒给小鸡的肛门消毒，然后手持手术刀，一点一点将小鸡肛门的分泌物割去，再用手指在患处轻轻擦上食用油。他一遍一遍地找，一只一只地过，一夜间，连续为200多只小鸡实施了手术，第二天阳光染红山谷的时候，他才拖着疲惫的身子走出鸡舍。

农场的兵，虽然身上多了些泥土的气息，但面对生与死的考验时，他们依然能义无反顾、舍生取义。

那年小白回家办婚礼时，突然十二指肠穿孔，住进医院动了手术。住院期间，他得知农场鸡的产蛋率下降，甲鱼死亡率上升的消息后，当即决定出院，推迟举行婚礼，拖着病体返回部队。到部队后，他顾不上休息，忍着刀口的疼痛，带病坚持工作。半个月后，由于工作劳累，刀口感染，耳朵也开始流脓，他又被送进医院。待病情得到控制后，他又坚决要求出院。遭到医院拒绝后，他三番五次恳求医生把治疗时间调整到下午，他早晨回农场干活，下午再去医院治疗。

一天，他正在烈日下为鱼池消毒，当端着一盆石灰水泼向鱼池时，自己也栽进鱼池，人事不省。他醒来后，战友们万般劝阻，不准他再去鱼塘，但他忍着刀口和被石灰烧烂的手钻心的痛，喝了几口凉水，简单地包扎了伤口，又去了劳动场。一个大雾弥天的夜晚，巡逻的战士报告说，晚上雾大，好像是塘鱼缺氧的征兆。当时正停电，机器无法转动。小白一听，立即赶到鱼池，果然有几条鱼已翻着白肚漂在水面上，如果不及时补养，这一池鱼肯定有大半会死亡。他二话没说，带头跳进了鱼池。他是西北的"旱鸭子"，不会游泳，就随着水的浮力，用全身的力气带动双手双脚搅水，搅动一下，刀口痛一下。两个多小时后，他从鱼池出来，四肢哆嗦不止，脸色苍白，嘴唇被咬出深深的牙印，鲜血流淌不止。

小白入伍十年多来，一直战斗在农场，先后当过"鸡倌""鱼倌""猪倌"。从不懂养殖技术到成为养殖专业的顶尖人才，农场曾多次推荐他转干，但每一次都因各方面的原因未能批准。但他没有一句牢骚，也没有因此而撂挑子、卸担子。

面带稚气的小黄是从华北平原的某市入伍的，父母都在效益较好的单位上班。小伙子高高的个头，浓眉大眼，长得标致，像是仪仗队员。在家时他就会开车，是一名比较优秀的驾驶员。到农场后，看到又脏又累的农活，他犹豫过、彷徨过，甚至为不能实现父母望子成龙的心愿而失望过。但他并没有消沉和后悔。农场"大材小用"，让他当拖拉机驾驶员。炎热的夏季，他光着膀子，皮肤晒得黝黑。装车、卸车、开车，马不停蹄地拉粪、运土、耕地，他干得像着魔似的，收工时常常满脸尘埃。他说："眼前来说，我的职责就是种田，种田就是我的事业。"

农场的兵之所以如此敬业，是因为有一个坚强的"战斗堡垒"和一批爱岗敬业的"头雁"。战士们讲起几位老场长和老政委的事迹，如数家珍，十分感人。

当时的政委老吴是农场资历最老、警衔最高的兵。不用听汇报，也不用做介绍，从他那花白的头发和面容就能断定他是一个老兵。从副政委到政委，他在农场一干就是八年。走在队伍中间，或在劳动现场，我根本看不出他是一个正团级政工干部。八年来，他出操站在排头，劳动走在前头，从没有因家事分心走神。两个孩子升学考试，他从来顾不上管。耄耋之年的老母亲身患癌症住医院多日，他才匆匆回家，屁股还没有坐稳，催他返回部队的电报就送到了他手里。他只好把老母亲交给妻子，急忙赶回农场。不料时隔不久，老母亲又把胳膊摔断，第二次住进医院。家里发电报让他回去，他拿着电报去请假，走到首长办公室门前，他又悄悄把电报塞进口袋，默默地返回了劳动场。

当时的场长老路，从进农场的那天起就一心扑在农场建设上，以场为家。他从健全制度、节约一粒米一度电入手，抓部队管理，千方百计改善农场物质文化生活，创造拴心留人的环境。不知有多少次，他带领工作人员深入首都的大专院校、科研单位，向专家学者取经探宝；风尘仆仆到京城的大小市场了解行情，根据市场和部队需求设计农场发展蓝图。他没有节假日，不分白昼黑夜，常常加班加点。关于他的故事，桩桩件件讲不完，战士们送给他"拼命三郎"的美誉，便是对他最高的奖赏。

离开农场的那天傍晚，我和路场长在农场的马路上漫步。有些马路宽得如同城市的街道，路旁的山楂树间隔整齐，拇指大小的树叶嫩绿泛黄，随着晚风微微晃动，像是向我们招手致意。我们走到湿漉漉的田埂上，路场长从地里抓起一把泥土，捏了捏，说："看，这土黑油油的，多么肥沃啊。"嗅着泥土的清香，看着果树成林、蔬菜成畦、鱼塘泛波的农场，我很难将它与昔日的盐碱滩、垃圾堆联系起来。我们边走边聊，为一茬茬农场官兵战天斗地、默默无闻的精神所感慨。

农场的官兵，在这远离繁华都市的寂寞角落里，伴随着春花夏草的一荣一枯，迎送着天空的星起星落，每年种出的小麦、玉米、黄豆等大田作物和苹果、桃、梨等瓜果蔬菜一筐一筐、一车一车送进机关、送到部队，生产的蛋、猪肉、鱼一斤一斤装进部队的菜篮子，摆在官兵的餐桌上，官兵们吃在嘴里，喜在心里。这美味佳肴，这一日三餐，是农场的兵们用勤劳的双手和汗水创造的。

我告别农场，走到一处较高的坡道上。回首眺望，农场是一片独特的绿，树木像列队的士兵，田埂笔直，田野葱绿。几块正在播种的地里一派繁忙景象，战士们挥动铁锹，有的在挖土，有的在栽种。远处的拖拉机轰轰鸣响，袅袅青烟在空中划出一道弧线，那是小宋带领的机械手们正在耕地。这时，我的心头突然涌起一股热浪，仿佛那翻新的土地里散发的芳馨腾腾升起，向远方飘去……

如今，农场已经撤销，但这段历史，还有这段历史中的主人翁，以及他们战天斗地、艰苦奋斗的精神，历史会记住，我也会记住。

"塔尖上"的时光

塔，不论方形、圆形还是锥形，一般都由塔基、塔身、塔顶等部分组成。塔尖就是塔的顶端，尖削修长，高高在上。

如果把一支部队比作一座宝塔，那么基层就是塔基，武警部队总部机关就是塔尖。我在基层中队当过士兵，在最小的执勤点当过排长，从塔基攀爬到塔尖，风雨兼程十六年。

岁月更迭，时光匆匆。让我没有想到的是，在总部机关的大院里，我一干就是二十多年，直到2018年，武警部队体制编制调整改革，新组建武警部队研究院时，把我们单位从总部机关整合下沉并进了武警部队研究院。那年春夏之交，我离开了武警部队机关大院，到新单位任职。

掰着手指细算，到六十岁退休，我当兵四十三载，一半以上的工作时间在武警总部机关的大院里，这也是我人生中最年富力强、最宝贵的年华。可以说，这二十三年是塔尖上的时光，我在塔尖上风雨兼程、摸爬滚打。

虽然机关工作既平淡又平凡，既无轰轰烈烈的传奇，又无惊天动地的大事，但回想点点滴滴，感慨万端，心绪难平，只有尝尽甘苦，才能彻悟人生。

总部机关是领率指挥机关，主要靠文电和工作组指导部队，工作既紧张繁忙又严肃认真。说八点钟上班，实际上大家在此之前已经就位，总部首长来得更早。楼道里出奇地安静，有时候除了开会的声音，整栋楼里鸦雀无声。偌大的机关，那么多干部和战士，上班期间却很少有人走动，偶尔遇到也是步履匆匆、严肃紧张。

秩序井然是整体风貌，工作态度要一丝不苟。上传下达、协调关系、办文办事、开会学习样样都认真；起草文件材料，从谋篇布局到遣词造句件件都是精心构思、字斟句酌，出手即精品；校对文件材料丝毫不能有错，出错就是重大问题，至少要在干部大会上做检查。

最怵的事有几件，其中之一就是晚上加班写材料。总部机关的材料多是"命题作文"，标准之高、要求之严、难度之大可以想见。有时候时间紧，或遇到紧急情况，常常几天几夜泡在办公室、会议室，说着话就能打起盹，写着字就能入梦乡。等文件起草完毕，人就像得了一场大病。过几天任务又来了，打着灯笼照旧干。我没有因为苦累而退缩过，也没有放弃过，更没有改变当一个好兵的追求和向往。机关工作是平凡的，文字工作劳心费神，有时还出力不讨好，但必须有人去做。纵观我军的高级将领，不论是烽火硝烟的战争年代，还是风平浪静的和平时期，很多人上战场能叱咤风云，蹲机关能挥洒自如激扬文字，是当之无愧的儒将。写材料、写文章，培养了一大批能文能武的人才，造就了无数仁人志士。我坚持了下来，后来随着理论素养和文字表达功底的提高，起草文件、拟写材料也没那么难了。撰写一份高水平的文件材料，就是一次劳其筋骨、饿其体肤的人生历练。

第二件最怵的事就是下部队调查研究抓落实，尤其是写讲评材料。调查研究、考核帮建、指导工作是领导机关的一项重要职责。这件事看起来很风光，但考验的是领导干部的智慧和水平，体现的是领导干部的作风和精神，是一件苦差事。

武警部队的基层单位在九百六十多万平方公里的国土上星罗棋布，远的在边境口岸，小到每个县城都有。除北京周边的，到哪个单位都远，旅途劳顿、气候差异、水土不服等都客观存在。有时因时间和任务关系，一下飞机或火车就进入工作状态，顾不得吃饭和休息很正常，顶着炎炎烈日很正常，迎着狂风暴雪、冒着三九严寒也很正常……有时既要上哨卡，还要深入打靶场，马不停蹄一整天，晚上还要分析总结情况、赶写讲评材料。要写好讲评材料，前提是要有一双慧眼，要把每一项工作检查到位，把问题找准、原因析透，要有的放矢，拿出解决问题的对策、措施，对部队今后的工作有指导价值。这是我们写讲评材料最基本的标准和追求。讲评材料不能照猫画虎随意写，讲评时更不能敷衍塞责胡乱讲。写好讲评材料，搞好讲评，是"编筐收口"的重中之重。

深入雪域高原和大漠边关的哨所，走进火热的练兵场和抢险救灾现场，调研一次，帮扶一次，和广大基层官兵并肩战斗一次，甚至共同吃一顿饭，就是我们机关干部一次心灵的升华。与奋战在一线的官兵相比，写材料虽不算享清福，但也不至于冒严寒、战酷暑、爬冰卧雪。将心比心一想，也就不在乎苦不苦、累不累了。

最让我幸福的有两件事。这两件事也是全体武警部队官兵的幸福与荣耀。我是武警部队的一分子，沾的是这个大家庭的光。幸运的是，我目睹了那些难忘的时刻。

一件是两次受到胡锦涛总书记等党和国家领导人的亲切接见并合影留念。第一次是2005年6月22日，胡锦涛总书记会见武警部队第一次党代表大会代表。那时我是司令部的组织处长，也是会务组成员。第二次是2011年7月11日，胡锦涛总书记会见武警部队第二次党代表大会代表。还有一件是2013年1月29日，习近平总书记视察武警部队总部机关。那时我是司令部的副师职研究员。

这些时刻对我而言是最难忘、最幸福、最值得纪念的，是让我不断前进的动力。

最无奈、最伤心的事，就是当时领导用人不公。我是2000年提拔的正团职干事，没多久又改任组织处长。大区级机关的组织处长干了整整八年才提副师，恐怕当时全军都很难找到第二例。这八年当中，我白天陪同领导下部队检查、调研、开会，或者组织安排各种会议和工作，夜晚带领组织处的同志加班加点写材料，节假日很少休息，我的头发就是那段时间熬白了。我是个干事业的干部，领导对我的态度也很明确，说我有本事，能写材料，是个好干部。可我当了八年处长之后才又改成技术干部，享受到副师级的待遇。

俗话说："高处不胜寒。"身处像武警总部这样的"塔尖"，"寒意"自然少不了，时时都有危机感和紧迫感。作为领导干部，最大的考验是政治考验，最大的风险是政治风险。作为我们这一层干部，除认真履职尽责外，最严峻的是权力和金钱的考验。我在总部机关信奉的是"老老实实做人，踏踏实实干事"的原则，进步靠的是自己的实力，上对得起组织，下对得起部队官兵，坚守了一个共产党员的道德操守，守住了做人做事的底线。

写到这里，我想起了一次逛公园时看到的两朵黄花。这两朵花是同一个品种，一朵长在阳面，个头硕大，颜色鲜艳；一朵被一块石头挡住了阳光，很小，且色泽发白，但它依然开得洒脱自然。人也是这样。成长中，"光照"是非常重要的因素。无论身处何时，一定不要忘记本真和初心；当处于劣势时，一定不要哀怨，要努力把自己长成一片风景。

时光荏苒，梦落指间。党中央的八项规定出台后，军队开始正风肃纪，我因年龄偏大，继续晋升的时间空间没有多少了。知足者常乐。不慕繁华，不计前嫌，朴实为人，踏实做事。正如我母亲所教导的那样："没大利，也没大害。"

最难忘的事也有几件，比如我提出放开大龄官兵在驻地找对象的问题，比如给士兵配发黑色制式皮鞋的问题、废止用解放卡车运兵的问题等。这些问题的提出，终止了几十年的一成不变，从根本上解决了部队实际存在的问题。再比如参与处置突发事件，参与抢险救灾，2008年奥运会期间到基层中队蹲点一个多月，多次到边境口岸、海关检查工作，到他国交流出访……这些都可以忽略不计。但有三件事我得写写。

第一件事，是我负责过总部机关与北京市的军民共建工作，主要联系北京的中小学与机关共同建设社会主义精神文明的事宜。我跑了北京的很多小学、中学，偶尔也去一些大学，了解学校开展军事教育、军事训练的情况和对部队的需求，帮助解决了机关和一些直属单位很多干部子女的入学难问题，帮助解决了学校在办学和建设方面的很多困难问题。

那几年，随军子女入学难，家属和孩子们无助的眼神深深地刻在我的心间。学校在改革创新中遇到的困难，我也一个一个记在本子上。为了解决孩子们的上学问题，解决学校在办学中的各种困难，我不厌其烦地找部队各级首长和学校有关领导，常常吃闭门羹、遭人白眼。我带着那些上学难的干部子女到联系好的学校报到，带领士兵给共建学校搞学生军训，筹措钱款给友邻学校买空调等设施，经常组织学校老师到各地军营参观学习、体验军营一日生活。我的努力感动了一所知名中学的校长，她在学校干部大会上谈起共建之事时，对武警部队的支持非常满意，对我也大加赞赏。当我从旁人口中听到这位老教育专家对我的肯定时，激动得差点哭了。我没有想到，我干的这些不起眼的事会给她那么大的触动。有句话说得好："重要的是我们做了什么，世界只会记住这个。"因为我在军民共建工作中的突出贡献，首都精神文明建设委员特授予我"军（警）民共建先进个人"荣誉称号。

第二件难忘的事，是我负责军事理论研究工作时的一些研究成果多次得到总部主要首长、原司令部和参谋部领导的批示表扬。说实话，让我从处长改成技术干部去研究室，我是极不情愿的。但是军人以服从命令为天职，而且这也算是组织对我的肯定。军事理论研究虽然不是我的专业，我也没有专门从事过，但作为机关干部，研究问题如家常便饭，而且在当组织处长期间，我就忙里偷闲写过两本书，一本是《抓基层的实践与探索》，一本是《基层经常性工作操作方法》。我多次参与武警部队建设发展的重大课题，如院校改革、直升机建设、建设发展纲要、发展战略等重大问题的研究论证，还负责制定过武警部队建设发展"十二五"规划和多个分项规划。

走马上任后，我紧紧围绕中心工作，把一些重大理论问题和部队的现实问题梳理出来，超前谋划、精心设计，有的自己亲自研究撰写，有的组织部队共同研究。俗话说，打铁还需自身硬。在我的带领和组织指导下，先后集中组织研究了武警部队的新型训练模式、组训方法，率先提出要把监察和巡视拓展到训练领域，着力解决军事训练中存在的沉疴积弊，下大力提高部队战斗力。总部首长批示表扬："这样研究很好，很有针对性和指导性。"接下来，我们又根据反恐要求，组织、研究、总结了武警部队反恐"五种战法"和"五个基本"问题，把反恐战法上升到战役层面。总部首长批示表扬："这样研究很有意义，实现了反恐行动向反恐战术的转变。"并指示将此成果列入《武警战术学》，编进军校学员的教材。后来，我抽组参与了两次武警院校和新一轮部队体制编制调整改革的论证，研究撰写过《国防白皮书》武警部队的内容和《武警军语》有关条目，还组织研究了很多重大问题，多次受到几任参谋长的批示表扬，有的项目和课题还获得了军队和武警部队的军事理论研究优秀成果奖。

虽然那几年很清苦，很寂寞，一年到头基本没有空闲，特别是在编辑《武警军事工作》简报期间，有些稿件我得整段重写，几千字的文章平均三天修改一篇，全年编发稿件七十余篇，还要参加其他工作，兼顾其他研究任务。苦吗？累吗？不苦不累那是假话，但我没有叫苦喊累。这些研究和付出，不但为武警部队的建设发展壮大尽了力，也为后来专业从事军事理论研究奠定了坚实基础，现在回想起来，我感到非常欣慰，也十分满意。

最难忘的第三件事，是我2016年在西藏那曲蹲点。才十几天时间，我却认为那是一段岁月，这不仅是因为我临别那曲时，官兵给我总结的"五个最"的奖赏，说我是在那曲蹲点的总部机关第一人，大校师职干部第一人，五十多岁第一人，蹲点十几天第一人，官兵最受欢迎第一人，更是因为我难以忘记那曲的官兵，他们的奉献精神时时激励和鞭策着我。

师职干部到基层蹲点当兵锻炼是习近平总书记的号召，也是全军的一项制度。那年，组织上安排我去基层当兵蹲点，问我想去什么地方，我毫不犹豫地选择了西藏。

多年前，我随一个检查维稳工作组去过一次西藏，领略过西藏的壮美与纯净，更经受了高原反应的考验。那次，我刚到拉萨就产生了高原反应，耳朵嗡嗡鸣响，头昏脑胀。第二天眩晕得更加厉害，还伴着低烧，走路像喝醉了酒似的。我输了一天液，带着口服药又投入了工作，工作结束后就匆匆忙忙返回北京。

那次是跑面检查工作，因为身体原因，确有走马观花之嫌。这次是蹲点当兵，而且要求必须住在基层中队，与官兵同住同吃同工作。到了西藏总队，我选择了藏北的那曲支队。从拉萨出发一路向北，从海拔3700多米一直攀升到4500多米，终于到了西藏海拔最高、最艰苦的地区——那曲。支队领导照顾我，把我安排到那曲县中队。县中队距支队机关不远，也在那曲城里。大约是四月中下旬，北京已经春暖花开，而那曲还是冰天雪地，寒风猎猎。

那曲县中队是看守犯人的，当时看守所没有在押人犯。营房是新建的，三层小楼，主楼是凹字形的，但为了遮风挡雨，封闭了凹字的开口，建了一个阳光温室。温室里种有玫瑰、月季等花木，叶绿花艳，一棵3米多高、普通拐杖粗细的白杨树枝繁叶茂。整体看上去，院落像一个精致的小四合院，通体洁白，明净亮丽。中队长说，阳光温室是总部为了战士采光、吸氧、取暖专门建设的。那棵杨树是战士多年前从老家买来的小树苗，当时种得多，但活得少，是目前那曲唯一的一棵树，也是最高的一棵树。看着这个在那曲算得上世外桃源的温室，我心想，这确实非常必要，体现了我党、我军对士兵的关心和厚爱。看着那棵挺拔的白杨，不由使人联想到我们的士兵是多么热爱自己的中队，不辞辛劳、千里迢迢背一棵树苗到雪域高原，不仅美化了中队的环境，也创造出生命禁区的生命奇迹。

中队给我的第一印象是，官兵都是清一色的黑，皮肤黧黑如土。中队长是四川人，小个子，精明强干，在那曲当兵已有二十多年。黝黑的脸盘，紫色的嘴唇，就连白眼仁都是土黑色的，像一个十足的那曲人。他说："在那曲生活得太久了，白眼仁变成深褐色是紫外线辐射的结果，嘴唇发紫是严重缺氧症的表现。"

有一个战士从云南入伍，高高的个头，二期士官。看他的嘴唇和脸色，真让人心惊肉跳：嘴唇血色深重，脸蛋红得鲜血欲滴，典型的高原红，不，比高原红更红、更紫，应该称为"那曲红"。他说："在家时好好的，到那曲的第二年开始逐渐变成这样的。医生说，主要是缺氧、辐射还有低气压造成的。"他还说，"虽然现在中队有充足的氧气可吸，但作为军人，我们平时要站岗执勤、训练，战时要抓坏人、捕罪犯，总不能时常背个氧气袋，也不能整天在氧气帐内。"

内地官兵在工作、生活、训练、执勤中遇到的所有困难，那曲的官兵同样遇到过，但有些那曲有的问题，在内地却不是问题。比如缺氧、紫外线辐射、低气压、缺电、缺水、高原反应、两地分居等。

那曲的军嫂不是不想探望自己的丈夫，而是不敢，有的来了就呼吸困难，住进医院；有的行至途中就开始恶心呕吐，不得不割爱返回。一个河南籍士官的家属新婚时就与丈夫分离。为了与爱人相聚，她从郑州辗转3000多公里到了拉萨，结果下飞机后就出现了严重的高原反应，嘴唇发干、头晕、恶心。在前往那曲的路上，随着海拔升高，她出现了无力、咳嗽、头痛、流鼻血、吃不下饭等现象，还没有见到爱人，就不得已踏上了返程的路。

唐古拉山将它的巍峨壮丽留给了祖国和人民，却把让人难以承受的痛苦甚至需要付出生命代价的苦难留给了那曲的军人和他们的亲人。

我到那曲的第一感觉就是说话气短，走路发飘，时不时就得吸氧。我颈椎不好，睡眠也不好，经常背着枕头下部队。在那曲中队蹲点的十几天，我几乎没有睡过觉。不是不想睡，而是睡不着，而且吸上氧气也睡不着。按照大夫吩咐，我按最大剂量吃了安眠药，但收效甚微，甚至更难受。

就这样，十几天里，我强忍着高原反应带来的不适，坚持给中队上了四次教育课，讲了首都北京的概况，讲了改革开放取得的成就等。每次讲一个小时左右，时间再长，我就讲不出话了。那曲中队的伙食存在一些问题，有些是高原的自然条件造成的，有些是烹饪技术上的欠缺。对此，我专门给炊事员讲了"色香味美"的道理。从此，官兵的餐盘里，菜的颜色鲜艳了，再也不是黑乎乎、焦糊糊了，味道也有了改善。我还找全中队的官兵每人谈了一次心，了解了他们的家庭情况、中队的建设情况、工作和生活上存在的困难等。在与官兵聊天中，我也了解到，在那曲，官兵的生命挑战是每时每刻的，晚上睡下，第二天就牺牲在床上的事是有的。生死就在一梦之间，就在睁眼和闭眼的一瞬之间。即使在这样的情况下，那曲的官兵执勤、训练、工作也一刻都没有停止过，风雨无阻，雷打不动。有个战士在笔记本上写道："梦想高于天，缺氧也向前。"这也许就是那曲的武警官兵对驻守藏北高原、安心部队工作生活的最好诠释。

有一天，我去了在唐古拉山海拔5200米处守护青藏铁路的中队，那里的官兵，生活、工作条件更艰苦。从那曲出发，经过无人区时，天气晴朗，白云缭绕，阳光温暖。快抵达部队驻地时，忽然一阵狂风，顿时乌云滚滚，大雪纷飞，地面变得白茫茫一片，时节顷刻之间由春天变为严冬。我冻得直打哆嗦，上气不接下气，差点晕倒，幸亏副支队长扶了我一把。此时此刻，巡线的武警官兵还在青藏线上顶风冒雪巡逻执勤，他们的飒爽雄姿定格在唐古拉山风雪呼啸的铁路线上，在我的脑海里铸成不朽的雕像。

总之，在西藏，在那曲，让我感动的不仅仅是山河壮丽、天空湛蓝，更是驻守在这里的武警官兵的奉献精神。他们把岗位当战位，在人迹罕至的雪域高原，用不屈的意志、满腔的热血、钢铁般的信仰，书写着对党的绝对忠诚和对祖国、对人民的无限热爱。想想在西藏、在那曲战斗的官兵，我那些个人得失又算得了什么呢？

二十三年，弹指一挥间。我在总部机关工作了二十三个年头，足迹遍布全国许多市、县的部队，也深入过不少边远、艰苦地区的小执勤点，从机关到基层都有我的身影和汗水。要写我在总部机关干过的工作，确实很多。我当过中层领导，还负责编撰过大型辞书、教材、规划、纲要、制度措施等重要文献资料，给上级机关起草过很多重要文件和领导讲话，组织研究过很多部队建设发展重大理论课题和重大现实问题。要写我生活、工作中的酸甜苦辣也很多。但有几个观点是明确的：没有党的培养和武警总部这个平台就没有我的今天；感谢我的一些老首长、老领导以及父母、妻子的支持和鼓励，否则我早就成泄了气的皮球，掉落谷底深渊；锲而不舍的努力是成功的法宝，不断校正航向、踔厉奋斗、砥砺前行，才能达到人生的新境界、新高度。

感慨之余，一首小诗在我心头涌起——

四十年前走军旅，
肩扛钢枪手携笔，
一身汗水两把泥，
加班加点练武艺。

八年时间提一职，
十年光阴铸一星，
试问苍天谁之过？
不与腐败相苟合。

而今整装再出发，
不用扬鞭自奋蹄，
强军担当不容辞，
流血流汗争朝夕。

士兵的手

人的手有大有小，有丰满有干瘦，有的漂亮，有的普通。带了多年兵，又在大大小小的机关工作、生活几十年，见过的和握过的手不计其数，但最难忘的还是那几双士兵的手。

中队长的手

当我第一次握住他的手时，确实不敢相信这是一个中尉警官的手。我仔细数了数，手上共有十一处老茧、八个血泡、二十三条伤口……

可是，这的确是一个中队长（连长）的手。正是这双手，把一个后进中队抓成了支队、总队的先进；正是这双手的主人，曾经作为武警部队基层建设先进个人代表，在人民大会堂与党和国家领导人握过手，还立过三等功、二等功，被授予武警部队基层建设先进个人等荣誉奖章。

那时，他所在的中队驻守在偏远高寒山区，营区在一圈极不规则的围墙里，坑坑洼洼的地面，乱七八糟的建筑，院落中间还有一座不大也不算小的土堡。猪圈连着食堂，夏季臭气熏天。是这双手带领官兵将猪圈从伙房前搬到三十米以外，并改造成塑料大棚、保温猪圈。那墙上的一砖一石，都是这双手一块一块砌上去的。一位搞后勤的领导参观了中队的猪圈后，肯定地说："有了这个猪圈，一定能够实现中队大肉自给的目标。"

猪圈搬迁后,又是这双手,一锹一锹铲掉烂泥,一镐一镐挖掉石头,一车一车运走土堆,拉来沙子,修起器械场、擒敌技术场、篮球场,昔日的泥滩、土堡变成了平展展的训练场。看着战士们在新修的操场上龙腾虎跃地练兵,他的脸上写满欣慰。

"为官一任,造福一方,否则就不是一个合格的共产党员。"正是在这种信念的支配下,也正是这双手的艰苦劳作,先后为中队建起了洗澡堂、蔬菜大棚,为中队解决了洗澡难、吃菜难的问题。他说:"相比美化的环境,相比战士们的笑声,那些老茧、伤疤能算什么?"他又指了指手上血淋淋的伤口,笑着说:"这些过几天就好了。"

战士们说,中队长的手是一双闲不住的手,因为他说,手长在身上不是摆设,只有不断创造才配叫手。首长们握住他伤痕累累的手,关切地让他去擦些防护油。他笑吟吟的还是那句话:"不要紧,过几天就会长好的。"

一个中队几十号人,感冒、肚子疼的常有。每到这时,他都要亲自下伙房,为生病的战士煎滚烫的生姜红糖水,包饺子或做鸡蛋面。如果战士发烧,他就坐在床边,用凉毛巾敷在战士的脑门上降温,直到战士睡熟了他才离去。训练场上摸爬滚打,战士摔伤、扭伤了,又是这双手,为受伤的战士搓啊、揉啊。战士们说,中队长的手像一剂神奇的药,每每被他搓过、揉过之后,疼痛就减轻了大半。当战士情绪低落时,他便轻轻拍拍战士的肩膀,为战士撑起一把伞,捧出一轮太阳。

士兵的手

当他站在我面前时,如果不是军装和帽徽、领花、肩章,我真不敢相信他是一个士兵;敬过军礼后,握着他的手,我惊诧不已:这个年代了,还有这样的士兵？士兵还有这样的手？

他黝黑的脸盘上布满血丝和深深的皱纹，苍老如四五十岁的大叔；他的手比脸更黑，手背上竖的、横的血口一条紧挨着一条，有的还渗出鲜血，摸起来比榆树皮还粗糙。但站在我面前的的确是一个士兵——一位入伍第三年的士官。

他们的部队驻在青藏高原，他是从天府之国四川入伍的。三年前，他是一个白净英俊的小伙子，手白嫩而柔软，当兵三年就变成了这样，他说自己成熟了很多。是的，他脸上已经找不到一丁点稚气，写在额头上的沧桑已占据"半壁江山"，但不失军人的风采，着装整洁，身材魁梧，眉宇间充满英武和刚毅。

起初，他在唐古拉山海拔5000多米的地方执勤，现在调整到海拔稍低的那曲驻守。他说刚到哨所时，躺在床上都发晕，没过多久嘴唇就开裂，吃东西时疼得钻心，手也裂开了口子。几年了，手上的裂口就没有愈合过。在那里，洗过手立马得擦油，就这样还是照样裂口。夏季气候变化不大，暖和一些，裂口情况稍好一点。秋冬春三季，手只要露在外面，风一吹或沾水就开裂，时间越长、浸的水越多，口子就越深、越大。

冬季在高原上训练、执勤，尤其在唐古拉山一带，虽然经常戴手套，有时手也会冻得失去知觉。可做有些动作或活动必须脱去手套，只要手露在外面，裂口就会像火烧针刺一样疼痛。他经常去炊事班帮厨和面、洗菜、切菜，每次都是强忍疼痛。但他没有因此而退缩，只要有空就去伙房，比专职的炊事员干得认真细致。

一次，他在巡逻执勤时，因高原反应不慎摔倒，手掌被沙砾擦伤，伤口几个月才长好，还留下一个硬疤。

士兵们说，他是中队最忙的兵，他的手是钢筋铁骨；中队干部说，他是中队最优秀的兵，他的手最能体现士兵肩上沉甸甸的责任。

有一年春节，他在那曲街头巡逻执勤时，发现一伙人正在争吵，甚至发生了械斗。其中一个人将对方连刺数刀之后拔腿就跑。他一个箭步冲过去，拦住了手持凶器的歹徒，勇敢地展开了搏斗，是他的手挡住了刺向群众的刀，扼住了歹徒的咽喉。

有一天，他和炊事员上街买菜，发现一个小偷鬼鬼祟祟地将黑手伸进了一个老乡的口袋。在掏出钱包的一刹那，他逮住了那只贼手。当他把抢回的钱包还给那个老乡时，老乡激动地握住他的手，久久不愿松开。

士兵的手粗糙得难登大雅之堂，但士兵的手是大手、强手——握着钢枪，握着祖国和人民的安宁。

爱兵的故事写不完

黄昏时分，西北风一阵紧似一阵。我坐在一个高高的山岗上，俯瞰着山脚下的武警某中队，心绪也随着呼啸的狂风翻卷起来。这个中队的干部、骨干爱兵的故事一幕幕浮现眼前……

战士小郝是中队出了名的刺头，号称"谁也惹不起"。许中队长刚到中队任职时就有人给他建议："你得早点想办法，把这个兵调走，否则非给你惹祸不可。"后来，许中队长观察发现，小郝的确有不少毛病，但如果这样对待一名战士就太不负责任了，应该帮他悬崖勒马，重塑形象。于是，许中队长抓住业余时间，主动和小郝下象棋、拉家常，有意识地引导小郝。小郝的表现渐渐有了好转。

那天，天上飘着雪花。下午操课时，许中队长发现小郝又不请假就外出了。"这个小郝呀，老毛病又犯了。"许中队长心里嘀咕。晚饭时，小郝还没有回来。天黑了，许中队长静静地注视着通向远方的那条羊肠小道，看着它一点一点被落雪覆盖。山那边的城市敲响了零点钟声，小郝回来了。望着身上落满雪花的中队长，他怔了一下。许中队长望着小郝："这么冷的天，冻坏了吧？"他拍打着小郝身上的积雪，没有埋怨，也没有责备。当小郝从哨兵口中得知中队长在雪地里等了他两班哨的时间，脸顿时憋得通红，说："中队长，我错了。"这个满身是刺的兵终于有了敬畏之心。

小郝患了牛皮癣，久治不愈。许中队长根据报纸上的广告，自己掏钱从上海邮购回特效药，亲自给小郝涂抹。许中队长涂一次，小郝就感动一次。在这爱抚的阳光里，小郝感到了从未有过的温暖和充实，从此工作样样走在前、抢在先，直到退伍离队前的几个小时还在帮炊事员洗锅刷碗。

有一年腊月二十八，中队王指导员接到一个外地打来的拜年电话，通报了姓名，电话那边哽咽着说了一句："指导员，过年好啊！"就再也说不出话来了。打电话的是退伍战士小顾。在部队时，小顾和小冯不幸染上流行性出血热，当即就近送往医院进行治疗。为了防止把病传染给别的战士，王指导员抢先去照顾病员。

在医院，王指导员按医嘱端来凉水，浸湿毛巾为小顾和小冯冷敷降温。小顾病情严重，需要王指导员搀扶着上厕所。王指导员打水、取药、喂药、端饭，整整忙了五天五夜，身子往椅子上一靠就打起鼾来。病愈后，小顾才知道自己患的是传染病，他拉着王指导员的手泣不成声："指导员，你比我的亲生父母还亲啊。"

那年春节后，总队政治部收到从北京寄来的一封盛赞王指导员的信和赠给中队的大红锦旗，旗上绣着十个金黄色的大字——视军营为家，爱士兵如弟。这是小郝、小顾等十名退伍战士的心声。

一天中午，许中队长把战士小王叫到宿舍，把一双新胶鞋塞进小王手里，说："把它换上。"第二天，小王那双缝补过的烂鞋穿在了许中队长脚上。

小王去过许中队长家，很清楚他家最值钱的东西就是墙上挂的那套警服。屋里有一对20世纪50年代的木制沙发和一辆旧自行车，是公安局的干警淘汰给他的。他始终过着艰苦朴素的生活，省下来的新军装都送给了战士们，而自己穿的衣服、鞋子大都是"新三年旧三年，缝缝补补又三年"。

通信员小孙知道，王指导员的家在农村，爱人没有工作，家里还有两位70岁左右的老人和一个患间歇性精神病的哥哥，他每月要拿出400多元钱资助家里，平时还要为老人买衣买药。想到家中的这些困难,王指导员心里就沉重起来。支委会上,中队干部说:"我们准备用一些福利费来照顾你。"王指导员却说:"有些战士家中困难也不少,有的甚至比我还困难,先照顾他们吧。"

战士小杜的母亲生病住院,中队刘司务长先后两次利用探家之际自费去看望。他对小杜说:"你母亲病还没好,困难多,我这个月的工资都给你,你去看看你的母亲。"在汽车站,刘司务长再三叮咛小杜回去要照顾好母亲、安顿好家里,临别时又掏出100元钱硬塞进小杜手里。

火车鸣笛了,刘司务长一把将小杜推上车。小杜从车窗里探出头来,泪水模糊了视线。他说:"当时感觉刘司务长的身影是那样的高大。"小杜能顺利服完三年兵役,而且在部队因工作成绩突出荣立三等功,就是中队干部关心爱护的结果。

一次,二班长带领全班去参加驻地一个拥政爱民活动,正在战士们挥汗如雨地清除水渠淤泥时,堤坝突然塌方了。二班长一把将小马推开,又扑过去用身体护住小王。两个士兵安然无恙,二班长却被滚落下来的石块砸伤了脚踝。

有的战士训练时把手磨破了,中队干部帮他洗衣服;有的战士不会做针线活,中队干部发动家属为战士缝补衣被;有的战士午夜突发疾病,中队干部背起病号冒雨往医院送;有的战士文化水平低,中队干部结成帮学对子,利用闲暇时间手把手教战士学技术、学文化;有的战士家庭有这样那样的困难,中队干部千方百计甚至千里迢迢深入当地予以帮助解决等等,难以一一道来。

战士们讲起这些干部爱兵的故事,滔滔不绝,如数家珍。他们说:"中队之所以被总部表彰为基层建设先进单位和尊干爱兵模范中队,重要的一条就是中队干部把士兵当作亲人、当作兄弟一样关心爱护,中队干部爱兵的故事,说上三天三夜也说不完。"

望着地处大漠戈壁的中队,回想着这个中队的爱兵故事,我隐约看见了古时的烽火硝烟、金戈铁马和现代战争的雷鸣电闪、战车隆隆,我想起了战国的吴起将军吮吸士卒脓疮的故事，想起了飞将军李广和骠骑将军霍去病与士兵同饮的故事，想起了岳飞，想起了朱德、贺龙……正是因为有这样的指挥员爱兵如子，才有了士兵的英勇无畏勇往直前，奋不顾身效命沙场。

爱兵是我军的光荣传统，哪一支部队都有可歌可泣的爱兵故事，我眼前的这个中队就是其中一个。他们把爱兵的传统发扬光大，赋予了爱兵新的时代内涵，爱得真，爱得切，爱得深，爱出了绵绵不绝的战友情，爱出了永不枯竭的战斗力，堪称楷模、典范。

此刻，我心头倏然卷过一股热浪，不禁感叹：爱兵的故事在人民军队薪火相传、历久弥新，是我军战胜强敌、战胜困难的法宝。爱兵的故事讲不完，我也写不完。

红柳赋

当你置身祖国的北方，尤其在西北部大片大片的荒漠、戈壁上，放眼望去，有时会在一望无际的黄土地、黄沙上看到星星点点的绿色。

那就是红柳，是北方一种非常普通的树。虽然没有松柏挺拔，亦没有白杨树伟岸，更没有木棉树的卓越风姿，但它的确是一种非凡的树，在广袤的大地，即使在不毛之地上，也能始终以树的形象生长，甚至能长出唯一的一片绿。

红柳生命力极强，装点着沙漠戈壁，在干涸的沙漠里百年不死。在炽热难当的盛夏酷暑，红柳把根深深地扎进如同燃烧一般紫烟袅袅的戈壁，枝条顶着烈日努力长出新芽，从泛绿到吐绿，使戈壁长成绿洲。即便是三九严寒，风雪剥夺了它的绿装，但它始终挺直腰杆，头颅高昂，威武不屈，仍然以树的形象挺立漠野。在伤痕累累的树皮下面蕴藏着无穷的力量，孕育着无限的生机。

红柳不择地而栖。在肥沃的土地上，它的皮黑里泛红。枝条茂密，有的旁逸斜出，有的低眉垂首，对养育它的土地含情脉脉，以婆娑多姿装扮大地，彰显多彩生命。在贫瘠的戈壁滩，其他树木不能立足，它却毅然扎下根，靠吮吸地下的潮气顽强地活着，长成绿色的风景，活成不朽的雕塑。

如果说还有什么能给大漠戈壁增添绿意和生机，那就属在这里长年站岗放哨、巡逻执勤的武警部队官兵了。他们为了肩上的责任，头顶边关的冷月，脚踏雪山大漠，冒着严寒酷暑，迎着猎猎狂风，与艰苦的自然环境搏斗，与寂寞和孤独搏斗，与天地搏斗，与犯罪分子搏斗。为了祖国和人民的安宁，他们投身荒漠，献身祖国，战胜了一个又一个常人难以战胜的困难，忍受着常人难以忍受的痛苦。他们自豪地唱着："没有花香，没有树高，我是一棵戈壁滩上的红柳……"他们是戈壁上真正的红柳，永远不会枯萎的红柳，扎根大漠，心系大漠，奉献大漠，用自己的青春热血在戈壁滩上砺剑铸盾，播撒和平吉祥，为大漠戈壁披上绿装，为人民送去温暖和安宁。

每当想起红柳，我就想起战斗在北方大漠戈壁的武警部队官兵，他们比红柳更坚强、更可爱。赞美你，戈壁红柳！

人在西部

那年初夏的一天，我们由甘肃兰州出发，沿着兰新公路（312国道）驱车西行，翻越乌鞘岭，穿过古浪峡，便进入了蜿蜒千里的河西走廊——闻名于世的"丝绸之路"。沿途的人文景观、名胜古迹、历史珍宝，如长城遗址、西夏文碑、戈壁红柳、大漠骆驼、祁连雪景……数不胜数，慕名而来的中外游客络绎不绝。

这里奇异的风光像一幅色彩斑斓的图画，令无数游人流连忘返。然而，映入我们眼帘的并不是沙漠、绿洲等自然景观和盎然野趣，而是常年战斗在这里的武警战士，他们用忠诚和生命书写的故事让我们赞叹不已。

背着石头巡逻

背着石头巡逻？乍一看就觉得不可思议。巡逻应该背着武器枪械，怎么还背着石头？但这是千真万确的故事。让我慢慢道来。

甘肃西部被称为"世界风库"，放眼望去是一望无际的沙漠戈壁，偶尔有寥若晨星的绿洲点缀出些许生机。"一年一场风，从春刮到冬"，是这里恶劣气候的真实写照。"狂风卷地百草折，飞沙走石天漠漠"，这些诗词充分说明了风的威力。

每当沙尘暴乍起,当地老百姓就会躲进房屋。然而,担负执勤任务的武警官兵却始终不能离开岗位,风越大、天气越恶劣,越要提高警惕,既要保证自己的安全,还要保证目标绝对安全。那些年,执勤设施比较简陋,哨楼大部分是土木结构,没有特别的执勤装备,每当狂风肆虐,担负执勤任务的战士就三五人一组,用绳子互相连起来,以防被狂风吹散。在哨楼上执勤的士兵把自己用绳子拴起来,防止被风吹落。为了增加体重,以防被飓风吹走,在监墙和街道等地方巡逻的战士,每人不但要背上所有的武器装备,还要背一块大石头,顶着风坚持巡逻。据说,有时沙尘暴一刮就是十多个小时,战士们要在哨楼上拴十多个小时,几十斤重的大石头也要背十多个小时。他们就是用这种奇特的方式,杜绝执勤事故,保证一方平安的。

与沙子赛跑

骆驼,由于有较好的耐力和驼掌上富有弹性的厚皮,在茫茫沙漠里善于负艰载重、长途跋涉,而被人们称为"沙漠之舟"。然而,驻守在浩瀚大漠的武警官兵却被当地老百姓誉为"沙漠之舰"。因为他们帮助乡亲们背庄稼、抬烧柴、扛米面,行走速度比骆驼快,比骆驼还卖力。

他们练就的"神功",与一种与沙子赛跑的活动有关。曾经有个中队长喜欢爬山,每当他登上沙峰时,身后的足迹不一会儿就会被沙子填平。他发现,沙子的移动不是人们想象的往下流,而是顺着沙山从下往上跑,而且速度很快。中队长突发奇想,如果让战士们与沙子赛跑,既新鲜有趣,又能锻炼战士在沙漠中行走的耐力和速度。于是,他在清冷的早晨顶着刺骨的寒风,组织部队到沙山下,与沙子较上了劲。风吹沙子跑,人追沙子奔,每天三五个来回,天长地久,战士们的铁脚板上又多了驼掌的功力。

一次,官兵们外出执行任务,西山那边突然刮起沙尘暴,顷刻间黑云压城,黄风黑浪，飞沙走石，如果躲闪不及，就有被沙尘暴吞没的危险。班长一声令下："跑！"战士们像离弦之箭，"蹭蹭蹭"地爬上沙山。班长紧接着下达命令："滚！"战士们蜷缩身体，从高高的山脊上像刺猬一样，飞速旋转着从百米高的山坡上滚到山脚下，成功躲避了风沙的袭击。据他们后来估算，这次躲避沙尘暴的速度达到了每小时60公里。

沙漠当锅灶

在古代，出了阳关就已经非常遥远了，更无人烟，除了沙漠还是沙漠。有人戏说，当地人胃里都有三两沙子。阳关附近是典型的沙漠性气候，夏季炎热无比，冬季寒冷难当，早晚温差大。三伏天地表温度可达70℃。

水能载舟，亦能覆舟。沙漠有时也能救人于水火之中。一次，当地武警中队的一个追捕小组去执行任务。深入沙漠腹地后，他们与后方失去了联系。水尽粮绝，战士就捉飞鸟、野兔烤来充饥。没有柴火，就把肉块埋在沙子里，个把钟头肉就熟了。这样烤出来的肉，味道虽然差了点，但救了战士们的生命。他们在沙漠里挣扎了七天七夜，最后安然返回营地。

此后，中队领导就把如何在沙漠里生存当作一项训练任务，持之以恒地抓了下来。如今，战士们个个掌握了在沙漠中烤面饼、鸡蛋、肉片、地瓜的技术。

我听着战士们娓娓道来如神话般的故事，既钦佩又感动，心绪久久难以平静——我既为河西走廊的悠久历史和旖旎风光而高兴，更为扎根大漠戈壁、与天斗与地斗、无私奉献的武警官兵而自豪。我想，河西走廊由这样一支勇敢顽强、不怕艰难困苦、可亲可敬可爱的子弟兵守卫，明天将会变得更加美丽富饶！

不负韶华夕阳红

时间如涓涓溪流向前奔腾,好像一眨眼,日历就翻到了21世纪。

2018年,是我的军旅生涯中一个非常值得记录的年份。

这一年,在党中央的领导下,军队新一轮调整改革如火如荼向前推进,武警部队的领导指挥体制由过去的中央军委和国务院双重领导调整归中央军委统一集中领导管理,兵权归一,兵权贵一,这是大势所趋,人心所向。

这一年,武警部队的编制结构进行了大调整,正式成立了研究院(2017年12月)。从此,武警部队有了自己的研究机构。这是一件非常值得庆贺的大事、喜事。

这一年,原总部机关的研究室全部下沉到研究院,我也成了研究院的一员。领导称我们是研究院的第一代——创业者、拓荒人、奠基人。

四月的北京,春和景明,气候宜人。那是一个星期一,我从总部机关开车,很快就到了武警研究院。作为研究院成立监交组成员,我知道,当时总部配置给研究院的办公楼、宿舍是原北京指挥学校多年前就弃用的旧房,各种设施已破败不堪,很多房子需要装修加固后才能启用,当时能进驻、办公的房子并不多。因此,研究院临时分成南北两个片区办公,中间是另外一个单位临时驻扎。我们在北区,是一个紧凑的小四合院型的院落,主楼坐北朝南,最高四层,配楼为了不影响采光,按东低西高的格局建设,东二层西三层,食堂、活动场所都有,是原来武警总部装备研究所的旧址，条件虽然与总部机关不能比，但工作、生活都没有问题。主楼门前有一棵枝繁叶茂的玉兰树，当时开满了红白相间的玉兰花。花朵饱满而有风骨，热烈又鲜艳，像在热情欢迎我，又似乎预示着我美好的未来将翻开新的一页。

事实上，我早已算过，到六十岁退休，我在研究院工作的时间只有五年了，提拔、晋升都已登顶，就是人们常说的"车到山前马到站"了。但我勤奋了一生，组织又在我解甲归田之前给了我一个新的工作平台，于公于私，我都得站好最后一班岗，这应该就是我的未来——我当下的向往。但愿我不要辜负那盛开的玉兰花的美意。

我的办公室在主楼四层，就一间房子。有的领导觉得我从总部机关来，级别也比较高，这样的条件太简陋了。俗话说："铁打的营盘流水的兵。"面对这次军队改革大潮，有多少军人依依不舍地脱下了心爱的军装，我能留在军营，有一个平台继续工作，已经非常荣幸，还讲什么条件？而且，研究院新组建，条件差是客观存在。为此，我给研究院的各级领导明确表态："我是来工作的，不是来享受的。"就这样，我开启了在研究院的新征程。

在总部机关，虽然我的职务是研究员，参与和负责过很多重大问题研究，但角色还是军事行政干部，职责是负责和指导整个武警部队的军事理论研究，指导的色彩更浓一些。到了研究院，我虽然是研究室主任，但的的确确是研究人员。我心里如明镜一般，我得调整心态，转换角色，才能适应新岗位、新工作。

刚上任时，军事工作研究室一室一人——我既是主任，又是研究员。一直到第二年下半年，从部队、院校选调了一批年轻干部充实进来，形成了团队雏形，我这个主任才名副其实。

当时正是军队改革向纵深推进的吃紧阶段，需要研究论证的问题很多，上级的指令性任务一项接一项下达，案头的文件越堆越高。再加上研究院刚刚起步，日常的开会、学习也很多，真是应接不暇，忙得焦头烂额。但我宁可掉皮掉肉，也没让工作落下。第一年，我起草了十多份调研报告，兼有其他重大问题研究任务，还启动了军委部署主编《武警部队基本知识》教材的任务。这个时候，我感觉到了能力的不足，觉得现在的能力、水平与"专家型的领导干部"这个称谓相差甚远。静心细想，有几个方面的教训最为深刻：

第一是文化知识缺"广"。问题悟深、想透了，却没有恰当的词语表达，有时写着写着就词穷了，真是"江郎才尽"，不，是徐郎才尽了。这时，我才深切地体会了古人"书到用时方恨少，事非经过不知难"的谆谆告诫。

第二是理论知识缺"新"。科研工作很现实，盯的都是新情况、新问题，既要研究历史，也得立足当前。但我脑子里装的还是"陈芝麻烂谷子"，缺乏新知识、新思想。如果要推陈出新、开拓前进，就得"站在巨人的肩膀上"去研究"巨人"；瞄着前沿，才有可能走到眼前；盯着创新，才可能有原创。这时，我才深切地体会到了"日日新，苟日新"的重要性。

第三是专业知识缺"深"。"下笔千言，离题万里。"术业无专攻，遇到一些专业性较强的问题就束手无策。这时，我才深切地体会了先人"闻道有先后，术业有专攻"的警世良言。

我还想，如果我一开始就搞军事工作研究，一生只干一件事，凭我的这股拼劲、钻劲和悟性，如今早已是专家或学者了。复合型人才当行政领导干部可能更为适合，对于专家来说，能复合当然也好，但我觉得最主要的是专——深广的专业知识才是专家的看家本领。人的生命是有限的，"生为大事来"，术业有专攻才是硬道理！

我事业的列车开足马力奔跑了快四十年，现在遇到了新情况——能量不足。于是我选择一边工作，一边读书，用读书来储备知识，充实所需。老夫自知夕阳晚，不用扬鞭自奋蹄。在研究院的几年，我把闲暇时间全都用到了读书上，先后重新阅读了《论语》《孙子兵法》《三十六计》《毛泽东自传》《习近平谈治国理政》等，还读了很多经典战例作品、外国名家和国内名人的小说、散文等，总量超过了前十几年读书的总和。有时候，我也把读书心得编成短信或微信分享。比如，读过老子的《道德经》后，我对老子的思想有了新的认识，随手编成短信，内容大致是："人老了，牙齿掉光了，舌头却还鲜活如初。老子从中受到启发，认为柔软是最强大、最有力量的。他倡导以水为师，形成了老子柔能克刚的守柔哲学。这些在当今社会和未来的军事领域，尤其是战争的打法设计上都可借鉴运用。"信息发出后，得到了广泛好评。这是我恶补知识过程中的一个小插曲。我想，只有这样不断"加油"蓄能，我开到半坡的事业列车才有足够的实力和能量继续前行。

2020年、2021年大部分时间，我都在单位封闭办公。封闭期间，每天都很晚才休息，我办公室的灯是研究院最后一个熄灭的。早晨五点，我准时起床，在电脑前开始工作，办公室的灯又是第一个亮起。有个干部形象地比喻："徐主任就是我们的灯塔。"

日历很快翻到了2022年。有一天，我突然发现单位大院里的那棵玉兰树又开花了，一树的花朵开得像火一样紫里透红。记得第一天来研究院报到时，那棵玉兰树跟今天一样美丽惹眼。转眼间，整整四年过去了。这四年间，有三年基本上是以队为家，吃住在单位，工作在单位。掐指一算，我在职工作的时间只剩一年多一点了。可是，这一年我们的研究任务更多。我除了负责室里的正常工作，还负责武警部队新的作战概念开发任务，同时参与了全军军官岗位管理武警部队警官岗位管理和俄乌冲突问题研究等专班，有些研究任务是军队的重大课题，常常是多项工作同时展开，需要兼顾各方，天天都是两头跑、多头忙，时间根本不够用。而且干部局警官岗位管理专班要求只有周三和周六晚上能回家，其余时间都要住在单位，每天晚上还要集中工作近三个小时，一般都在22点后才结束一天的工作。离开专班的办公地点回到办公室，我还得把室里的工作处理完才能休息。当时，专班给我在研究院的招待所安排了房间，但我依旧住办公室，这样随时都可以处理公务、研究问题。

事实上，参加专班之前，有时候工作一忙，我也常常以办公室为家，周末也不例外，有段时间几乎忘了自己还有一个家。每每遇到这种情况，儿子就打电话说："爸，您这哪是退休状态，劲头比当年还大，您悠着点。"然而，他怎么知道我是"老夫自知夕阳晚，不负青山不负卿"啊。研究院有个领导也风趣地说："有些人早已躺平，是五十九岁现象；我们徐主任五十九岁，却是二十九岁现象。"真是"开弓没有回头箭"，勤奋了一辈子，从来不会干也不敢干偷奸耍滑的事情，如果有一天或有一件事没有尽心尽力圆满完成，心里总觉得亏得慌。这种工作、生活模式，基本上延续到了我退休的前一天。

值得一提的是，在警官岗位管理工作专班，我是唯一的老同志，其他都是各部队抽调的小伙子，但我没有倚老卖老，时时处处模范带头，工作精益求精。负责专班的领导说我是专班的"定海神针"，年轻人说我是武警部队的"活字典"。虽然他们说这些话的角度不同，但的确是肺腑之言，是对老同志的尊敬和期待。但我心知肚明，我距离他们的赞誉差距还很大。但这些夸奖却时时刻刻激励着我，我唯有努力工作，才能受之无愧。

我在研究院的日子是忙碌而有意义的，是我真正静下心来看书学习、搞理论研究、思考人生的时光。特别是在封闭管理期间，我读了不少书，写了不少文章，完成了平常没有时间完成的工作。

我是从武警部队高级机关到研究院的，深知军事理论的"供给侧"和"需求侧"的重点在哪里。我认为一个军事理论专家就一定要聚焦备战打仗，只有用超前的理念，从胜战的需求出发前瞻设计、谋划战争，为部队提供新型战法手段或用先进的理论指导军事斗争，才能从根本上慑止战争、打赢战争。为此，那几年，我除了领导研究室的日常工作，把工作的重心聚焦到备战打仗，先后独自或带领全室同志完成了全军和武警部队的数十项重大问题研究任务，平均每年撰写近百万字，主编了《武警部队基本知识》《武警部队遂行重大任务行动基本战法》两本教材，编写了《广域多能战概论》《新时代武警部队执勤安保体系理论研究》两本理论专著，负责研究开发了武警部队的3个新型作战概念。

那几年，我还针对新时代备战打仗和部队管理出现的新情况、新问题，及时研究撰写了如《牢牢把握新时代要求　扎实推进实战化训练创新发展》《精准高效须提高指挥艺术水平》《新时代新体制下武警部队安全管理应打好"六战"》《验证推动作战概念创新发展》等近百篇关于练兵备战的学术论文和强军言论，有效地指导了部队建设。同时，整理了理论文集《善谋定而后动》，启动了多年前已搁笔的散文作品的修改完善。

千淘万漉虽辛苦，吹尽狂沙始到金。我主编的《武警部队基本知识》《武警部队遂行重大任务行动基本战法》《广域多能战概论》《新时代武警部队执勤安保体系理论研究》等教材和理论专著填补了军队和武警部队空白，课题结题评审时，专家学者都给予了很高的评价。《武警部队基本知识》有两个版本，是中央军委为战区级机关和旅团以上机关编写的全军通用教材；《武警部队遂行重大任务行动基本战法》是对武警部队遂行使命任务方法手段的系统性概括总结；《广域多能战概论》是对武警部队遂行多样化任务和建设发展的超前构想；《新时代武警部队执勤安保体系理论研究》是对武警部队执勤安保任务的系统总结和创新研究。我们研究开发的一个反恐作战概念获得了武警部队作战概念挑战赛唯一的一等奖，而且从全军几千个提案中脱颖而出，获得全军金奖。全军只设5个金奖，武警部队占据一席之位，这在武警部队的历史上也是破天荒的头一次。军委机关的同志称赞说，武警部队是比赛中杀出的一匹黑马。我能在退休之前为部队战斗力的提高贡献微薄之力，能为武警部队争得如此殊荣，非常高兴。尤其是武警部队新型作战概念的开发研究成果，不但下发部队执行，而且在一次军演活动中也得到了军委首长的充分肯定和表扬。作为武警部队首个新型作战概念开发研究的负责人，我感到无上荣光。这些沉甸甸的成果，大都是基础理论、前沿理论，是原创性研究，是我和我的团队留给武警部队宝贵的理论财富。

作为一名研究员，我深知军事理论研究尤其是基础理论研究的难处和难度，但每每遇到重大研究任务，我都没有胆怯过，更没有退缩过。在编写《武警部队基本知识》和《武警部队遂行重大任务行动基本战法》期间，我和编写组的同志跑遍了北京、天津驻地的部队、院校、档案馆和地方书店，查找资料几千份，搞清楚了武警部队的"前世今生"，还多次深入一线部队进行调研论证，坚持在编写中学习武警部队、研究战法。任务重、时间紧，"白加黑""五加二"是常事，几乎没有节假日，偶尔休息也是闻鸡起舞，一坐就是一天、一加班就是一夜，没有叫过一声苦、喊过一声累。在高岭训练基地集中修改《武警部队基本知识》时，因天气寒冷，暖气不热，我患上感冒，又因着急和用脑过度而失眠，带病坚持了十多天，几乎没有睡过一个好觉，等修改完书稿，我的眼睛又看不清东西了，回来后恢复了一个多月，身体状况才趋于正常。在修改《武警部队遂行重大任务行动基本战法》时，我整整在大屏幕前坐了近四个月时间。几十万字的书稿，精心推敲打磨几十遍，每一个字都是我用心血和汗水抠出来的，真是"不经一番寒彻骨，怎得梅花扑鼻香"。

在研究院工作的几年间，我先后3次被评为科研创新人才，武警部队党委还给我记三等功一次，《人民武警报》以《耐得住寂寞　撑得起理想》、《中国武警》杂志以《在强军路上冲锋的老兵》、研究院微信公众号以《拓荒补白强军人》为题，报道了我潜心科研的事迹；《人民武警报》头版以《117种基本战法研究成果服务一线　研究院军事工作研究室科研创新紧扣实战》为题，报道了研究室战法创新研究的做法。2022年年终总结时，研究院为军事工作研究室报请了集体二等功。在我退休前，武警部队党委批准给我室记集体二等功。这些都是对我和我的团队工作的充分肯定，是对我们莫大的鼓舞和鞭策，也是我们不懈努力的最好回报。我的待遇级别也调到了六级，拿上了正军级的工资。

人才强，国家强。我们必须建立健全科学的人才培养和激励制度机制，既要讲奉献，也要讲待遇，用合理的、适合国情军情的、能够吸引留住人才的政策制度。"科学技术是核心战斗力。"政策制度要为提升核心战斗力的人保驾护航，创造安居乐业的工作生活环境。只有用优厚的报酬，让科研人员觉得有尊严、有温度、有力度的保障，广聚天下英才用之，军队才能不断强大。这也是一个国家稳固的基础，是一个民族永远立于世界民族之林不倒的基石。

2023年3月，武警部队党委批准了我的退休申请，我脱下军装，离开了奋斗四十三年的军营。现在回过头思量，在研究院工作的五年，感悟颇多，体会深刻。从军事理论研究的角度讲，有两点认识值得深思和重视。

第一点是要加强基础理论和核心技术研究。基础理论好比一棵树的根系，根系越发达、粗壮，这棵树才能长成参天大树。如果不抓基础理论研究，只搞些枝枝叶叶、花花草草，这棵大树根不深、蒂不固，只能是"嘴尖皮厚腹中空"，经不起风浪。一个国家、一个民族要强盛，要想永远立于不败之地，必须要有足够的勇气和魄力去抓基础理论研究和核心技术研究。基础理论和核心技术如同鸟之双翼、车之双轮，抓好了，大鹏才能翱翔苍穹，车马才能驰骋天下。基础理论是创新的灵魂和根本。

第二点是要加强备战打仗理论的研究。从人类的发展史看，从个体到部落、从帮派到国家，落后就要挨打，不重视备战打仗就会被敌人欺辱甚至屠戮。俗话说："有备无患。"要慑止和打赢战争，就必须加强战备工作，加强对作战问题和战法手段的创新研究，坚持用先进的作战理论牵引练兵备战和指导战争，才能止战胜战。这是军事研究机构的主责主业，必须聚焦用力，必须摆到首位。

对于一个人来说，想让事业的列车行稳致远，有几点认识和体会也是非常重要的。

第一点是选择。要选对专业和主攻方向，要选择自己喜欢和认为有实力做的事情去做，这样才有动力、能持久。很多事业上的成功，是需要有足够的时间和扎实的专业知识做保证的。人的一生是有限的，不能朝令夕改，也不能天天去做抉择。如果选错了，到头来就会一事无成。

第二点是逼迫。逼上绝路，在绝处求生。一要有人逼你。有人逼你是一件幸事，不要抵触，更不要厌恶。二要自己逼自己。逼一逼，跳一跳，会达到意想不到的高度。"人无压力轻飘飘，井无压力不出油"。压一压，井里压出来是油，而人压出的是朝气蓬勃、推动事业向前的正能量。

第三点是不服输。不放弃，不半途而废，不轻易言败，即使遇到千难万险，也要千方百计排除险阻、争取胜利。办法总比困难多，没有过不去的坎。人生奋斗的过程精彩了，取得的成果肯定不会差。我相信，有奋斗就一定有收获。这是我在研究院最深切的感受。

第四点是创新。一个人不论干什么工作都要注重创新。创新是一个民族进步的灵魂，是一个国家兴旺发达的不竭动力，创新也是一个人立身做人、成就事业的力量源泉。做好日常工作需要新思想、新办法，干好新工作更不能因循守旧。必须摒弃惯性思维和陈腐观念，得有新理念、新举措。创新，创新，唯有创新，才是我们推动工作、不断进步的法宝。

在研究院工作了五年，因为种种原因，我减少了各种应酬和外出活动，几乎没有节假日，几乎没有回家多休息，即使母亲病危也不能请假探望，直到她老人家撒手人寰，我才从北京匆匆赶回老家，现在总觉得亏欠了母亲。这五年，我没有因为家务事分心，更没有因为琐碎事走神，一门心思搞科研，收获了很多知识、经验，取得了丰硕的科研成果。粗略估算，这五年，我完成的工作比前十年的总和还要多一些。

我没有辜负组织，没有辜负自己，没有辜负家人，在退休之前让事业的列车平稳前进，让晚照的夕阳红红火火，彩霞满天。

军旅感悟

只要信心不落榜

天空灰蒙蒙一片，老天像一个伤透心的人，一把鼻涕一把泪。因为"面壁十年"却未能"破壁"——我的高考在焦灼的等待后终于名落孙山。我望着灰暗的天空，淋着绵绵细雨，情绪低落到了极点。"哭吧，哭个淋漓尽致，哭个一塌糊涂。"触景生情，我不知道这话是安慰老泪纵横的天公，还是安抚自己那颗流血的心。想着想着，眼眶湿润了，泪珠禁不住滚落下来。

雨过天晴，我在母亲的再三劝说下走出家门，踩着湿漉漉的土地，迈着心灰意冷的步子，一个人到乡间小路上散步。我漫无目的地走着，失魂落魄，有时还踢两脚路边挂满露水的野草，任凭水珠打湿裤脚，似乎只有这样，才能使心中的烦恼减轻些许。

就在我准备回家的时候，遇上了班主任老师。老师平时对我关爱有加，也对我寄予了很大希望。我却让老师失望了，真是无地自容。

那天老师给我讲了很多道理。我知道了他也曾因落榜而彷徨过，甚至经过三次高考才叩开了大学校门。他还给我讲了农药"六六六粉"是科学家经过666次的实验才研制成功，爱迪生失败了1000多次才最终发明了灯泡的故事。他意味深长地说："你只参加了一次考试，即使永远上不了大学，也不应该如此消沉。不要放弃，不能让信心落榜。只要努力，一定会成功。"

望着老师远去的背影，我的心胸似乎豁然开朗。不久，我毅然告别亲人，应征入伍。

　　班长是一个入伍四年的老同志，和我一样，也是高考落榜生。他爱学习，所以我们常常在一起交谈。他已经在部队参加了两次考试，但都因成绩不佳未能金榜题名。他说还要继续考，即使在部队上不了军校，退伍后还要再参加地方的高考。他说："路是人走出来的，命运掌握在自己手里。"

　　不论训练多么艰苦、紧张，公差、勤务多么繁忙，都没有影响班长实现目标的行动。一有闲暇，他总是手不释卷，或静静地读书，或认真地演算。他学习起来从不受外界干扰，即使全班战士大声吵闹，他也能专心致志。星期天，他很少外出，很难看到他与人闲聊或玩耍。他那刻苦求学、一定能成功的从容自若深深地打动了我——是啊，即使一而再、再而三地落榜也无所谓，只要执着追求的信念还在，实现人生目标的信心不落榜，跌倒了爬起来继续战斗，就一定会登上辉煌的殿堂。后来班长退伍了，没过多久就当上了乡武装部长，后来又被提拔为某地质勘探局党委副书记。

　　几年后，我从军校毕业，当了中队指导员。当时中队有两名战士也是高考落榜生。在找他们谈心时，我把老班长的故事讲给了他们，鼓励他们：生活是个万花筒，难免有不幸、挫折和失败。不论遇到哪种情况，只要信心不落榜——树立顶天立地、不懈奋斗的决心和信心，有志气，肯努力，不甘寂寞，不甘人后，就会平添战胜一切困难的勇气和力量，就会觉得自己的青春热血像早晨的太阳。道路宽阔，前途光明，甩开膀子干下去，一定会取得令人艳羡的成功。后来，他们丢掉思想包袱，甩开膀子投入火热的部队生活，在各自的岗位上都取得了令人骄傲的成绩。

　　在人生的道路上，沟壑坎坷是常有的，困难和挫折会不期而遇。但是，信心是力量之源，是人的精神支柱。丧失信心，就失去了战胜困难的勇气，人就会倒下。只要信心不落榜，办法总比困难多；只要信心不落榜，就没有迈不过去的坎。

赠言胜金

那天,我去训练基地参加新兵训练总结大会。一群活泼可爱的新战士拿着精致的橄榄色留言簿,步履匆匆地追着班长、排长签名留言,执着而虔诚。

风初歇的天空,蔚蓝高远,几朵洁白如牛奶的云彩从山顶悠悠飘过。我站在阳光下,远远地看着这热闹的情景,思绪也随着白云一起飘向远方。我想起了新兵生活,想起了那句写在腰带上的赠言。

20世纪80年代初一个落雪的冬日早晨,我挥手告别乡亲父老,踏上了从军之路。经过十几个小时的汽车颠簸,在月挂柳梢的时候,我们终于到达了部队。从此,亦苦亦乐的新兵生活开始了。

营地在北方的一个小城。现在部队大部分单位都有了成建制的教导队,有的甚至有了相当规模的新兵训练基地。而过去,我们支队新兵训练没有场地,营房都是借别的单位的,简陋得很,吃住行与如今是无法相比的。吃得虽然比当地老百姓好,但比现在部队的伙食差远了。那时部队供应杂粮,一天基本上要吃两顿玉米面或小米饭。有时早餐是小米饭,中午吃"钢丝面",晚上吃发糕。现在的战士已经不晓得"钢丝面"和"发糕"为何物了。这些东西,味道倒也罢了,吃下去后胃胀得难受,有时胃酸过多,常常使人坐立难安。每每这时,我便想起家乡的烧土豆、母亲做的拉条子……

我们的宿舍是一个大车库,没有大窗户,只有两扇灰色的大铁门。里面没有床,在地面垫一些干麦草,在草上铺上军用褥子,褥子上面再铺上床单,新兵就睡在上面。遇到刮风下雪,屋内的温度怎么也抵不过从门缝钻进来的寒气,睡在床上就像掉进冰窟一般。当嘹亮的起床号打破黎明的寂静时,当了一夜"团长"的新兵睁开惺忪的睡眼一瞧,自己竟然钻在草窝里。抖一抖粘在头发上和身上的草,穿衣戴帽,扎上腰带,急忙投入紧张的操练。有时排长、中队长走进来问大家冷不冷,战士们异口同声:"不冷!"回答之坚决,令三九严寒羞愧得无地自容。

新训队的生活是艰苦的,不仅吃不习惯,住的条件差,训练也十分累人。踢一天正步,浑身都是僵硬的,尤其两条腿像灌了铅似的,躺在床上,两只脚火辣辣地痛,觉也睡不踏实。随着时间的推移和训练难度的增大,有些新战士吃不消了,有的病倒了,有的要求回家,有的像泄了气的皮球——蔫了。我虽然是带着落榜的失望、抱着在部队上干一番事业的决心入伍的,对苦累有一定的心理准备,但在这样艰苦的环境里,能够使我始终如一干好工作、搞好训练的是"愿你做风雪中的青松"的赠言。

一天,我拿起腰带准备去训练,在腰带里面的粉底上发现了这句赠言。至于是谁写的,至今是一个谜。我只记得是用圆珠笔描在腰带中间的,字体飘逸洒脱。在后来的工作和生活中,我还暗暗观察和寻找过给我赠言的战友,终究一无所获。

"风雪中的青松",多么富有诗情画意又颇具男子汉味道的比喻。我被战友的良苦用心和这句赠言深深地感动了。"大雪压青松,青松挺且直",风雪中的青松,顶天立地、不畏强暴、不屈不挠,松树的品格就是一个革命军人的品格。我要像松树那样在雨雪风霜、艰难困苦中砥砺意志,淬炼成长,不能辜负战友和同志们的关爱,不能辜负他们对我的期望,更不能让暗暗关注我的战友失望。

从此,我把这句赠言作为座右铭,每当看到它、想起它,浑身就有一种力量在蓬勃升腾,自信、勇敢地工作、生活的精气神油然而生。每当我遇到挫折和困难时，就以风雪中的青松为榜样，为此，我战胜了新兵训练中的各种难题，战胜了部队生活中的各种困难，以至于二十余年来，我的信念之树常青，努力向上的动力不减。这句赠言像一双无形的大手不断地推着我，又像一笔无形的财富——对我来说，其价值和作用远远超过了黄金。

"珍惜它吧，战友们，赠言胜金！"我默默地为这些即将告别新训基地的新战士们祈祷和祝福，愿他们记住那些班长、排长的留言或赠言，并要躬身践行，勇敢地接受生活、工作中的各种风险挑战，迎难而上，努力走好今后的人生之路。同时，我也默默为自己鼓劲加油——永远做风雪中的青松，经风雨、见世面、成大器！

校正人生

岁月如梭，光阴似箭。回眸远眺我在警营走过的春夏秋冬，歪歪斜斜的脚印，竟有大半踩在"爬格子"的路上，尤其是当干事那些年发生的事情，至今深藏心中，感慨颇多。

20世纪90年代初期，上级领导把我从基层中队调入支队政治处。此前我是一名军事干部，虽然喜欢读书，平日忙里偷闲学着写过工作手记、散文之类，对于公文、材料仅仅是看过而已，压根儿没有想过要写。因此，上任之初，领导的安排常常使我心里发怵。但我没有气馁，而是采取了"多看""敢问""善悟""勤写"的方法，向文字材料发起攻势。多看，尽可能多渠道收集有关书籍、报刊、上级的公文和材料阅读，学谋篇布局的技巧、语言文字的运用；敢问，遇到不懂或一知半解的问题，向首长和同事请教；善悟，就是多思考，尤其是领导改动过的地方，哪怕是圈圈点点，都要从心里问问自己"他为什么这样改"；勤写，就是不怕麻烦，不偷懒，除完成分内的任务，还要给自己出一些题目，强化练习，甚至把好的公文当作范文抄写背诵。功夫不负苦心人，我起草的材料、公文，领导改动少了，有的甚至一路"绿灯"，间或有"豆腐块"登上报刊。

回想起来，我当干事时经常挑灯夜战，有时一份文件从起草到出手，修修改改，涂涂抹抹，要熬好几个通宵，虽然很清苦，但总觉得自己为部队建设出了力，心里很充实。

然而，随着市场经济的不断发展，有些人开始追求奢靡的生活，开始浮躁。有一天，一位退伍战士驾着自己的"夏利"（当时的一款国产新车）来部队看我。他退伍后搞个体经营，投资办了养牛场，还承包经营了一个农场，一年就赚回成本，还买了一辆车。他说："中队长，改行吧，要么干脆脱警服换个环境，凭你的实力和执着精神，要不了三两年就发了。"听着他那对我来讲如天方夜谭一般的生活，再看看自己整天忙忙碌碌的傻样，当兵十多年，官无芝麻大，经济上两手空空，两相对比，更加眼红心热。

由于心浮气躁，我拟的一份公文竟出了好几处错误。支队领导看出了我的心思，说："小徐，你不要认为钱少就不富有，古人说'一字值千金'，如果在我们的重要公文里错一个字，那造成的损失和后果，不要说'千金'，'万金'也无法挽回啊！"他指指文件中的错字接着说，"你看，这些都是非常低级的错误，完全是因为心不在焉造成的。作文如同做人，文章里的错字就像眼中钉、肉中刺。小徐啊，在改正错字的同时，也应好好审视一下你的人生之路，可千万别偏离方向。"

首长掷地有声的批评使我的心灵震颤起来：是啊，作文如同做人，首先应该做好人，然后才能写好文。我是一个军人，能有今天，是部队培养教育的结果。作为军人，不能因为眼前的利益和个人的得失，不能因为向往灯红酒绿的生活而忘记自己的使命，更不能因为蝇头小利和虚无缥缈的空想贻误党和人民的事业。

从此以后，我时常用首长的谆谆教诲来警示自己，校正错字也校正人生，不受外界干扰，甘于寂寞，抵御诱惑，努力做好人，写好文，在干事的岗位上勤奋耕耘。屈指数来，我先后在支队政治处组织干事、总队政治部宣传干事、总部司令部组织干事等岗位上工作了十几年，在干好本职工作的同时坚持写作，总结了不少工作经验，还宣传了一大批先进单位和先进个人，为部队建设尽了自己的责任，被授予过荣誉称号，多次荣立三等功，多次被评为先进和优秀，被总队、总部表彰奖励。

  静心深思，这个世界存在各种诱惑，随处都有急流险滩甚至暗流涌动，风险、挑战无所不在。我们不是点石成金、不食人间烟火的神仙，更没有铜头铁臂、金刚不坏的身体，每个人都有缺点和不足，而且在成长道路上，困难和挫折在所难免。我们必须不断认识自己，审视自己，检点自己，反省自己，必须不断修正错误、校正人生方向。只有这样，才能经得住诱惑、耐得住寂寞，不忘初心，砥砺前行，接续奋斗，使人生之舟不倾覆、不偏离航道，始终沿着正确的航向前进，逆水不退，顺水速进，胜利抵达成功的彼岸。

常思己过

自从和妻子领了结婚证,举行过简单的婚礼后,我便有了家。但部队驻守在百余公里外,我常常是住在"大家"而顾不了小家。所以,买菜、做饭、洗衣、照顾孩子等家务活全落在妻子身上。为此,妻子的牢骚话也多了起来。起初我有些不以为意,"沉默是金",后来妻子唠叨得多了,我也会没轻没重地回她几句。

有一次,我去家附近的部队检查工作,早晨出发时,再三叮咛妻子,我晚上回家吃饭。黄昏时分,当我拖着疲惫的身体回到家里,见妻子躺在床上,厨房里冰锅冷灶。我没好气地问:"你怎么还没有做饭?"她怒气冲冲地回答:"你没长手?""唉。"我无奈地叹了口气。这一"唉",更激怒了妻子:"唉什么?这是家,又不是旅店,我也不是服务员!"

几次争吵后,我冷静下来,对自己的所作所为进行了深刻反思,感到自己既没有尽到做丈夫的责任,又对妻子不够关心和体贴。

在之后的日子里,我努力改变自己,只要有空回家,再不坐等吃饭,而是主动帮妻子洗菜做饭。闲暇时,我把煤砸够、柴劈足,然后扫地、抹桌子,尽量多干些家务活。晚上陪着妻儿散散步、拉拉家常。一段时间后,我发现夫妻间的感情更加浓厚了,妻子的唠叨也少了,小家庭充满甜蜜和温馨。每当我回家,妻子总要千方百计改善伙食。吃着她做的拿手饭菜,嘴里香香的,心里甜甜的,工作的辛苦早已烟消云散。

这件事使我受到了教育，也使我深深体会到，解决家庭矛盾应常思己过，多站在妻子的角度想一想，家庭生活会更加幸福美满。

后来，我从一本书上读到了美国总统艾森豪威尔的故事。艾森豪威尔当士兵时，一次发军装时他刚好不在，大家给他留了一套大号军装。有一天长官来部队检查，发现他的军装特别大，帽子把眼睛遮住了，于是问他："你的衣服和帽子怎么这么大？"艾森豪威尔回答："报告长官，不是我的帽子和衣服大，是我的身体和头小了。""你的身体和头太小不就是衣服和帽子大了吗？"长官问道。艾森豪威尔回答："我母亲教导我，身为一个顶天立地的男人，遇到任何事情，首先应该找的是自己的问题，而不是找其他问题。"这位长官肯定了他的回答。就这样，在军旅生涯中，艾森豪威尔遇事坚持从自身找问题，最终成为美国最著名的五星上将，后来成功竞选和蝉联总统，成了政治家、军事家。

艾森豪威尔的故事更让我明白了常思己过的重要性。解决家庭矛盾需要常思己过，工作中遇到问题、同事间相处同样需要常思己过。懂得经常自省的人，在事业上不会太差。

老子说："大道之行，不责于人。"人的一生，不论是婚姻家庭生活，还是工作中都会遇到各种问题。有了问题，就要千方百计解决问题，而且首先要想自身存在的问题。如果凡事都不从自身找原因，互相抱怨、推诿扯皮，不但问题不会解决，矛盾也会越来越多。

常思己过是一种修养，一种境界。先人们早已说过："静坐常思己过，闲谈莫论人非。"这既是人生的经验总结，更是对后人的警示和启迪。遇到失败和不愉快的事情，首先要静下心来反思自身，多站在别人的角度看问题，站在别人的角度看自己，将心比心，才能正确认识自己，客观公正地解决矛盾。知人者智，自知者明。人生的成与败，起决定作用的是内因——自己要不断反省，成功了要反思自己的不足，受到挫折要从自身找原因，看清缺点才能扬长避短。只有经常反思己过，才能让自己越来越优秀，越来越强大。

回味离别

离别是一杯苦涩的酒，离别是一首忧伤的歌。人人都有离别时刻，军人的离别则更有几分悲壮。

在饱尝了离别的酸甜苦辣之后，我站在人生而立之年的台阶上，静下心来将一个上尉警官的情感世界扫描、过滤，最让我难以忘怀和纠结的还是离别。

离故乡

一个冬日的早晨，天气极好，风暖暖的、柔柔的。在父母双翼的爱抚下，我走完了十八年的故乡生活，应征入伍。忽然远离故土，年轻的心一片茫然。山依依，水依依，飘浮在空中的尘埃也给肩头增加了几分沉重，仿佛那响彻云霄的送行鼓声、锣声、鞭炮声、呼喊声，是故乡歌唱的旋律……母亲举在胸前的手微微颤抖，她的脸，不，整个身子在颤抖，我分明看见她眼眶里泪水盈盈。也许，她指望我为她分担忧愁和劳作的艰辛；也许她希望我和她一同分享收获的喜悦和黄花菜的甘甜……一个难舍，一个难分，个中滋味只有天知地知、娘知我知。

当兵第六个年头，我才回家探亲。时光如白驹过隙，我还没有回过神，假期已经结束了。黄昏时分，母亲点燃的袅袅炊烟伴着葱油花的缕缕芳香，使我的每一个毛孔都滋长出留下的渴望。然而，我知道我得走了。背起行囊，强忍住就要夺眶而出的眼泪，不敢多看一眼爹、多看一眼娘，不敢多看一眼曾经夕寝朝栖的老屋，我头也不回地往前走。背对着他们，任凭泪水如泉水般涌出，流过脸颊，淌湿衣襟。

结婚后，我和妻子聚少离多，每当夜深人静，我就想起她如水的柔情，想起她圆月下遥望天空时的倩影，想起她唱歌时那迷人的笑靥，想起儿子那黑豆般忽闪忽闪的眼睛……分离与思念的痛苦交织叠加，心中陡生雨打浮萍、天各一方的孤寂和苦涩。

别，别怨我离别太多。军人以守护家国、效命沙场为天职，国家的安宁、千家万户的团圆是我们不变的追求。

送战友

为了一个目标——祖国的安宁、人民的幸福，我们从东西南北走来，撑起劲松般的伞为和平遮雨；筑起翠柏般的篱为和睦挡寒，守护一片祥和，护卫一方安宁。一千多个日日夜夜，我们同甘共苦，在一个锅里吃饭，一张床上睡觉，一个训练场上滚打，一起冲锋，一起流血流汗；我们风雨同舟，说着一种语言，唱着一种军歌，喊着一种番号，做着一种动作，一声令下，我们一同扑向敌人……铁血军魂、生死友情就这样铸就，同仇敌忾、视死如归的无穷力量也从中而来。因为远方的热土在召唤，我们不得不分离，我也经常为战友们送行。

俗话说："铁打的营盘流水的兵。"正是因为有流水的兵，才有了坚不可摧的铁打营盘。所以，军人一茬接一茬，或转业、复员，或走向战场，送战友就成为军营的一种常态，一种最难受的离别。

连队的话别宴会上，饯行的酒杯撞击出一片哭声，那哭声能感动上天，能让山河伤心动容，也能让铁骨铮铮的营盘柔情如水，那既是感情的宣泄，也是真情的流露；那些机场、车站、码头，每到送兵的时候，人头攒动中点点绿色抱头痛哭、难舍难分的场景，竟是七尺男儿如雨打的芭蕉……多年的军旅生涯，友谊和甘苦，泪水和汗水，怎么能说得完啊！军营的一草一木更是难以割舍，那情景如诗如画，如泣如诉，成了绿色风景中最难忘怀的回忆。

站在月台，凉爽的秋风穿透心脾，敲打着离人的眼泪，不是期盼新的希望，而是等待无奈的现实。我望着渐渐远去的车轮，抬起沉重如橼的胳膊，向那些摘下帽徽领花、换上便装、登上列车的退伍战友们致以崇高的敬礼——再见战友、再见兄弟，聚也依依，散也依依。祝你们一路走好，一路顺风，也祝愿来年那片未开垦的处女地上花香四溢、硕果累累……

战友一辈子，相送为相聚。

笔耕无悔

从走进橄榄林的那天起，火热的军营生活就激发了我的写作热情。我舍不得丢弃曾经陪伴我面壁十年的那支笔，开始做起作家梦、诗人梦，在训练的摸爬滚打中追寻感觉的足音，在操场边小憩时捕捉灵感的火花，在夜深人静时遨游于书山文海，发誓做一名既能操枪弄炮又会挥毫舞文的军人。

早在20世纪80年代，我便"诗兴大发"，但由于粗浅的学识和拙陋的文笔，词不能达意，诗不能尽情。十几个春夏秋冬，我连一首小诗也没有"爬"出来。虽然如此，但也磨炼了意志，丰富了知识，拓宽了视野。反思过去，我觉得自己不是做诗人的料，便扔掉了不切实际的幻想，但是没有放弃对写作的追求。闲暇时，我把情感注入笔端，把失败的懊恼和成功的欢乐倾泻纸上，有一种忧患意识和责任意识回荡于胸，渴望奋进、渴望建树、渴望创造的力量在血管里勃发……

随着改革开放的深入，市场经济的发展，我愈来愈感到知识的贫乏，能力的有限。于是我又拿起笔，从"一条线""豆腐块"起步，写新闻，写散文。历经沧桑，几经坎坷，拙作开始慢慢"露脸"，从消息、特写、通讯、小言论到工作研究、论文、散文等，散见于全国20多家军内外报刊，并有少量获奖。

当一名能文能武的合格军人是我的初衷，成为一名军旅作家更是我莫大的心愿。尽管现在我是一名组织股长——"官"不入"品"，"家"不入"流"的无名小卒，但写作的劲头却始终有增无减。

事实上，不论身居何职，在搞好本职工作的前提下，写点自己想写的东西，既是练笔，又能启发觉悟、锻炼思维，这样的爱好亦是对本职工作的促进。尤其是在机关搞文字工作的人，写作本来就是分内之事。而且一旦精通了业务，空闲时间还是有的。所以，我一如既往地把能用的时间和精力都用到了读书、写作上。

说来容易做起难，要真正付诸实践，需要承受来自各方面的压力。有时你正在酝酿一篇文章，突然来了工作，就不得不把写作放下；琐碎的家务也常常打断你的思绪，使你无可奈何花落去；还有一些人的冷嘲热讽，像扼杀你的软刀细绳。写作路上的艰难险阻层出不穷，要想取得一些成绩，必须付出超人的努力。事实上，写作是一件非常清苦的工作，要经得住各种诱惑，耐得住难以忍受的寂寞，得有"面壁十年"的毅力和"板凳敢坐十年冷"的韧劲。

我认为，多一门专长就是多一条人生之路。我不考虑是否能够成名、成家，有空就做自己想做的事——看书、写作，这样的生活才更充实，更有滋有味。我无怨无悔。

干一行 爱一行 钻一行

回望我走过的路，回想我的军旅生涯，从战士、班长、排长、司务长、指导员、中队长、组织干事、组织股长、宣传干事、组织处长、研究员、研究室主任一路走来，先后干过军事、政治、后勤等多个领域的多种工作，而且在团级机关、军级机关、大区级机关，一直把军装穿到退休，重要的一条就是做到了干一行、爱一行、钻一行。

我是从一个士兵成长起来的，在军校学的是军事工作，按理说搞军事训练、抓部队管理专业对口，走军事行政这条线就是学有所用。但是生活、工作并不是你想象的那样一马平川、一帆风顺。

那年，我在中队当排长。说实话，过去的军校没有见习课，我先前又没有在设置排建制的中队工作过，刚走马上任，还真不知道排长怎么当。不过我有当班长的经历和军校的培养，经过一段时间的摸索，很快熟悉了排长的工作程序和方法。正当我的工作风生水起时，中队进行编制调整，撤销了排建制，支队任命我到一个新中队去当司务长，也就是后勤干部（现在已改为士官担任）。我最擅长的是军事，对于财务、记账、申领、供给、保障等工作一窍不通，现在突然要面对非常陌生的业务，怎么办？

在一个风清月白的夜晚，我漫步在哨所附近的羊肠小道上，惆怅的思绪弥漫着整个山谷。通过一番激烈的思想碰撞，思路渐渐地清晰：一个字——干！

上任后，我白天跟班作业，向炊事员学习烹饪技术，从切菜、和面开始，我逐渐学会了烹、炸、炒、烤等炊事技术。我从老中队司务长那里借来了《司务长教材》和军队后勤工作的书籍，利用夜间和闲暇时间认真阅读，真像饥饿的人扑到了面包上。到了月底，我背上票据和支队的拨款单据，去几十公里外向兄弟单位的司务长"取经"，学习如何填报报表、如何申领经费粮秣物资、如何记账……两三个月后，我的工作进入了快车道，再也没有什么事能难住我了。

后来，我开始研究如何搞好中队的伙食，让战士们餐桌上的饭菜更可口、更有营养。这件事不知怎么传到了支队机关，很快就有工作组来中队总结我的经验和做法。虽然还没当几个月司务长，但我在支队已经是响当当、硬邦邦的司务长了。

然而不到一年，我又被调到老中队去当中队长，后来改任指导员，再后来又到当过司务长的中队当中队长。几年之内，我的工作岗位调整了好几次。

军人以服从命令为天职。很多时候，职务的调整、岗位的变换是没有选择的。好在基层单位的工作即使从军事变为政工，或政工变为后勤，行业跨度不大，难度也不大，只要有一定的责任心就能干好。

那一年，我又调到支队政治处组织股当组织干事。当时老股长已经调去总队机关，组织股只剩我一人。组织股的工作是机关工作，而且是政治工作，与基层中队的工作截然不同。初到异地和新岗位的不安很快就被紧张的开会、学习、检查、调研等冲淡了。面对全新的工作，我从看材料、写材料开始，一边学一边写，逐渐熟知了什么是"通报"、什么是"通令"、什么是"调查报告"、什么是"典型材料"等。从模仿开始，我学会了这些公文的写作，也使我真正认识到，生活总是在不断变化中翻开新的一页，工作总是在不断创新中前进。但人又总是习惯按常规去思考问题，更喜欢一成不变、按部就班、四平八稳。面对新环境、新工作、新生活，至关重要的是，我们不能畏首畏尾、退缩不前，必须直面挑战，勇往直前——干一行，爱一行，钻一行。

后来，我又被调到总队宣传处，负责新闻工作。我虽然在支队组织股时常常利用工作间隙写一些"豆腐块"，但那只是业余生活的作料而已。要真正把新闻当作主业，靠新闻吃饭，我还是一个十足的门外汉。

于是，我像蚕食桑叶一样拼命用书来填充自己，从新闻的ABC入手，钻研新闻专业知识。由于工作任务繁重，我得加班加点，又要看书、学习，还要坚持写稿子，这就必须付出更多的血汗，过更清贫的生活。我坦然面对，每天除了认真工作、读书、写稿，还有空就深入部队采访。

生命诚可贵，事业重于山。要工作，要写稿，要搞调查采访，时间从哪里来？精力从哪里来？只有靠自己去挤、去钻。我每天至少要工作14个小时左右。在我的时间表里，没有午休，没有星期天，没有节假日。有一年春节，妻子要求我和她一起去探望父母。当时我手中还有几篇稿子没有脱手，可是我想，等过完春节，新闻就变成旧闻了。妻子做不通我的工作，只好带着儿子去了。妻子走后，我以挂面为食，与打字机为伴，有时通宵达旦，好几天时间没有认真睡过觉。节日期间，我写了十多篇稿子，有几篇是几千字的长篇，不出半个月时间，就有六七篇作品被报纸、电台刊播。

我那时年轻，精力旺盛，记性好，学东西快，写东西也快。我也相信人的潜力是巨大的，只要肯干、肯钻，再难啃的骨头都能啃得下。

后来，我从小机关到了大机关，又多次变换岗位，每次面对的工作、环境都是全新的，而且层次越来越高，在哪一个岗位上，工作都干得比较出色，经常受到肯定和褒奖。特别是在总部机关工作的后期，我又从指挥军官岗位转到技术岗位去专业研究军事理论，也就是从行政领导变换角色去做业务工作。再一次迎接挑战，我没有气馁，更没有自暴自弃，从头学起，从基础理论开始研究。在部队新一轮的调整改革时，我们单位合并到研究院，我又从大机关到下属单位去当研究室主任。不论在哪个单位、哪个岗位，我一如既往，勤奋学习，刻苦钻研。作为一名研究员，我通过努力，为部队建设发展和备战打赢作出了贡献，有些研究成果被广泛应用于军事实践，有的被编入军校教材。

现在回头反思，我从武警部队最小的执勤点一步一步走到最高领率机关，搞新闻工作时获过全国唯一的一等奖，搞军事理论研究时获得过武警部队唯一的一等奖和全军5个金奖中的一个，所带的团队荣立过集体二等功。古人说，"守少则固，力专则强""用志不分，乃凝于神"。如果没有抓住了就不撒手的劲头，没有把工作做到极致的干劲、钻劲、狠劲，如果不干一行、爱一行、钻一行，这些成果是不可能取得的。

干事随想

读罢一位老将军写的《关于称谓与我》，感慨颇多。老将军一生担任过许多职务，在众多的称谓中，唯独钟情"干事"，他说："我们共产党人就是为人民干事的。不论职务高低，都是干事和公仆，干事这个称谓好呀。"

与之对比，如今有些真正的干事却不愿让人称"干事"。他们在行为上经常摆老资格、官架子，在工作上既无主见又无远略，小事不愿做，大事不会做，务虚的多，务实的少。有的遇事能推则推，能拖则拖，见工作就躲，见荣誉就争。凡此种种表现，其根源是多方面的，有很大一部分是个人世界观、价值观方面的问题。

干事，从字面讲就是做事情，辞书上注解为专门负责某项具体事务的人员。如果把干事当作一种职务，这个职务也有相应的职责，只有认真履行其职责，"干事"才当之无愧。

干事总得干事情——为人民服务、为党的事业和部队建设工作。不论你在哪个行业，不管你级别多高，都有具体的任务、明确的职责。因此，当干事、要干事，就应该静下心来想事业，扑下身子干工作，不图名利，不争功诿过，不计较得失，多办实事，多做善事，努力把党和人民的事情干好，才是称职的干事，也才能真正称其为干事。

干事是我们党的干部队伍中级别最低的，大部分是风华正茂的年轻人，是一个单位的中坚骨干,是我们党领导干部的后备力量,是党的事业未来的接班人。因此,我们要认清肩负的历史使命和历史责任,积极投身中华民族复兴的伟大实践,投身现代化建设,不断锻炼自己,提高自己,完善自己,要树立远大理想,锤炼旷世胸怀,主动作为,敢于担当,多干事、干大事、干难事,干别人干不了、不敢干的事。只有意气风发、踔厉奋斗,不怕艰难困苦地去开拓创新,才能创造我们国家和事业未来的辉煌。

感谢批评

　　人生路上，真诚的赞美的确需要，善意的批评也很宝贵。批评是一剂良药，苦口而利身，敢于批评你的人才是你真正的朋友。受到批评不必为耻，更不能气馁，关键在于"吃一堑长一智"，从中吸取教训。

　　也许是因为"金无足赤，人无完人"，也许是因为干得多，问题差错就多，所以挨的训就多等缘故，已过而立之年，批评时常与我结伴同行，我在批评中成长、成熟。

　　小的时候，受父母的言传身教，我骨子里渗透勤劳与本分，不论在家或外出玩耍、干活，我总是专注而认真；虽不善言辞，母亲"出门三分小，见了姑娘叫大嫂"的教诲时刻记在心头，但还是免不了受父母的批评和乡邻的数落。懂事后，我信守"少说话，多干事"的诺言，从学校到部队，好好学习，安分守己，可数易寒暑，批评还是没有少挨。回想起来，那些让我脸红心跳、刻骨铭心的批评，时常让我激动不已，终生难忘。

　　记得上小学时，一天，我去校园外的小河边背书，遇到了几个玩得正开心的小同学，他们忽然躲躲藏藏，其中一个还躲到了另一个的身后，但那身十分眼熟的绿色条绒棉衣引起了我的注意。我再仔细一瞧："啊，是你这小子！"原来躲起来的正是我弟弟。我气不打一处来，心想，爹妈含辛茹苦、节衣缩食把我们送到学校，你不用功学习，竟然跑出来玩耍。我气不打一处来，抓起一根树枝把弟弟狠狠"教训"了一顿。挨了打的弟弟哭喊着跑到学校告状。当老师严肃地责问我为什么打人时，我十分自信地说："那是我弟弟，他不听话。"于是，我在全校几百名学生面前被罚了站，受到了老师严厉的批评和同学们的轮流"帮助"。那天我永远记住了：做人首先要尊重他人，包括自己的兄弟姐妹。

军校毕业后，我当了排长。一次带部队去某高地训练战术，我去就近的单独执勤点查勤，值班的班长没有把返回的部队带整齐，让队长发现了。当我从执勤点回到排里时，队长命令我从山路取捷径迅速赶到队部。我来不及擦洗脸上的灰尘，饿着肚子，拖着疲惫的身体步行了20多公里山路赶到队部。

原来，队长让我去队部是接受教育的。当时，队长的办公室还有一位陌生的老首长。队长的"人前教兵"像开炮似的，说我对部队要求不严，带的是残兵败将，兵像"二杆子"。我心跳加速，脸变成了猪肝色，恨不得地上有老鼠洞可以钻进去。好在老首长和颜悦色，时不时打断队长的"连续发射"，给我两句旁敲侧击的鼓励，起了缓冲作用。此后，我吸取教训，勤奋努力，逐渐懂得了"慈不掌兵""严是爱，松是害"等诸多带兵之道。

岁月悠悠，往事如烟。当我一次次被评为先进、受到表扬时，当我一步步走向高处时，我才深深地感到，我的成熟、成功，批评和批评我的人功不可没。我感谢批评。

那些严厉的、中肯的批评，在畏首畏尾时是催化剂，在狂妄傲慢时是清醒剂，在偏离航向时是指路的灯塔，它能让踌躇的人不再犹豫，能让冲动和头脑发热的人立马冷静，能让走错路的人及时转向，在信心不足时能够看到希望，在自以为是时能够看到无知。那些中肯地批评你的人，才是你真正的良师益友。

受批评总是不光彩的事。我感谢批评，不是想要经常挨批，而是要吃一堑长一智，批评过后要吸取教训，事事认真，处处谨慎，少犯错、不犯错，让自己日臻完美。

我感谢批评，是让批评远去，让优秀回来。

过人之处是敲门砖

上军校时，有一年国庆节，学校要出墙报，区队长让我代表学员队写一首迎国庆的诗。老实说，我只是在上中学时模仿着课本上的诗歌写过，还是老师布置的作业。现在是学员队领导安排的任务，跟老师的作业一样重要，不得不完成。于是，我就写了一首《十月的风》交差。没想到，这首诗被学校选中，上了墙报，更没有想到，国庆晚会上，一位老师上台朗诵了我这首诗。当我听到"《十月的风》，作者：一区队六班学员徐贵生"时，竟不敢相信自己的耳朵，激动得不知所措。

从此，我开始天真地做起诗人梦，梦想有一天能成为大名鼎鼎的诗人。因此，当排长时，我用一年的工资报名参加了一个杂志社举办的诗歌写作函授培训班。

那时的热情真高，一有闲暇时间就捧起教材如饥似渴地读，有时读名人名家的诗，有时也读函授学员的习作和老师的点评，有时候来了兴致，诗兴大发，一边吟诗一边写诗。就这样，我坚持了两三年时间，一月一本教材、一本诗刊，翻来覆去地读，画满了圈圈点点，诗歌写了几大本，可是连一首也没有发表。有时候我企盼着能在学员的习作栏里发表一首，哪怕一句也行，那也是对自己几年来勤奋学习的肯定。可是编辑老师最终也没有给我一个露脸的机会。但老师们中肯的退稿信中，"你的诗提炼不够，挖掘不深"被我牢记在心，引起了我对诗歌写作的思考。

在中队当排长、司务长期间，每年都要向上级机关报年度工作安排和年终工作总结。因为我是中队最年轻的干部，又是唯一的科班出身，队长、指导员就安排我写中队的年终工作总结。虽然我在军校学过一些公文写作知识，但也仅仅停留在理论上，没有真正写过。于是，我搜肠刮肚，把一年的工作一项一项进行罗列，草稿出来后，再一遍一遍进行修改，折腾了几次，觉得差不多了。那时中队还没有打字机、电脑等现代办公设备，抄写、誊改都是手工活。几年下来，中队干部的心目中留下了我能写的印象。当了中队长、指导员后，中队的工作部署和各种总结报告大都由我来负责撰写。后来，我调到政治处搞组织工作，由一名军事干部改为政工干部，一干就是十多个年头。

政治机关的组织干部，一项最主要的任务就是写材料——工作部署、领导讲话、检查调研材料、先进事迹、总结报告等。可以说，文字材料不过关，很难成为一名合格的组织干部。到机关后，我一方面读范文，看上级的文件材料，向老领导和同事们请教，学习写材料和起草各种文件的方法；一方面勤动笔，下功夫提高文字材料组织和文字表达水平。经过几年的实践锻炼，我渐渐成了支队机关的主要"笔杆子"。

机关的工作虽然忙，与基层相比环境相对宽松，时间也相对宽裕，而且当时妻子和孩子都在外地，业余时间我能自主。于是，我利用业余时间，把文件材料中的重要事情和人物事迹单独拿出来，编写成新闻稿寄到报社。我没有学过新闻写作，所以刚开始只是模仿。真是"有心栽花花不开，无心插柳柳成荫"，想当诗人的时候，一门心思想发表诗作，结果连一个字也没有见诸报端，而随意写成的新闻却连连变成铅字呈现在读者面前。我的知名度也随着发表稿件数量的增多，在支队和总队范围内不断提高。总队先后有好几个处调我，都被支队领导挡了驾。

一次，总队宣传处的一名处长到支队采访，他找到我，说总队宣传处缺一个负责新闻报道的干事，问我想不想去。到总队机关工作，那是多少人梦寐以求的事，我怎么不想去呢？我脱口回答："想去。"但我也对他说了支队领导不放我的情况。没过多久，我就到总队宣传处报到了。原来，这位处长没有征求支队领导的意见，直接向总队政治部首长汇报了情况，政治部直接通知支队，让我去总队政治部宣传处报到。说实话，我跟这位处长素昧平生、非亲非故，以前也没有什么交往，甚至没有请他吃过一顿饭，就这样顺顺当当进了总队机关。

我当时是借调，任务是负责总队的新闻工作，实际上就是新闻干事（代行记者职责）。政治部主任找我谈话说，试用三个月，行则留下，不称职则回原单位。到了总队，我白天跟着处长到基层采访，有时候一个人去，晚上回来写，一写就是大半夜，有时候通宵达旦。早晨起来，匆匆拿上誊写好的稿件去邮局投寄。功夫不负有心人，没过多久，各级报刊上，我的新闻作品遍地开花，一年下来有150多篇稿件见报，总队的新闻报道工作也逐渐走出低谷，有了新的起色。如果按照见报率40%—60%的高水平计算，我这一年所写的新闻稿件总量超过300篇，几乎是一天一篇。那时还没有电脑，打字机一个处只有一台，稿子都是手写、手改、手抄的。也就是说，我天天都在伏案疾书，一天都没有松懈。

再后来，总部司令部在选调干部时找到了我，我把写的材料和发表在报刊上的作品复印了一部分寄去。领导看过我的作品和简历后，觉得我文字功底不错，任职经历也比较丰富，能胜任总部机关的工作。就这样，我又调进了武警总部。

俗话说："家有千贯，不如薄技在身。"要在芸芸众生中出类拔萃，就得有非凡的表现和过人之处。现在想来，写作就是我立身的"薄技"和"过人之处"。所以我可以肯定地说，不断学习和写作使我一步一步从部队的基层向上攀登，没有当初的诗人梦，没有那时的挑灯夜战、勤奋"爬格子"，没有"豆腐块"新闻，就没有我的今天。真是"一勤能治天下事"啊。诺贝尔文学奖获得者莫言说："别人的屋檐再大，都不如自己有把伞。"与其找靠山，不如让自己堂堂正正变成山。所以，你才是自己人生路上最可靠的靠山。

一个人，如果不想被平庸扼杀，要干一番轰轰烈烈的事业，让自己活出精彩，让人生闪光，就要耐得住寂寞、勤学苦练，修炼过人之处，掌握人无我有的"金刚钻"。只有这样，你才能敲开通往成功的路上那一扇扇紧闭的大门，才能披荆斩棘、风雨无阻、行稳致远。

感人流泪

俗话说："男儿有泪不轻弹，只是未到伤心处。"人生的道路上，每过一个驿站，总免不了与艰难、坎坷相伴。有时忧伤的四季风从春刮到冬，可我那感情的堤坝却从未决口。如今已过而立之年，在充满阳刚之气的绿色方阵中锤炼了十几个风雨春秋，反而常常被生活中的一些小事感动得军中儿郎"青衫湿"。

有一次乘火车出差，车厢过道里站满了乘客，非常拥挤。素昧平生的八方乘客，为一个啼哭不止的婴儿倒水、拿糖、递玩具，几位医生主动上前，向急得满头大汗的孩子母亲询问情况，并为孩子进行紧急治疗。一个小时后，孩子安然睡着了，几位医生的衣服却被汗水浸湿。此情此景令我感动得热泪盈眶，以至于几天的旅途也没有觉得寂寞。

小说是作家创作的，故事片、电视剧都是演员饰演的，然而，我却常常被那些久旱逢甘霖、久别再重逢、苦难后辉煌等情节感动得泪流满面。中央电视台展播革命历史影片，一部《英雄儿女》让我泪流不止。三岁多的儿子发现了我镜片后的泪水，用稚嫩而稍带关切的口吻说："爸爸——哭了。"我知道那是演员在演戏，不是我们家的事，也不是发生在我身边的事，但我就是难以自控。

"你哪来这么多眼泪，是不是有些自作多情？"一位朋友疑惑地问我。我不知道，只是我每感动一次，心灵就被过滤一次，忧伤的叹息就会消失，情感就得到了升华，浓浓的爱意弥漫心中，理想的大雁展翅飞翔。

诗人艾青说:"为什么我的眼里常含泪水?因为我对这土地爱得深沉。"有时候我也问自己,为什么我会经常情不自禁地流泪?思索良久,最满意的答案是:也许我对人生不易有更深刻的体悟。

当然,被生活琐事、故事情节感动得流泪的人并不止我一个。有一次,在礼堂听英模事迹报告会,我发现坐在旁边的几名同志也在悄悄地抹眼泪。每每这个时候,我就想,身为军人,我们不能只被别人的事迹感动得流泪,应该像英模那样,在平凡的岗位上为国家、为人民多做好事、善事,排忧解难,在危难时刻能挺身而出,救人于水火之中,用自己的言行去带动人、感染人,让更多的人被我们感动得流泪,才不愧为人民的子弟兵。

学出美好前程

学习是成长的原动力

小时候，常听母亲"万般皆下品，唯有读书高""书中自有颜如玉，书中自有黄金屋"的唠叨，不太懂其中的意思。上学后，我才渐渐懂得了"好好学习才能天天向上"的道理，明白了要想过上好生活，就必须好好学习，有知识、有文化。因此，在上学期间，我把学习当作最重要的事情，无论刮风下雨、严寒酷暑，从不旷课，从不偷懒，上课时认真听讲、写作业，回家也是起五更、睡半夜，把一个生字写上几百遍是常事，要求背诵的课文、词语解释记不到滚瓜烂熟不罢休。我常常与同学们较着劲儿学，从小学一年级到高中毕业，我的学习成绩一直名列前茅，几乎年年都是三好学生。

那年高考时，我们班三十多人参加预选，只选两人参加正式考试，我如愿以偿，但是最终却名落孙山。

高考落榜后，我应征入伍，背着一大包复习资料来到部队。到部队后，不管生活、训练多么艰苦、紧张，我依然没有放弃和放松学习。在节假日，在紧张的训练之余，我要么趴在床头看书、学习，要么就找一个安静的地方背书。我至今忘不了当年在渭源县中队的菜园子里学习的情景：清晨或黄昏，我拿着书去苹果树、梨树下，或在田埂上背诵古文诗词、公式定理，背诵累了就念、读，走累了就或蹲或坐……部队要求严格，晚上熄灯号声一响就要立即关灯。宿舍里无法看书、学习了，我就去会议室或者大门口的路灯下，就着不太明亮的灯光复习文化课。

天道酬勤，后来我以较高的分数考上了军校。几年后，和我一起入伍的近百名战士，只有8个人还留在部队。再后来，和我一起上军校的100名学员，绝大多数在营级以下就转业退伍了，干到团职以上的已寥若晨星，晋升到师职以上的更是凤毛麟角。到后来，穿着军装到60岁退休的只有我一个人了。当了干部后，不论工作多忙，我仍然挤时间坚持看书、学习，始终没有懈怠。我的学历也从中专到大专，又从大专升到本科。有人说"学习是持久的竞争力"，这话千真万确。

回过头来看，一个人要成长、进步，要取得事业上的成功，光靠在学校学的知识是远远不够的，必须树立终身学习的观念，边学习边工作。学习是工作，工作要学习，只有不断地学习新知识，才能不断地推动新实践，使自己不断跨越人生的新高度。

学习应讲求科学方法

回顾我的成长历程，对于学习的体悟是非常深刻的。要在有限的生命里，从无穷的知识海洋里掌握更多的知识，必须讲求方法，方法得当事半功倍，方法失当功倍事半，甚至会徒劳无功。

干任何事情都得有一定的时间作保证，学习更不例外。在有限的时间里，要尽可能多地收获新知识或学到更丰富的知识，我的第一点体会是时间要"挤"。时间就像海绵里的水，只要你挤，总是能挤出来的。在学校，我每天的任务就是学习，有大块的时间去读书、学习。当兵后，我每天的主要任务是执勤、训练，没有多少专门学习的时间，于是，我就把别人玩乐的时间都利用起来，挤出了读书、学习的时间。

有时候工作时间也能学习，比如一边值班一边看书。在我们单位的通勤车上，经常能看到有些干部一上车就开始看书，一年四季雷打不动。总之，不论工作多么紧张，只要善于挤和钻，学习的时间总是能挤出来的。有道是"办法总比困难多"。

我的第二点体会是内容要"新"。总的来说，知识越多越好。但是由于精力、时间等多方面因素的制约，人不可能穷尽所有的知识，所以，对学习内容必须做取舍，要有的放矢。新知识是时代的产物，是人类最新的研究成果，是指导人的新实践的理论基础。因此，学习一定要选新知识，但基础知识也是必须要学的。旧的东西只要能学出新意，有创新、有发展，也是要学的。总之，学习也是一场革命，核心是革故鼎新。只有不断地学习新知识，才能说新话、做新事，才能与时俱进，才能不被时代淘汰。

我对学习的第三点体会是专业要"精"。古人云："术业有专攻。"不同的岗位有不同的专业要求。一个人能不能成功，关键是看专业知识掌握得精不精，运用得活不活。我当过战士、司务长、排长、指导员、中队长、股长、干事等，干过军事、政治、后勤等工作，每一个岗位的工作我都能认真干好，主要得益于干一行、学一行、钻一行、精一行。所以，要想干好本职工作，要想成才、成功，首先要立足本职岗位，学精、学通专业知识。如，当指导员，就要懂政治思想工作，会上政治教育课，会做思想工作等；当参谋，要会参善谋，能写、会画、懂计算，必须熟悉军事工作，会制定计划方案、会写材料等。"没有金刚钻，甭揽瓷器活。"因此，学习的主攻方向在于精通专业知识。当然，如果时间允许，读书学习应该博览群书。我们常讲，开卷有益，书读得越多、越杂，人的知识面越广、眼界越开阔。所以，在追求"精"的同时，读书还要努力做到一个"杂"字。

我的第四点体会是方法要"活"。达尔文说："掌握了方法，就等于掌握了金钥匙。"方向不对头，就永远到达不了目的地；方法不当，也很难取得实质性的效果。

学习是非常高级的智力活动，更要讲究方法。我的方法是五个字：看、读、背、记、写。看，就是不出声、宁神静气地看书。看书的关键是认真，至于速度或快或慢，可根据个人情况而定。读，就是小声或者放声去念。最常用的读书方法是默读。依我的体会，放声去读，不但记忆率高，而且可以锻炼口才，一举两得。背，就是背诵记忆，或死记硬背，或理解记忆。到今天，我碰到一些重要数字、名言警句，还坚持去背。背会记在心里了，用的时候才能得心应手。记，就是记录。俗话说："好记性不如烂笔头。"有些知识一时半会儿记不住，又很重要，就把它抄下来，用的时候就能很快找到。再说，抄得多，记住的也就多。写，就是写作。通俗地讲，就是把方块字或英文单词组合成句子，再把句子按照一定的顺序连接起来，变成自己想表达的意思或想说的话。可以说，写作是理性认识，是对所学知识的理解和升华，是更高一级的学习，因此要坚持写作。把自己通过读书、学习产生的思想火花、联想、共鸣、感受、体会等写下来，写成读书笔记或理论文章。通过写作，又能进一步领悟、思考，反过来又会推动学习。

对于学习，不同的人有不同的方法。有的人喜欢读，有的人衷情写，有的人善于交叉进行、轮换实施，都没有错，重要的是方式方法要"活"，要提高效率和效果，做到学有所思、学有所悟、学有所得。

学习当永远不能停歇

培根说"活着就要学习，学习不是为了活着"，朱熹说"少年易老学难成，一寸光阴不可轻"，列宁说"学习，学习，再学习！学，然后知不足"。

回过头看我的人生之路，学习是永远不能停歇、永远不能自满的。我之所以能顺利、圆满地在军队这个流动性非常大的集体工作到六十岁退休，是因为坚持不懈学习的结果。

我认为，人的学习有三重境界：第一层是学习的初级目标，为了启蒙、脱去愚昧；第二层是学习的中级目标，为了生存而掌握工作技能；第三层是学习的高级目标，为了升华精神、充实灵魂，用所学到的知识探索人类未知的世界、提高人对宇宙的认识，推动社会的发展和人类的进步。有的人在初级阶段就"辍学"了，因为各种原因，或回乡务农，或参加工作，一辈子从事简单的体力劳动。有的人停步在中级阶段。达到高级阶段、把学习当作精神生活不可或缺的内容追求的人是少数。但正是因为这些人的存在和他们的学习、探索、追求，才使科学技术日新月异，世界的奥妙和人类的密码得以破解，文明得以传承发扬，人类历史得以滚滚向前。

我想，一个人的学习如果达不到高级阶段，也不能停留在初级阶段，应该把学习当作毕生的追求，持之以恒、锲而不舍，"活到老学到老"。世界是无限的，人类需要探索和掌握的知识浩瀚无穷。只有那些不断求索、善于学习的人，最终出类拔萃，成为时代的弄潮儿。

学习上永不休止、永不自满，是一种学习态度、治学品格，也是一种价值追求、精神状态。一个人如果拥有了积极向学的态度、品格、追求和精神，就能够攀登科学文化知识的高峰，达到人生的更高境界。

我认为有三种状态是治学上不可或缺的。第一种是矢志向学的紧迫感。时代永远是向前的，知识是不断更新的，如长江之水永不停息、永不回头。如果在浩瀚的知识海洋里缺少大浪逐新的劲头，在时代的洪流面前就会陷入少知而迷、不知而盲、无知而乱的困境，并最终落伍。

所谓紧迫感，就是要像"饥饿的人扑在面包上"那样，饥不择食、如饥似渴地对待学习，把心思和精力都用到学习上。主动来一场"学习的头脑风暴"和"学习的革命"，自觉学、乐于学，使学习成为一种兴趣、一种习惯、一种精神需要、一种生活方式，用持之以恒之力，下水滴石穿之功，防止心浮气躁、一曝十寒，坚持笃学不辍。宋濂为求学，"天大寒，砚冰坚，手指不可屈伸，弗之怠"，终成明代开国文臣之首。范仲淹"昼夜不息，冬月惫甚，以水沃面；食不给，至以糜粥继之"，最终学有所成，并留下"先天下之忧而忧，后天下之乐而乐"的千古绝唱。

治学的第二种状态，是知识不够的危机感。我们身处一个革故鼎新、机遇和挑战并存的时代，一个知识大爆炸的时代，一个充满竞争的时代。要么在竞争中胜出，要么在竞争中消亡，竞争推动人类社会向前、向更高阶段发展。竞争需要实力、本事、能力，这些都从学习中来、从实践中来。没有足够的知识，就会在不断的变革中落后、挨打，甚至被淘汰。有持久的学习力，才有持久的竞争力和发展力。工作生活中的"狼"很多，如层出不穷的新事物、来自各方面的困难、风险、挑战等，要应对或击败这些"豺狼虎豹"，就要有危机意识，加强学习。我的体会是要着眼适应时代发展和岗位履职尽责的需要，坚持干什么学什么、缺什么补什么，在学中干，在干中学，努力学习新知识、开拓新视野、了解新领域、掌握新本领。

第三种治学状态，是以学求进的使命感。学习是成长进步之梯、立业成事之需，是一切进步的前提和关键。"学业才识，不日进，则日退。"唯有通过不懈的学习，坚持用知识武装自己，不断领悟新思想、接受新理念、补充新知识，才能与时俱进，才能立于不败之地。以学求进的使命感，就是以"生为大事来"的责任与担当，把学习当作义不容辞的责任和使命去求学。"头悬梁""锥刺股""凿壁偷光""以荻画地""闻鸡起舞""囊萤映雪"，是古圣先贤、仁人志士求学的真实写照。以学求进的使命感，就是要把学习当作生活的第一需要，把学习当作履职尽责的第一需要，在攻坚克难中长胆识、增才干，练就担当作为的真本领。有道是"书山有路勤为径，学海无涯苦作舟""世上无难事，只要肯登攀"，只要下苦功去学习，就能在知识的海洋里遨游，就能翻越知识的高山峡谷。

学习上永不停歇、永不满足，是时代的要求，是自己不断强大的需要。只有通过学习源源不断地吸收新知识，为自身加油、充电、换血、造血、补充能量，我们才能有足够的勇气和实力应对前进道路上的各种风险和困难，才能行稳致远，去书写锐意进取、奋发有为的灿烂人生。

点一盏心灯照亮人生

书是人类智慧的结晶,是认识世界、消除愚昧、启迪心智的金钥匙。读书,既是物质生活的需要,更是精神升华的需要。

现在的孩子,还没有出生就开始接受胎教,而我在上学前从没有见过书是什么样。

我家住在山沟里,独门独户,离村子里的人家很远,而且村里几乎没有读书人。草原上都是游牧民族,有文化的人凤毛麟角,有藏书的更是少之又少。我生性不太喜欢去别人家,也从不在别人家的炕头过夜。父母亲斗大的字不识一个,家里没有读书人,自然就没有书。当时没有电,家里照明用煤油灯,更没有电视。所以,在我的记忆里,书是什么模样都不知道。而且,家里过着吃了上顿没下顿的日子,父母为了生计东奔西跑、早出晚归,既不懂胎教,也不懂儿童早期教育的重要性,更没有时间管我的学习。因此,上学之前没有人教过我读书识字。

上一年级的时候只有两门课——语文和算术。语文和算术课本是我平生第一次见到的书,我如获至宝。在老师的指导下,我用牛皮纸包了书皮。随着认识的字逐渐增多,我才有了真正意义上的读书生活。

那时家里很穷,买不起书,我就向学校、同学和老师借。其实学校当时也没有图书室,我主要还是向老师和同学借阅。如果瞧见老师和同学拿连环画和小说之类的新书读，我心里就痒痒的，羡慕不已。如果有幸借来一读，就像饥饿的人扑到面包上似的，手不释卷，反反复复地看。捧起书，就觉得走进了一个多彩的世界，钻进了生活的万花筒，既有世间的美好，也有人间的苦难，无所不尽，无所不有。

记得有一次，我向同学借《智取威虎山》的连环画，说好第二天早晨还。放学时，我把书装进书包，准备晚上写完作业再看，但回家后天公不作美，下起雨来，院子里晾晒着母亲割来的青草，如果不收拾起来就会被雨水淋湿。等我和母亲把干草全部背进窑洞，天已经很晚了。接着去做作业，不知做到夜里几点了，就和衣而卧到天亮。第二天早晨走在上学路上，我突然想起借的连环画还没顾上看，上课前就得还给同学，便掏出来边走边看。我被书里的故事深深吸引，没注意脚下，结果被一条塄坎绊倒，擦伤了双膝、右手，嘴巴也磕得鲜血直流……

一直到初中，我都在借阅图书。有些书读到一半，别人就来催要，我虽然爱不释手，但也不得不还。书是还了，但书中的故事和人物却迟迟不肯离去，经常来我脑中造访。有些书还回去了就再也没能借回来，直到后来自己能买得起书了，那些遗憾才被一一抹平。

初中时的一个假期，我挖了很多药材，卖了十几块钱，专门进城买了一次书。我买了《现代汉语成语小词典》《康熙字典》《家》《春》《秋》《在人间》等，此后还陆续买了一些书籍。我不但自己有书读了，还有书给别人借了，也能和同学们交换着看书了。读书的渠道多了，读的书也就多了起来，对书也有了更多、更深刻的认识。上高中时，家里省吃俭用为我订了一份《中国少年报》，我平生第一次有了自己的报纸。

后来到了部队，基层连队提倡两用人才培养，读的书更多了，有政治的、军事的、文学作品、专业技术等等，我还买了一些养猪、种菜的书，甚至买了摄影技术、冲洗照片等方面的读物，信心十足地自学了一段时间照相技术。那时，我基本上不愁没书读了，只是觉得时间又不够用了。于是，我就把书带到训练场、值班室、会议室，见缝插针去读。有时候醉心于读书，忘记吃饭甚至耽误正事的情况也有发生，挨饿、挨批评也在所难免。

再后来，我到机关工作，想看什么书就能买什么书，发愁没书读的日子一去不复返了。于是，我利用业余时间读了马克思、恩格斯、列宁、毛泽东等政治家、革命家、军事家的不少著作，还读了鲁迅、梁实秋、艾青、郭小川、普希金、歌德、泰戈尔、聂鲁达等国内外著名作家的散文和诗作。记得我在书店买了一本《泰戈尔诗选》，被泰戈尔细腻的诗风和诗情深深感染。后来不知怎么，我把这本诗集弄丢了，去了很多书店也没有买到。一次，我在一个地摊上发现了一本不同版本的泰诗，买回来后激动了好几天。

俗话说，博览群书，见多识广。书读得多了，知识就丰富了，眼界也开阔了，认识自然就高了。读的书多了，便萌生了写书、出书的念头，我要把"我读别人的书"，变成"让别人读我的书"。于是，便有了新闻和散文作品集《大漠橄榄》，随后又利用业余时间出版了《抓基层的实践与探索》《你也能辉煌》《基层经常性工作操作方法》《善谋定而后动》等专著。

当然，作为一个军事干部，我都是利用业余时间读书，写作就更是忙里偷闲。我读得最多的应该是军事书籍，常常置于案头的是《毛泽东选集》《孙子兵法》，有时信手拈来、随时翻阅，常读常新，受益匪浅。在我的很多军事学术文章和言论中，引用最多的名言警句大多来自《孙子兵法》，如"兵者，国之大事，死生之地，存亡之道，不可不察也""知彼知己，百战不殆"等。

高尔基说："书籍鼓舞了我的智慧和心灵，它帮我从腐朽的泥潭中脱身出来，如果没有它们，我就会溺死在那里面，会被愚笨和鄙陋呛死。"在几十年的军旅生涯中，苦闷、彷徨也是常有之事。每当遇到这种情况，我就像高尔基那样拿起书本读书，与书里的人物交谈，难挨的日子很快就过去了，心也敞亮了，继续奋斗的决心和意志也更加坚定了。书籍无疑给了我战胜困难与挫折的勇气，给了我不断开拓进取的信心。工作中，特别是在起草各种文件材料时，遇到不懂的问题或词穷时，书籍就是最好的老师、最好的养分来源、最好的能量。我捧起书去读，坚持在书中寻求答案，用书籍充实、提高自己，思路就清晰了，语言也活跃起来。书就是源头的活水，既启发觉悟、警世励志，又丰富生活、校正人生。

回想自己的读书生活，我从一个没有见过书、穷得买不起书的人，成为一个编书、写书的人，归根到底，还是早期的阅读和坚持不懈地读书为我打下了坚实的基础，播撒了创作和研究的种子。尤其是小时候读过的书，现在想起来仍然非常亲切，虽然有些书已经想不起名字，但书里的故事和文章，如同含在嘴里的橄榄，酸酸甜甜，韵味悠长。几十年前，我读了冰心的《小橘灯》，至今想来仍然为之感动。文中小女孩的爱心和精神，以及对生活的信心和对美好生活的向往一直鼓舞和激励着我。想起那个小女孩，就想起了我的童年和少年时代，想起了那个贫穷的家和多病的父亲、辛苦的母亲，奋斗就有了动力和方向。后来我又专门买了一本冰心的散文自选集，研读了冰心写给小朋友的信和《小橘灯》，真是常读常新，受益良多。

有一年读林清玄的散文，读到这样一则故事：一天晚上，崇信大师见过路暂住的和尚德山坐在寺前。大师问德山："夜深了，何不回到温暖的房里休息？"德山说："回去的路太黑了。"大师怜爱地说："我去给你点一盏灯，一盏光明之灯。"不一会儿，大师把灯拿到德山面前说："拿去吧，这是光明之灯。"德山正准备从大师手中接过灯时，大师突然一口气吹灭了自己递给德山的灯。德山羞愧交加，瞬间豁然开朗，顿悟照亮黑暗的是人的心灯，而非手中的灯。这则故事耐人寻味：因为傲慢或恐惧，不能让自己的人生丰盈，只因缺少一盏照亮人生的心灯。

在漫漫人生路上，风霜雨雪的日子是难免的，荆棘坎坷是难免的，读一本好书，就好比点亮一盏心灯，它会在你迷茫的时候照亮你脚下的路，指引你继续前行。打开一本好书，眼前就是广阔明亮的天空和灿烂闪光的人生。

"开卷有益""读书破万卷，下笔如有神"。作为一名军事理论专家，我读书更是须臾不敢懈怠。回顾我的读书历程，有的现读现用，有的深钻细研，非常受益。书读百遍，其义自见。因此，劝君读书趁年轻。只要点燃心中的灯，照亮自己的脚下、照亮自己的眼前，我们就不至于被生活的坎坷绊倒，不至于在迷雾中失去本真，才能知不足而后勇，才能不忘初心，砥砺前行。

爬山感悟

不涉足高山的人，不知道爬山的甘苦。

西北多山。我从小在山的怀抱里长大，已习惯于爬山，总觉得爬山不过是弯着腰一步一步走上去，再挺着胸一步一步走下来，如此而已。然而，几次真正的爬山，却使我感触颇多。

有一年深秋时节，我去"五岳至尊"的泰山观日出。爬山前天气尚晴，山脚下温暖如春。当行至中天门时，天气陡然转阴，温度急剧下降，大风夹着雨点劈头盖脸袭来，人们虽然在爬山，浑身却像鞭抽似的瑟缩着。为了抵御寒冷，我不得不高价租来大衣裹在身上，几经艰辛跋涉，在东方泛起鱼肚白时，终于到达了观日峰。

眺望东海，浩渺苍茫。眼看日出时间已到，两片乌云却悠悠然飘在上空，迟迟不肯散去。人们在焦急的等待中骚动起来，有些已不耐烦地悻悻离去。不多时，有人喊："太阳出来了。"回头一瞧，果真，一片乌云沉入海底，硕大的太阳像一面镜子散发出耀眼的光芒，从海平面上喷薄而出，嵌在乌云与海面之间的蓝天上。不一会儿，阳光穿透云层，光束向远方四散，霞光万丈，天空变成一片火红，海水闪着金光，波光粼粼，美极了！我为那些提前下山的人惋惜起来，如果他们再等一等，也一定能看到那仙境般的日出。

回想起来，人生亦然。奋斗了，也还需要等待，需要坚持。实际上，耐住性子的等待是付出基础上的再付出，是成功的最后一步；坚持住，才能走完"最后一公里"，取得最后的胜利，收获成功的喜悦，欣赏到别人没有欣赏到的美景。

崂山的风景是美丽的。从山脚爬到龙潭驻足小憩，抬头是如烟似雨的瀑布，脚下是小桥流水，身后是蔚蓝的大海，山上松柏苍翠，鸟语花香。置身这人间仙境，心旷神怡，流连忘返。可是，就在我去的几天前，这里却发生了一件不幸的事情：瀑布上游暴发山洪，有人被突如其来的洪水冲进了大海。

这件事使我受到了很大震动。我们必须知道山外有山、世事难料，既要看到自然界风和日丽背后的疾风骤雨，平坦顺境之下的坎坷泥泞，更要警惕隐藏在生活之美中的杀机和丑恶，如美丽的陷阱、美丽的阴谋等。

生活就像爬大山。有些横在人生路上的高山大岭是绕不开的，必须爬过去才能继续前行。爬山需要耗时、费劲，需要克服千难万险，需要毅力、勇气和信念，需要流汗、流血甚至付出生命的代价。但是只有不断征服现实生活中的一座座高山，生活才充实而富有意义。

吃得苦中苦，方为人上人

对于我们这一代从农村长大的孩子来说，吃苦算不了什么，一出世就生活在艰苦环境中，从小与苦日子较劲，磨炼了吃苦的意志和品质。

但是，人都向往舒适的生活，一旦环境有所改变，就容易放弃追求和努力，不愿意再过艰苦的生活，更不愿意吃苦。殊不知，天下没有免费的午餐，一分辛劳一分收获。梅能傲雪香能永，枫不经霜叶不红。芳香扑鼻的梅花、鲜红诱人的枫叶都是经过一番"寒彻骨"的结果。

古人说："故天将降大任于是人也，必先苦其心志，劳其筋骨，饿其体肤，空乏其身，行拂乱其所为，所以动心忍性，增益其所不能。"对此，我深信不疑，并经常勉励自己。回想我的人生之路，也是从苦难和酸楚中走出来的。

我出生在祁连山脚下的一个小山村，那里风光旖旎，但生活条件却极其艰苦。从我记事起，父亲就身患重病，身体状况时好时坏，相当于半个残疾人，家庭全仗母亲一人维持。我是父亲伤病卧床时出生的，从能走路起就跟在母亲身边，母亲在地里劳动，我在田间玩耍，经常灰头土脸，甚至满身泥巴。等有一些力气时，我就学着母亲的样子进行简单的生产劳动。有时候母亲会把我带到她劳动场所附近的荒地或歇地，让我去挖野胡萝卜或铲猪草，风吹日晒，风雨无阻。夏季去草原上铲猪草，不但要吃苦，而且担惊受怕。猪吃的蒿草一般长在万绿丛中，我要孤身钻进高于我的草丛，挑拣猪爱吃的嫩草。高原的阳光很毒，个把小时就能晒得身上脱一层皮。草丛中经常有蛇出没，一个小小的响动都能惊出我一身冷汗。

在贫困的村庄里，我家又是最贫穷的人家之一，我是背着母亲亲手捻的羊毛线缝制的土书包跨进学校，吃着青稞面窝头和土豆蛋、炒面读完小学和中学的。

上学时，家里生活困难，有的同学连铅笔都买不起，老师就让学生在地上写生字。我们就到宽阔的操场，用从废电池中剥出的黑碳棒、木棍或石子写。冬天天寒地冻，写一会儿手就冻得发僵。脚冷了，就站起来跳跳、蹦蹦；手冷了，就放在嘴上哈一哈、搓一搓，坚持着把生字写完。虽然全身都是冰凉的，但我心里却是热乎的。

寒暑假，我有时间就顶替母亲干生产队里力所能及的农活，比如冒着严寒拾柴、拾粪，顶着酷暑割草、挖药。家里没吃的了，我就到荒地、歇地和秋天收割完庄稼的地里去挖野胡萝卜。我还没有毛驴高时，就赶着毛驴独自去森林里驮烧柴、到草原上拾牛粪，跟着窑匠爬煤窑、挖煤炭，还有犁地、拾垡子（把土块与牛粪等柴火混在一起码成堆，点燃烧过后当肥料使用）、挑灰、拔田等。当时农村的活我都干过。

那时，学校勤工俭学的活动也很频繁，经常组织学生搞生产劳动。有时帮助生产队平田整地，有时支援秋收，有时打土块修建教室。一次，学校要把一个小山头挖掉，把挖土的任务分给了各年级，班主任又把任务分给了各小组。分组的时候，几个体质较弱的女生没人要，我是班长，只好把她们安排到了我们组。人说男女搭配干活不累，可是我一点儿感觉不到，等完成任务，我坐在地上就不想站起来了。因为吃苦，我是一个好学生，也是一个好班长，同学们至今还叫我"老班长"。

母亲不让我当兵，她说，人当了兵，铁碾了钉，害怕我受不了部队的苦。到了部队，我才知道部队确实与家里不一样。吃饭、睡觉、走路都要求整齐划一、步调一致，不来一次脱胎换骨的历练，是很难成为一名合格军人的。苦是肯定的，训练的苦、站岗执勤的苦、想家的苦不一而足，我一关一关地过，一个一个咽了下去。

三个月的新兵训练正值寒冬，只要是安排的训练科目，不论刮风下雪，始终按部就班。如果遇到恶劣的天气去野外训练，起初冻得人直打哆嗦，过了一会儿就开始浑身冒汗，但脸上、手上却被寒风吹得像针扎一样疼。过一阵子，衣服被汗水浸湿了，像铁甲一般冰凉冰凉的，穿在身上十分难受。有时候踢一天正步，脖子僵硬了，腿像灌了铅似的，脚也肿了，躺下之后肚皮疼得爬不起来。夜里睡得正香，突然紧急集合，那短促有力的哨声惊心动魄，把人从被窝里催起来，穿衣服、打背包、带装具，唯恐落后。等紧急集合结束了，刚刚暖热的被窝已如同冰窟。有两个人因为吃不了苦，新兵训练还没有结束就被退回原籍，而我坚持下来了。

下到中队后，教育训练全面铺开，除正常的训练，每天还要"加小操"，集体加完了，我个人还要再加一阵。尤其是单双杠训练，那时要求完成"双六动"，即单双杠各一至六个动作，但老兵中有个别人能完成"双八动"。要完成"双八动"，不下一番苦功夫，不掉皮掉肉、不流血流汗是万万不行的。我暗暗下决心，再苦也得练，一定要完成"双八动"。因此，我正课训练时从不偷懒耍滑，八小时以外从没闲着，有时候半夜下哨了还要练上一阵。

我当兵时比较胖，练习单双杠难度较大。为了搞好训练，我起早贪黑，手上的老茧磨了一个又一个，皮不知脱了多少层，但最终也只完成了"双七动"。然而在同年兵中，我的成绩还是最好的。就这样，经过刻苦锻炼，我成了一名优秀战士。

事实上，当兵的苦不仅是这些，站岗执勤也很辛苦。除巡逻勤务，其他任务的站岗执勤哨位基本是固定的，不论烈日炎炎还是狂风骤雨，不论三九严寒还是冰天雪地，再热再冷也不能擅离岗位。哨位上的那道风景是站出来的，是辛苦奠基的。尤其是深夜执勤，有时候站着都能睡着，于是跺脚、捏鼻子、掐皮肤就成了我的防困小窍门。当然得用劲，踩到脚疼、掐出血痕才起效果。苦吗？说不苦那是虚伪，正视苦、战胜苦才是人间正道。

当兵第三年初，我考上了军校。年底，和我同年入伍的战士绝大多数复员了。

当干部后，不论在基层还是在机关，我仍然保持了吃苦精神。在基层当司务长时，我坚持白天和战士们一道训练，有时也和给养员一道骑着自行车去几公里外的集市上买菜，还和炊事员一起炒菜做饭。当军事干部时，不论是排长还是中队长，我时常跟班作业，既是教练员又是运动员，战士们训练什么，我也练什么，只要训练，每次都是汗一身、泥两手。五公里越野，我基本上跑在最前面，没有几个战士能超过我。即便不是我值班，我也要把闹钟定在半夜，天天起来到营区转一转。我值班时，会去所有哨位查铺、查哨，凌晨囫囵躺一躺就又起床了。

到支队机关当干事、股长时，操心少了，干活多了，加班加点如同家常便饭。"爬格子"写材料是一件清苦的差事，愿意干者寥寥无几，干得好的更是少之又少。有时候，一份材料从酝酿构思、谋篇布局、动手起草、反复修改到定稿脱手需要好几个回合。尤其是写一些时间要求急、标准质量高的材料，我顾不上休息和吃饭，一干就是几天几夜。对于写作的苦，古人有很多感慨，如"两句三年得，一吟双泪流""吟安一个字，捻断数茎须""纸上得来终觉浅，绝知此事要躬行"等。每一个横在眼前的"难"都让我像"蚂蚁啃骨头"似的解决了，重重的困难撑过去了，眼前就是一片湛蓝的天空。

正是因为吃苦，我才顺利地从支队机关调到总队机关，进而进入总部机关，而且在每一级机关都工作得有声有色。

后来我到研究院任职，当时部队新一轮调整改革刚结束，重塑重构需要研究落实和规范的事情很多，尤其是建章立制、训练、管理、战法创新等，我的办公桌上几乎是一项接一项的研究任务通知，那段时间，我几乎天天在办公室起草研究报告。那年我55岁，按过去的退休年龄已经该退休了，而我一年下来起草的研究报告多达数十份、五六十万字。说不苦不累，那是自欺欺人，但我没有懈怠。

有一年，我又被抽去参加全军军官岗位管理的专班，研究武警部队警官岗位管理和职业发展问题。我多年从事军事理论研究，做干部工作是十足的门外汉。我想推辞，但领导们说："你懂武警部队。"是的，像我这样的老同志，在岗在位的确实没有几个了。再一想，探索军官岗位管理和职业发展问题的新方法是强军兴军的基础工程，作为一个老兵，我义不容辞。到专班后，我跟年轻人一起吃住、一起工作、一起学习研究，没有双休日，每天晚上都坚持工作到十点左右。我还要兼顾科研和日常工作，有时候忙得不可开交。苦吗？不苦不累是假的。但我坚持下来了，而且学到了不少新的科学知识，第一次了解了"马尔科夫过程"和"蒙特卡洛方法"在军事领域的应用。

"古之立大事者，不惟有超世之才，亦必有坚忍不拔之志。"破茧成蝶的过程从来都是痛苦的，也无捷径可走，没有毅力和恒心，是很难挺过来的。我想，我能把军装穿到退休，积累的人生经验中最主要的一条就是吃苦耐劳。一方面，我是党员，为党工作不能挑挑拣拣；另一方面，我是一个地地道道的农家后代，忠厚老实已经根植在骨子里，苦干成了习惯。而且，我把每一件困难的工作都当成锻炼自己的机会，坚持在吃苦中提高，在忍耐中成长。苦吗？的确很苦。怨吗？有时确实很怨。但苦尽才能甘来啊。所以，把吃苦作为成长路上的必修课，一路吃苦前行，眼前就是世界，脚下就是天下，才有奋斗的今天和幸福的明天，才有精彩的人生。

高尔基说："一个人追求的目标越高，他的才力发展得越快，对社会越有益。我确信这是一个真理。"为了追求人生的更高目标，为了心中的那份美好，我们别无选择，唯有不断挑战困难挫折，即便身陷绝地险境也决不放弃，始终满怀信心不懈奋斗，才能成就"数风流人物还看今朝"的心境和未来。

到最后也不放弃

我把课桌一张一张拼起来、摞起来，摞了三层，想把桌子当梯子，爬上屋顶。我从第一层艰难地爬到了第三层。桌子不停地摇晃，每上一层都胆战心惊。终于爬到了最顶层，但桌子与屋檐间的距离突然增大，我够不着房顶了，吓出了一身冷汗。此时，房顶上出现了几张似曾相识的面孔，像是老师和同学，他们伸出手臂，把我拉扯到房顶。房顶是青砖铺成的，马脊梁造型，层层叠叠，延伸到很高很远的地方。

我望着远方，又一层一层向上爬，但爬到一个拐角处，视线被高墙挡住，回头一看，下面是深渊峡谷。我想过去，跃跃欲试几次，却无论如何也不敢。我毛骨悚然，汗水直流。这时，我迷迷糊糊地知道自己是在做梦，于是努力清醒过来。我确认自己做了一个梦，人躺在床上，眼前漆黑一团，脑海一片空白，桌椅板凳、老师同学、青砖碧瓦、高楼峡谷都不见了。这时，我突然明白了一个道理：放弃了，梦想就结束了。

和我一起上学的同学，一年级时大概有五六十人，一间很大的教室挤得满满的，升初中时只剩下三十多人。初一开学时，因和其他小学合并，同学大约也有六七十人，高中毕业时只剩三十多人。而我一直坚持读完了高中，即使高考落榜也没有放弃读书，而是选择了复读，继而从复读班报名参军，背着复习资料来到了部队。

和我同年当兵的近百名战友，有两个在新兵集训结束后因为家庭变故终止了兵役，回乡后成了公交车司机和农民。我军校毕业后，中队和我同时入伍的战友大都已复员回家。

和我同一年进入军校的共一百名学员，毕业后大部分分配到西北军营的基层单位，后来因改革、调动、交流分散到全国各地。这些同学中，有的从基层的排、连、营级岗位转业回地方工作；有的干到团级，或转业、或复员、或自主择业，相继离开部队；包括我在内，晋升到师级以上的只有五人，其他四个人五十五岁就退休了，五十五岁后仍在部队服役的只有我一个人了。我热爱部队、热爱穿在身上的军装，无论在哪个单位、哪个级别、哪个岗位，我都记得自己是一名军人，始终用部队的条令规章和纪律约束言行，严格要求自己，一丝不苟工作。我选择了部队，部队也选择了我。

当然，当兵的旅途，我也不是一帆风顺，之所以有今天，最主要的是因为我没有放弃梦想，没有放弃对事业的追求。

改任副研究员后，我成了业务干部，虽然有一点失落，但没有影响我的工作干劲。但几年后，副高晋正高职称时，问题出现了，干部部门通知我，我的英语没有达到规定的成绩，不能晋升。事业的列车快开到终点了，突然又遇到十字路口。怎么办？是继续航行，还是在此停车？我选择了前者，我要继续工作，把余热奉献给部队。就这样，我以副高的职称又干了整整十三年。其间，我的工作干得比以往任何时候都出色，始终没有懈怠，高标准、严要求，把一切精力和心思都用到了科研工作上。为此，我多次立功受奖，多次被研究院评为"十佳科研创新人才"，研究室被评为"'四铁'先进单位"和"作战概念开发创新团队"。

后来，军队政策制度改革向纵深推进，取消了职称评定中的英语考试，干部部门通知我可以参加正高职称评审了。我参加答辩时，评审专家们看了我的评审材料，个个赞扬有加，给我打了高分，一致举手通过。就这样，十三年后，我终于从副研究员晋升为研究员，真正应验了那句"机遇总是留给有准备的人"。

晋升正高职称以后，我也没有放弃对事业的追求，工作更加努力。后来，因我所带的团队在谋战研战中做出重要贡献，武警部队党委给我们记了集体二等功。

当然，不到最后不放弃的并非我一人，很多成功的人、成功的事，每一个、每一项都是屡败屡战、锲而不舍的结果。大凡在事业上有所建树的人，都是不断求索、不断上进之人。在我作为高级职称评审专家评审他人的时候，有一个女同志让我肃然起敬，我认为她的刻苦精神与我相比有过之而无不及。虽然她也快退休了，但还在不停地研究、不停地写作。专家们对她赞不绝口，以高分高票通过了她的评审。

也许有人会说，她应该放弃，放弃了就会活得更加轻松、潇洒，生活更加多姿多彩。但她没有放弃，而是聚焦事业，持之以恒，孜孜以求，坚持到底，最终取得了非凡的业绩。

放弃与不放弃的确是一对矛盾。要游刃有余地处理这个问题，对任何人都是一种严峻的考验，考验人的心智，考验人的毅力。

大家都知道狼牙山五壮士的故事。他们的壮举是不到最后不放弃的例证。即使到了最后，他们放弃了宝贵的生命，但没有放弃自己的信仰。他们的悲壮一跳，是为了忠诚不变的信仰，为了不辱自己的初心使命。他们舍生忘死的壮举感天动地，他们放弃了生命，却收获了永远。

在国家和他人危难之际，一些共产党员、领导干部、专家学者、国际友人、华侨等爱国和慈善爱心人士会毫不犹豫地伸出援助之手，有的把一生的积蓄捐献给国家，或作为党费上缴组织；有的把不多的余钱分文不留地捐赠灾民；有的甚至把自己的身体或器官都捐献了出来，用于搞科学研究。他们放弃了一切，但没有放弃信仰，没有放弃追求和爱心——对党的忠诚、对祖国和人民的热爱。

风度三题

风度是指人的言谈、举止、神情、姿态等外在形象，是一个人内在实力的自然流露，主要取决于人的气质、礼仪、口才、形象等。作为一名科研战线的军人，应该具备什么样的风度才能德位相配，让人肃然起敬呢？

军人风度

老百姓有句俗话："干啥的务啥，务啥的要像啥。"军人就应该有军人的样子、军人的风度。

什么叫军人风度？军人风度是指具有军人职业特点的仪表和言谈举止，是军人的思想、道德、性格和文化修养等方面综合的外在表现，体现人民军队的性质宗旨和优良传统。

"他穿着一身合体的军装，配上大檐军帽、整齐的武装带，这一切使他显出英姿勃勃的风采。""一位老军人已年过六旬，一双炯炯有神的大眼睛，绿色的军帽下露出花白的鬓发，显示出军人特有的风度。""他浑身上下都很清洁、整齐，保持着军人的风度。"这是日常生活中，普通群众眼中的军人风度。

不难看出，军人的风度，表现于平时，表现于外在，军装要配套穿戴，着装要干净整洁，挺胸抬头，表情要严肃自然、大方端庄，看着精神、利索。

我们再把视线转移到军人的工作岗位。

"一个年轻的解放军战士长得像秋天原野上的一棵白杨树，魁梧挺拔，朴实健壮。他站在哨位上，就像一根立在地上的木桩子。""董存瑞夹着炸药包，从上面连滚带跳跳下来，他放不住炸药，就往大桥的中央跨了几步，左手托着那个炸药包，把炸药包顶在那个桥肚子上面。脸冲着我们，冲着连长和我们三个趴的这个地方，他就喊：'连长，冲啊！'连长大喊了一声'董存瑞'，叫了一下名字，连长声音刚落，那边爆破了。"这些描述朴实无华，真实地记录了军人在执勤岗位和战场上的情景。这才是军人最美的风度，让人永生不忘的风采。

从人民群众的话语中，从军人在履职过程的表现中不难看出，军人的风度体现于工作，体现于内在，就是严守纪律、忠于职守、一身正气、勇往直前、视死如归。

把上述种种做一个综合，我们对军人风度的深刻内涵就明晰了，那就是：英勇顽强、不怕牺牲，处变不惊、机智果断，纪律严明、令行禁止，忠于职守、一身正气，言谈文明、举止礼貌，仪表端庄、军容整洁。一句话：有血性，敢担当，有精气神。

学者风度

我们是穿着军装做学问、搞科学研究的军人，应该争取当专家、大家、名家，所以要有学者的风度。

鲁迅先生是我国著名的学者，也是一个有学者风度的文学家。他少年时代父亲病故，靠农民出身的母亲养大。他先后就读于南京水师学堂、江南陆师学堂附设的矿务铁路学堂，后留学日本，再入日本仙台医学专门学校习医。因深受资产阶级民主革命浪潮的影响，积极投身于反清革命的洪流之中，立下了"我以我血荐轩辕"的誓言。后来有感于国内同胞的愚弱，认识到改变国民性的重要，便毅然弃医从文，以笔作为救国救民的武器。他奋笔疾书、针砭时弊，一生写下了800多万字的译著。他的杂文如匕首，似投枪，在反文化"围剿"中做出了特殊贡献，成为五四运动的先驱和中国现代文学的奠基人。他"横眉冷对千夫指，俯首甘为孺子牛"。毛泽东曾评价："鲁迅的方向，就是中华民族新文化的方向。"

钱学森从少年时代起就热爱祖国，热爱科学。后到美国留学，研究空气动力学，与老师一起提出了"卡门—钱公式"，并创立了工程控制论。中华人民共和国成立后，他积极要求回国参与建设，受到许多阻挠和迫害，为之不屈不挠地斗争了五年才终于回到祖国。他曾长期担任中国火箭、导弹和航天器研发的技术领导职务，参加近程、中程、远程导弹和人造卫星的研制领导工作，做出了杰出贡献。他曾获"国家杰出贡献科学家"称号和"两弹一星"奖章，被誉为人民科学家。

鲁迅是文学巨匠，钱学森是导弹之父，看看他们的文学作品和科研成果，再看看他们不畏权贵、不畏艰险的骨气和担当，他们就是我们崇拜的学者、专家，在他们的身上，有天地可鉴的学者风度。

学者风度，是有文化、有知识的人的矜持与自重、内心境界与外在言行的具体表现，是中华民族世代传承和追求的为人之道。学问渊博、见识过人、言必有中、谦虚处世、勇于担当是其代名词。

要有学者风度，首先应该是一个学者。学者，就是有学问的人，在学术上有造诣的人。"学者非必为仕，而仕者必为学。"要做一个学者，就得静下心去做学问，即使做不到学富五车，也是一个饱学之士；即使不可能样样精通，也应该术业有专攻，在自己从事的专业或学术上有一定建树。

要有学者风度，还应该有较强的责任心和担当。张载有"为天地立心，为生民立命，为往圣继绝学，为万世开太平"。范仲淹有"居庙堂之高则忧其民，处江湖之远则忧其君"；还有杨继盛的"铁肩担道义，辣手著文章"，鲁迅的"横眉冷对千夫指，俯首敢为孺子牛"，充分体现了他们的胸怀和担当。他们以济世救人、以人类的进步发展、以国家的强盛和民族的复兴为己任，很好地诠释了学者风度的内涵。一个有学者风度的人，应该是一个有坚强信仰的人，有家国情怀的人，自信心强大的人。

要有学者风度，还应该有较高的涵养。言谈举止温文尔雅，言必行、行必果。说话要有谱，不能信口开河；一言一行要得体，外在形象落落大方。不能轻薄，不要"文人相轻，自古而然"。一个有学者风度的人，一定是一个有良好修养的人，思想境界高，自警、自省、自律，表里如一，乐观向上。

君子风度

君子风度和外国人讲的绅士风度如出一辙。中国是一个有着几千年文明历史的国家，对君子的崇尚由来已久。

君子一词，最早见于先秦时期的文献，当时指"君王之子"，着重强调地位的崇高。后来随着社会的发展进步，君子成为人格高尚、道德品行兼好的代名词。

古时候，人们对君子的描述非常多，如"谦谦君子""君子如玉""君子坦荡荡，小人长戚戚""君子喻于义，小人喻于利""君子之交淡如水""天行健，君子以自强不息；地势坤，君子以厚德载物"，孔子说"君子有三德（仁而无忧、智而不惑、勇而不惧）""君子有三畏（畏天命、畏大人、畏圣人之言）""君子有五耻（居其位，无其言，君子耻之；有其言，无其行，君子耻之；既得之而又失之，君子耻之；地有余而民不足，君子耻之；众寡而己倍，君子耻之）""君子有九思（视思明、听思聪、色思温、貌思恭、言思忠、事思敬、疑思问、忿思难、见得思义）"。曾参说"君子有三费（少而学，长而忘之，此一费也；事君有功，而轻负之，此二费也；久交友而中绝之，此三费也）""君子有三乐（有亲可畏，有君可事，有子可遗，此一乐也；有亲可畏，有君可去，有子可怒，此二乐也；有君可喻，有友可助，此三乐也）"。后世儒家对君子提出了"四不（君子不妄动，动必有道；君子不徒语，语必有理；君子不苟求，求必有义；君子不虚行，行必有正）"的要求。

说了这么多，究竟什么是君子风度呢？我们还得重温一下古人对君子的五条标准。在古代，拥有了这五条，你才是一个真正的君子。第一，君子以致命遂志。意思是说，君子为了实现理想，生命也可以舍弃。第二，君子以慎言语，节饮食。意思是说，君子懂得约束，有节制。第三，君子见险而能止，智矣哉。意思是说，一个人看见险境而能停止不前是很明智的。第四，君子以独立不惧，遁世无门。意思是说，君子特立独行、不拘常规，不畏惧困难，即使命运不济也不苦闷彷徨。第五，君子以正位凝命。意思是说，君子应摆正位置，凝聚力量，以完成自己的使命。

时代发展了、进步了，现代人对"君子"赋予了许多新的内容，但万变不离其宗，根本的精华没有多大改变。综上所述，我们可把现代人的君子风度归纳如下：

语言文明、礼貌待人是君子风度。西装革履、仪表堂堂、风流倜傥是外在表现。比这更重要的是，说话要文明，用语要谦恭，无论富有还是贫穷都要一视同仁，尊重恭敬。

感情克制、理性行事是君子风度。生活、工作上与他人产生不同意见或偶有争执时一定要控制住自己的感情，理性行事，"不争一时之长短，不逞一时之勇，不图一时口舌之快"。

严于律己、宽以待人是君子风度。时时刻刻严格要求自己，经常反思自己的不足。与人交往时要有宽人的胸怀和容人的雅量，不用自己的标准苛求他人，尊重他人的选择和观点，遇到分歧要主动调和，绝不强加于他人。严格的自律精神是君子风度的核心内容，也是君子风度形成的关键要素。

临危不惧、勇于担当是君子风度。遇到危险和困难时，迎难而上，主动化解，积极作为，不畏惧、不退缩、不逃避，不袖手旁观。

孔子说："君子不重则不威，学则不固。主忠信，无友不如己者，过则勿惮改。"真正的君子风度是矜持与内敛、学识与忠信、同情与善良、勇敢与担当；真正的君子风度是庄重大方、威严深沉、学识广博、为人忠信、稳重可靠。用一句话来总结：君子应当外圆内方、温润如玉。有的人从外表上看风度潇洒，但言行却让人所不齿，金玉其外、败絮其中。

我们一定要认真学习传统文化和新时代君子风度的新内涵，弘扬民族精神，树立文化自信，坚持在日常生活中注重践行，努力做一个真君子，让君子风度这一古老风尚焕发新的生机与活力。

总之，不管是军人风度、学者风度还是君子风度，都是一个人的个性化标志，是做人的素质，是具备了相当的实力才展现出来的魅力。也就是说，有风度必须拥有一定的实力，实力是因，魅力是果。

每个人都希望自己有风度，但风度是模仿不来的，也不可急于求成。只有通过打造内功、不断积累和不断修炼，从基本的内心世界着手，才能逐渐扩展到外在形象。经过自身不断的探索和努力，坚持内练素质、外塑形象，从学习、训练抓起，从日常工作、生活中养成，让自己的形象美好起来，让自己的内涵丰富起来，让自己的内心强大起来，让自己的品格高尚起来，你就能做到风度翩翩，成为一个真正有风度的军人、学者。

度之六书

度是计量长度的单位，如度量衡。度是一定事物保持自己质和量的限度，是和事物质和量相统一的限量。如果超出了这个限量，事物的性质就会发生改变。通俗讲，就是过度了会引起事物的质变，不及时解决问题也会导致问题变质。无论是立身做人、做学问、写文章还是处世做事，我们都需要把握好度，才能在生活、工作中游刃有余，取得更好的成绩，达到更高的境界。

文章写作之三度

军事理论研究要写学术报告、学术论文，搞技术研究要写论证报告、成果介绍，机关工作人员要写公文、材料等，所以，不管做什么工作，都免不了要与文字打交道，这就要求我们得有一定的写作能力。写文章、写报告、写公文、写材料、写讲话稿也有很多"度"需要把握，如长度、精练程度、准确度等，我认为最重要的应该是把握好以下"三度"。

首先应该把握的是高度，就是站得高、看得远，从政略和战略上体现远见卓识。文章有无高度，直接反映文章的站位和作者的水平，也间接影响受众的接受程度和对作者的评价。所以，写文章首先要有高度。

文章的高度，第一点体现在思想上。思想是文章的灵魂，高度是灵魂的延伸。没有思想的文章如"行尸走肉",没有一定高度的文章平淡如水,读之如同嚼蜡。思想上有高度,就是在政治上的方向性非常明确,以党的意志为意志,以党的方向为方向,符合政治标准,注重客观实际,看问题比较全面,分析问题比较透彻,考虑问题着眼长远,有创新,有独到的见解。

文章的高度,第二点应该体现在理论上。文章的主旨、内涵要深刻丰富,论述具有较强的逻辑性、科学性、系统性,注重理论和实践的结合,既有前瞻性、指导性,又有可行性、可操作性,能启发觉悟,使人信服。

体现文章高度的第三点,应是位置上有高度。即站位要高,放眼全局、着眼大局。即使讲具体工作,也要充分反映从个体到局部、从部分到整体的思想。如果是公文、讲话,要符合讲话者的身份,反映讲话者的立场、观点,体现职能属性和水平。如果是学术文章,要瞄准理论前沿和科技前沿,反映和体现本领域的最新成果。

第四点是政策上有高度。一方面是对政策法规的研究解读,要符合党和国家有关政策法规的要求和上级精神,有新思考、新见解;另一方面是文章的思想性、内容都要与党和国家最新的、现行法规政策相一致,特别是在思想上和行动上要同党中央保持高度一致,要注重反映人民群众的根本利益,立足宏观,但对客观实践又能起指导作用。

第五点是立意上有高度。立意是文章所确立的文意,通常指文章的主旨、主题、中心,也就是作者写文章的意图和宗旨。立意要正确、鲜明,要集中、单纯,要深刻、新颖,要积极向上。立意有高度,就是文章的主题要鲜明,思想内容要新颖,构思设想和写作意图、谋篇布局、材料选取、语言运用有独到之处,写作技法高超。只有这样,文章才能吸引人、打动人。

写文章应该把握的第二个度是深度。一棵树能否长成参天大树,很大程度是由根的深度来决定的。文章的深度就像树根的深度一样决定文章的质量。简而言之,文章的深度主要指文章的质量,是对事物和问题理解的深刻程度。有深度的文章，内容丰富、思想深刻、有创新、能够揭示事物的本质、能给人启迪，是好文章；没有深度的文章，言之无物，浅薄无力，如麸皮糟糠。那么，如何写文章才能有足够的深度呢？以下几点是必须要认真重视和把握的。

第一点就是占有的材料要全面。材料是一篇文章的基础，如同盖楼房所需的钢材、水泥、沙子等，缺少这些建筑材料就盖不了高楼大厦，没有材料也就写不出打动人心的好文章。事实材料越充分，表达的观点就越令人信服；拥有的材料越多，提炼的主题就越深刻、准确。因此，我们在写文章之前应尽量掌握更多的素材。

让文章有深度，第二点就是重点要突出。写文章和抓工作异曲同工，必须突出重点，抓住主要矛盾和矛盾的主要方面。那么，文章中哪些是主要内容和重点内容呢？一般来讲，和中心工作密切相关的、想要重点介绍和说明的、群众关注的热点、读者希望了解的敏感问题等就是主要内容、重点内容。写作时要掌握尺度，要突出重要内容，重点阐述、详细论证。比如问题研究报告，原因剖析、解决问题的对策措施就是重点内容，必须认真对待。

第三点是事例要精到。为了强化主题、突出中心思想，或强调重要性，在公文、讲话稿和学术文章中，有时需要选择性地引用一些事例。事例选择运用得当，不但能旁征博引，而且能达到画龙点睛的效果。要使文章有深度，选择的事例一定要有新意，有典型性；反映现实问题的事例，要注重社会热点和新近发生的、重大的、人们普遍关注的事例，让人读了觉得有味。

第四点是说理要透彻。就是把问题分析清楚，脉络理顺。当然，还得讲究和掌握写作方法、技巧，比如使用例证法、对比法、引证法、喻证法、图表法等进行说理论证，坚持因叙带理、援事立理、抒情壮理、析象透理、类喻明理、警策显理、引言证理，把道理讲明白、说清楚；还需要考虑叙述和说理的先后顺序，繁简安排要得当等。

第五点就是口子要开小。这是一种通俗的说法。比如，有一首名叫《吉祥》

的歌曲是这样唱的："我要为你歌唱，唱出美好吉祥，迎着明天的朝阳，走向灿烂辉煌。"这些优美的词句看起来毫不相关，但后一句都是前一句的深化，层层递进、层层深入。第一句"我要为你歌唱"，唱什么呢？紧接着第二句"唱出美好吉祥"，回答了"是什么"。唱出美好吉祥干什么呢？接下来的两句"迎着明天的朝阳，走向灿烂辉煌"又回答了"干什么"。这些歌词基本是按照一条线、一个思路布局的，先提出问题"是什么"，然后再回答"为什么"，最后拿出解决的办法措施"怎么办"，就像打井那样，先挖一个小口，按一个方向一直挖下去。写文章同理，贪小才能求深。俗话说"开小口掘深井"，就是这个道理。再比如，你要写一篇关于树木的文章，就要参照一棵树的形态，从根部开始，按树干、树枝、树叶的顺序去写，其他的树木可以忽略。这样写出的文章一定会有深度。

写文章应该把握的第三个度就是宽度，主要表现在结构布局和语言运用上。比如有的长篇涉及人物众多、场面宏大、故事情节跌宕起伏、语言丰富而优美，这是文章的宽度最直接的表现。古人说："文似看山不喜平。"读文如看山，文章没有波澜起伏，就体现不了雄伟壮观，也不可能引人入胜。

体现文章宽度的第一点是结构合理。结构是文章的"四梁八柱"。框架结构的布局，既关乎文章的长短，也关乎文章的宽窄。结构的好坏直接影响文章内容的表达。因此，应当根据文章表现主题的需要进行安排。文章的结构要稳当，不能头重脚轻。首先是标题要鲜明，题要对文，长短合理，要注重严肃、朴实。其次是层次的确定、段落的划分要科学合理，开头、结尾、过渡照应以及叙述的先后、详略等都要根据文章主题来设计谋划。再次，要适应不同文种的特点，要巧妙新颖。

体现文章宽度的第二点是语言丰富。要想文章有宽度、有内涵，必须有丰富的语言做支撑。语言丰富有一个基本前提，就是写文章的人要有扎实的语文基础，即"肚子里要有墨水"，而且视野要开阔，要看得远、想得深。要善于创新，注重用新词、说新话、引用新的提法等。还要善于运用修辞语法，善于引用古诗名言、典故等，这样就能改善语言词汇干瘪的问题，使文章丰富起来、优美起来。

要让文章有宽度，第三点是详略得当。文章要注意详略得当，才能增强文采和表达力。公文要简单明了，让人一目了然；学术文章说理要清楚、准确，不能过于简单。要做到详略得当，应精心选取材料，合理剪辑，去粗取精，对于一般内容，该略写的要略写，该省略的要省略，句式上要长短结合，该长则长，该短则短；对于重要问题，要加重笔墨、重点论述，力求准确明白。

第四点是要善于联想。比如要写一篇有关森林的文章，就应该既要见森林也要见树木，更要看到森林里的花草、动物、鸟雀、小溪，甚至露珠、斜阳、月色等，并且能看到它们与森林的血肉关系。这样写出来的森林就是一个五彩缤纷的世界，内涵丰富，文章也一定会有宽度。但你不能只选一棵树去写，那样就独木难成林了。善于联想，充分发挥想象力，才能使文章有血有肉。

还有一点是要做到虎头凤尾。文章一般可分为开头、中段、结尾三部分，特别是开头和结尾，对整体结构的完美有着举足轻重的作用。正如古人所说："起句当如爆竹，骤响易彻；结句当如撞钟，清音有余。"当然，这不是说文章的中段不重要，想让一篇文章成为人人传诵的好文章，中间的宽大、丰满也是非常重要的。元人乔梦符有"凤头、猪肚、豹尾"之说，就是说"起要美丽，中要浩荡，结要响亮"。古人都以这种结构的文章为好，把"寿星头、马蜂腰、水蛇尾"的文章视为劣作。因此，写文章既要重视开篇和结尾，注重前呼后应，也要重视中间的连贯过渡，既不能大腹便便、两头尖尖，也不能头尾硕大、中间如丝。

古人说："大匠能诲人以规矩，不能使人巧。"以上谈的只是一般的写作方法，能不能巧妙运用，做到变化无穷，全在于自己。文无定法，多读多写是成功之道，只要勤奋研习、努力写作，一定能够写出好文章。

为人处世之三度

　　为人处世既包括做人也包括做事，需要我们一生思索，一生践行。为人处世在很多方面也需要讲究"度"：对人要有度，对事要有度，对自己也要有度。那么，我们应该如何把握做人的度，处事应该把握怎样的临界点，才能达到理想的程度，取得令人满意的效果呢？我的体会是，为人处世基本有"三度"。

　　第一个要把握的度，是待人要有热度，就是要把温暖和热情送给他人。

　　我们在社会上生活，有家庭，有单位。如果做不好人、干不好事、处不好世，就成了孤家寡人。所以，我们对人的态度就是人对我们的态度。如何待人，就是我们为人处世面临的首要问题。

　　待人要有热度，不仅是对待客人，对待我们身边的战友（同事、同学）、父母、兄弟姐妹、妻子、儿女甚至陌生人都要有热度。热度，是与人交往的润滑剂。在寂寞的旅途上遇到一个热情的人，你一句我一句侃侃而谈；或在上下车时相互帮助，就会使难熬的路途变得轻松而愉快。退一步说，相遇时笑一笑，问声好，道别时握握手，说声再见，这也是人与人之间的热度。

　　2008年北京奥运会时有一句话："同一个世界，同一个梦想。"人活在这个世界上，不可能事事如意、时时风调雨顺。他人遇到困难时，我们得有最起码的真诚和热度。伸出我们的手，献出一份爱，这个世界就多一分理解，多一分温暖。"环球同此凉热"，该是多么美好。

　　第二个要把握的度，是对事讲究速度，做到特事特办、急事急办，慎重稳妥，不拖拉、不延误。

　　"时间就是生命，效率就是金钱。"虽然这句话只字不提速度，但字里行间反映了高速度的重要性。可以说，不追求速度就是浪费生命，不重视速度就是无视金钱。

在战争年代，速度就是生命，速度就是胜利。人们不会忘记，中国工农红军长征路上飞夺泸定桥的战斗。1935年5月25日，红军在安顺场强渡大渡河后，要用仅有的几条木船让几万红军渡过河去，最快也要一个多月的时间。然而国民党的追兵紧追不舍，形势十分严峻。情急之下，毛泽东、周恩来、朱德等当即下达夺取泸定桥的命令。5月28日，西岸红四团官兵接到军委的命令，冒着大雨，在崎岖陡峭的山路上跑步前进，一昼夜竟奔袭了240里，抢在敌人之前到达泸定桥西岸。二连长和22名突击队员冒着枪林弹雨，踩着铁链夺下桥头，并与东岸部队合围占领了泸定桥。后有追兵，前有堵截，为抢在敌人前头，20小时奔袭240里，上演的是生死时速、人间奇迹、战争奇迹，这是"速度就是生命"的有力佐证。可见，速度在战争年代是非常重要的。现代的信息化、智能化战争，战场态势更加复杂多变，战机稍纵即逝，作战准备、组织战斗更要求高效迅捷。

速度就是生命，不仅表现在战争中，在其他领域或日常生活中也时有反映。对事要有速度，就是视事情的大小、急缓程度科学合理安排时间、把控节奏。急事必须加快速度急办，对一些急不得的事情，就不能一蹴而就，更不能草草收场，得有耐心和韧劲。比如抓基层建设、重大课题的研究等，一定要深思熟虑，稳扎稳打。写学术文章时，我们也要慎思之，笃行之。

为人处世要把握的第三个度，是自己要有硬度，狠心、恒心是主要元素。

西北的戈壁沙漠里，有一种树叫胡杨。据说它能在干旱缺水的大漠戈壁顽强存活三千年不倒，即使倒了还能三千年不腐，是金刚之躯。试想，这种树一定有相当的硬度，否则怎么能倒了三千年都不腐烂呢？

宋朝有一个叫张齐贤的宰相，年幼时父亲就去世了。年少时家境贫寒，受人欺侮，但不管吃多少苦，他都坚持读书，立志报效国家。一次宋太祖西巡洛阳，一介布衣的张齐贤从人群里钻出来，大声说自己要上表献策。虽然他的治国十策没能被全部采纳，但在皇帝的关注下，他顺利考中进士，当了地方官。后来北宋大举北伐，却连遭失败。见此情景，张齐贤主动请缨上了战场，打了胜仗。这一仗鼓舞了低落的士气，也让人们看到了张齐贤的能力和硬度。后来，他一路官升至宰相，而且一当就是21年。张齐贤用实际行动告诉我们：人应该有一点硬度。

胡杨树有硬度，倒了也不腐。张齐贤有硬度，从贫民成了宰相。可见，硬度对于一种物质、一个人，甚至一个国家、一个民族都是十分重要的。那么，硬度是怎么来的呢？俗话说"打铁还需自身硬"，但我们的硬度不是与生俱来的。我们必须正确认识自己，通过不断的追求和努力完善自己、锻造自己，通过"苦其心志，劳其筋骨，饿其体肤，空乏其身"的坚持修炼，才能拥有倒了不腐、立于天地之间不败的硬度。人决定不了自己生命的长度，但可以决定自己的硬度。

自己要有硬度，通俗讲就是要对自己狠一点。没有狠心，没有恒心，没有对自己近乎苛刻的要求和约束，是做不成大事的。对自己要狠一点，就是要在学习上狠一点，耐得住寂寞，多学一点，学深一点，做到"求知若饥，虚心若愚"；就是要在工作上狠一点，高标准严要求，精益求精，锲而不舍，久久为功；就是要在要求上狠一点，严守法规纪律，严守政策制度，始终有一颗敬畏之心，坚决守住做人、做事的底线、红线；就是要在生活上狠一点，把人民的利益置于高于一切的位置，艰苦朴素，勤俭节约，把"俭以养德，严以修身"作为立言立德立人的座右铭，回答好"你是谁""你从哪里来""你往哪里去"……

有了硬度，我们才能真正成为一个大写的人——立于天地之间，千年不倒，万年不腐！

仰望星空的梦想 脚踏实地地工作

——在研究院年终总结表彰大会上的发言

（二〇二〇年十二月二十八日）

尊敬的院长、政委，各位领导和同志：

首先，感谢研究院领导给了我这次登台亮相的机会，因为在年终总结民主评议时，我们军事工作研究室的同志一致推荐我为"优秀四有军人"，但作为主任，我把有限的名额让给了其他同志，是研究院党委和首长直接提名并研究决定我为"十大科研标兵"的，感谢院党委首长对我的提携和褒奖。这也充分说明研究院党委首长对研究工作的充分重视；这也充分说明研究院党委首长对科研一线默默工作的同志是非常重视的。同时，我也要感谢军事工作研究室的全体同志，在今年人手紧缺、任务多头展开的情况下，我们先后完成了2项军队重点军事理论科研项目、4项武警部队重点军事理论科研项目，撰写了武警部队发展战略、武警部队"十四五"规划、武警部队新型力量建设与运用问题研究、武警部队军事理论现代化问题研究、新时代部队安全管理的新特点新对策等重大问题的研究报告10余份，研究成果达100多万字，人均20多万字，其中《武警部队遂行重大任务行动基本战法》这本专著29万字，经军事科学院、国防大学、各军兵种的专家学者评审，认为是"具有开创性的工具书，是武警部队军事理论的奠基工程"。今年，我们有2项研究成果分别获得武警部队军事理论研究优秀成果一等奖、三等奖。正是由于全室同志的奋发进取和刻苦工作，取得了令人满意的科研成果，才使我站在这里代表今天受表彰的同志发言。这既是我个人的荣誉，也是大家的荣誉，更是军事工作研究室全体同志的荣誉。在这里，我再次对大家的关心支持和同志们的勤奋工作表示衷心感谢！

各位领导、各位同志，科学研究是仰望星空的工作，仰望星空就是要勇于探索未知世界，探索宇宙的奥妙，要创造发明，揭示事物的内在本质及其发展变化的规律，走前人没有走过的路，做前辈没有做过的事情。无穷奥妙在茫茫宇宙、在闪烁的星光深处，事物的规律和新的发现蕴藏在未知世界，只有怀揣梦想——仰望星空，勇于挑战，勇于探索，想别人不敢想的问题，做别人不敢做的事情——"上九天揽月、下五洋捉鳖"，才有可能攀登科学高峰，达到更高、更美妙的境界，取得空前的成果。同时，科学研究也必须脚踏实地，就是要向科研战线的前辈学习，发扬科学家艰苦奋斗、开拓创新、勇攀高峰的精神，要默默无闻、耐得住寂寞，要不怕"板凳敢坐十年冷"，要不图名、不图利，不计个人得失，更不能急功近利、急躁冒进，要多做事、少空谈，稳扎稳打、持之以恒、久久为功。总之，我们必须要有仰望星空的梦想，也必须要脚踏实地地工作。只有这样，才能在科学研究的道路上行稳致远、取得辉煌。

同志们、战友们，新的一年即将翻开新的篇章，历史的长河滔滔不绝、滚滚向前，时不我待、不进则退。我们正处在一个伟大的新时代、一个大变革的新时代，科学技术日新月异、突飞猛进，在机遇和挑战面前，我们没有理由放松自己，没有理由懈怠停止，"日日新苟日新"，辉煌永远属于那些不畏艰险、劈波斩浪的弄潮儿，属于那些敢于挑战自我、直面未知的拓荒人，属于那些心无旁骛、锲而不舍的奋斗者。作为科研人员、作为受表彰的先进个人，我们必须仰望星空、脚踏实地，我们必须倍加珍惜荣誉、倍加努力工作，争取在未来的科研道路上再创佳绩。只有这样，我们才能不负时代、不负韶华、不辱使命。

后 记

我少小离家，乡音未改，乡情难忘，乡思不断；投笔从戎，痴心军旅，诚心为人，用心做事，没有做出惊天动地的大事，平凡地度过了几十年，就是普通一兵。

屈指算来，从20世纪80年代初，我懵懵懂懂参军，到2023年退休，工作了43年。过去的几十年，可用一首小诗来概括总结：

    少小离家别爹娘，扛枪携笔把兵当。
    摸爬滚打练打仗，站岗放哨守平安。
    冬披霜花战严寒，夏练三伏斗炎阳。
    晨钟暮鼓不打烊，四十三载归田园。
    官未入流级越将，勤奋朴实日月鉴。
    品行耿直笔如椽，文武兼修写华章。
    岁月不敢回首望，转瞬飞逝六十年。
    世事茫茫路艰险，一路豪迈一路唱。
    责任担当装胸间，初心不变续新篇。

回首往事，虽然有挥之不去、抹之不掉的遗憾，但我没有蹉跎岁月，而是把人生最宝贵的年华用在了工作上，献给了深深热爱的武警部队，我"仰不愧天，俯不愧人，内不愧心"。我个人被授予过荣誉称号，多次立过功、受过嘉奖，得到各级的很多表彰奖励，所领导的单位也被评为先进单位、创新团队，还荣立过集体二等功。我的各种表彰、奖励和作品、研究成果的获奖证书有厚厚的一摞。这些都是我生命长河中的小小浪花。

说起遗憾，我这一生有两件事十分遗憾。入伍后，我从一名战士成长为军官，从部队最小的执勤点一步一步奋斗，走进了总部这样的大区级机关，又一直晋升到大校级军官。可是有人说，干不到将军，奋斗就是不成功的。拿破仑说："不想当将军的士兵不是好士兵。"的确，大校与将军一步之遥，但这个门槛我却没有跨过去，确实非常遗憾。

第二件事是我只有一个孩子，等二孩化政策放开后，我和爱人已经五十多岁了。独生子女略显孤单，我们把孩子一个人锁在家里的时候也不在少数。尤其由于职业原因，我们军人和孩子聚少离多，总觉得对孩子缺少关心。如果再有一个孩子，对他的成长会有更多益处。对我们而言，多一个子女也就多了一份精神寄托和情感依靠。

人的生命是有限的，如果想把所有的事都做到十全十美，难度可想而知。这些遗憾是时代的烙印，定格在我的生命旅程。

我努力了、奋斗了，堂堂正正、圆圆满满为军旅生涯画上了句号，问心无愧。有道是"当回忆往事的时候，不会因虚度年华而悔恨，也不会因碌碌无为羞愧"。

人生就像一簇花，艳丽过后就会枯萎，最关键的是含苞欲放到鲜花盛开的过程。我想说，人生一世，草木一秋，我们的生命非常宝贵，必须珍惜生命、重视生活、善待自己，一开始就要做好人生规划，既要勤奋学习、努力工作，又要学会适当娱乐，让事业硕果累累，也要使生活多姿多彩。

我始终没有改变当一个好兵的初心，虽然也有很多的伤心、辛酸和无奈，但我也没有因此而颓废、畏缩。一路走来，我携笔从戎唱着军歌，挺胸昂头，圆满地走完了四十三年的军旅生涯；我扛着枪在执勤哨位上站过岗，在基层中队当过主官，在团、军、军兵种机关的有关岗位上当过负责人；我虽然没有达到"激扬文字""指点江山"的水平，但也写了不少文章、材料。在岗位上，我没有辜负组织，没有辜负武警部队，没有辜负韶华，快退休了赶上新时代，我不能辜负伟大的时代——"我要为你歌唱，唱出美好吉祥，迎着明天的朝阳，走向灿烂辉煌"。

"终日昏昏醉梦间，忽闻春尽强登山。因过竹院逢僧舍，偷得浮生半日闲。"这本书构思了二十余年，有些文字写于2000年左右，有的甚至更早。有些文章发表在《解放军报》《法制日报》《人民武警报》《甘肃日报》《甘肃经济日报》《兰州晚报》《武警后勤》《橄榄绿》《中国武警》等全国二十多种报刊，有些还在各种征文活动中获过奖。这些文章是我长途跋涉后的小憩，让我在得到休整的同时，也有机会转身回望来时留下的一个个脚印，欣赏身后错过的美丽风景，品味人生路上的酸甜苦辣，享受工作、生活中的各种乐趣和美好。在结集出版前，我又充实了近几年的所思所想、所感所悟，再一次做了精心筛选和修改，最终形成了这本集子。斟酌再三，我为本书命名为《塔尖上的时光》。书中所选作品原汁原味，是时光的记录和情感的镌刻。

"文似看山不喜平。"长期写公文，说的都是严肃而谨慎的话，也习惯了文件材料的表达方式和语言风格，写这些文章要用文学语言说话，最难的是要自然洒脱、绘声绘色、娓娓道来。我尽了最大的力量，下功夫让语言文字优美起来，让所讲的故事真实生动而鲜活，像冬日的阳光般温暖人心，像夏日的溪水给人送上清凉。

敦煌文艺出版社的领导和编辑精心的设计和辛勤的编校，使本书内容增色不少，日臻完美，在此表示诚挚的感谢！

徐贵生

2023年修改于甘肃武威、海南陵水

附录一：个人事迹新闻报道

科研先锋

开栏的话：党的二十大报告指出："深入实施人才强国战略，培养造就大批德才兼备的高素质人才，是国家和民族长远发展大计""坚持尊重劳动、尊重知识、尊重人才、尊重创造""把各方面优秀人才集聚到党和人民事业中来"。

强军之道，要在得人。在武警部队军事科研领域，一批打仗型科技人才面向战场、面向部队、面向未来，继承发扬老一辈科学家胸怀祖国、服务人民的优秀品质，自觉践行勇攀科学高峰、敢为人先的创新精神，追求真理、严谨治学的求实精神，淡泊名利、潜心研究的奉献精神，集智攻关、团结协作的协同精神，甘为人梯、奖掖后学的育人精神，为国而立、为战而研，奋力抢占国防科技创新制高点，为不断提升科技创新对战斗力增长的贡献率做表率、当先锋。

为进一步弘扬科学家精神，鼓舞广大科研人员勇当科技强军开路先锋，本刊推出"科研先锋"专栏，刊发各部队、院校和研究院的科研人员践行科技强军的新行动、新举措、新风貌，展示他们的新思维、新理念、新成果，旨在增强科技工作者的紧迫感、使命感、责任感，促进军事科技创新领域全面进步。敬请关注。

向着强军梦想冲锋的老兵

——记武警部队研究院某所军事工作研究室主任徐贵生

本刊记者 吴 敏　通讯员 董 睿

初冬，走出某作战概念创新大赛分会场，年近花甲的徐贵生三步并作两步回到办公室。灯光从暮色时分一直亮到夜深人静，照亮了他手边崭新的获奖证书，也照亮了笔下一行行对强军兴军的思考感悟。

这是全军首届作战概念创新大赛，身为武警部队军事专家的徐贵生，带领一群风华正茂的年轻人，在军事理论创新的"头脑风暴"里健步前行。

"科学的军事理论就是战斗力，源于战争准备，并接受战争实践检验。"徐贵生说，"只有盯着科技前沿、战争之变，以全新理念超前谋划和设计战争，才能永远立于不败之地。"

入伍42年，徐贵生干一行、爱一行、钻一行，他把每个岗位、每项任务都当作战场，以冲锋的姿态勇往直前，先后获"首都军(警)民共建社会主义精神文明先进个人"荣誉称号，荣立三等功6次，完成重大专项任务10多次，承担50多项重点课题，获武警部队优秀理论成果一、二等奖10项。

领跑，当好创新理论的"拓荒牛"

恩格斯说过："一个民族要想站在科学的最高峰，就一刻也不能没有理论思维。"对此，深耕军事理论研究领域多年的徐贵生感触颇深。

2017年，武警部队研究院成立，徐贵生从武警部队机关干部调整为该院首任军事工作研究室主任。

当时，武警部队领导体制编制结构刚刚调整，很多问题亟待研究解决，一项又一项军事理论研究任务接连不断下达到研究室。面对只有一个人、一张办公桌的艰苦环境，徐贵生挽起袖子，从零起步，既当研究员又当战斗员，一项任务接一项任务攻克，一个

科研先锋

问题接一个问题清零，一年写出50多万字的报告。

从基层中队一步一步走进武警部队机关，又从大区级单位指挥管理岗位下沉军事理论研究领域，徐贵生熟知部队建设的痛点难点堵点，他把目光投向那些最急需解决的问题、最难破解的瓶颈、最薄弱的基础环节。

在编写《武警部队基本知识》期间，徐贵生多次深入一线部队调研求证，跑院校、进档案馆查找数百万字资料，在4个多月时间里，写出20多万字书稿。

连续数月攻关，徐贵生病倒了。他把茶杯换成药杯，不肯离开电脑，"仗还没有打完，战士还得冲锋，我怎么能离开战场？"

一天，徐贵生正在低头改稿，突然眼前的字迹变得模糊。他揉了揉眼睛，努力想看清楚，却发现怎么都看不清。医生为他检查后说："长期高强度工作导致眼压升高，再不治疗，后果不堪设想。"

徐贵生拿了点药，悄悄返回工作岗位。

经过数十次反复打磨，徐贵生迎来上级专家组评审，参评专家一致认为："这些开创性研究成果，对军以上机关指导部队建设具有很高参考价值。"

敢走别人没走过的路，才能收获别样风景；敢拓别人没垦过的荒，才能开辟新的天地。

《新时代军事战略研究应把握的问题》《新时代新体制下武警部队安全管理应打好"六战"》《于细微之处提高官兵实战素养》……

近年来，徐贵生迎难而上、拓荒补白，主持完成一系列基础性原创性军事理论成果，一次次从部队建设"需求侧"出发，探索提供"供给侧"理论服务，填补了武警部队诸多军事理论空白。

研战，甘当强军兴军"孤勇者"

"强军兴军征程需要万马奔腾的进军，也离不开孤单寂寞的长跑。"走进研究院大门那天，徐贵生深知，自己的选择意味着要做一名担苦担难担重担险的"孤勇者"。

未来反恐战怎么打？如何在反恐实战中打好主动仗？如何有效应对智能化反恐战？

"研究作战理论，最大的敌人是陈旧的理念、保守的思维和封闭的视野。"徐贵生不止一次告诉团队成员，不能用"昨天的头脑"设计明天的战争，更不能站在"经验主义的路口"引领未来的部队建设。

徐贵生着眼武警部队遂行任务，针对信息化、智能化要素融合，既注重对网络恐怖主义等重大现实问题进行前瞻性研究，同时也注重对基本任务进行归纳、总结，创新形成6大类117种基本战法，为部队应对和处置新情况新问题提供了大量对策手段。

面对愈来愈激烈复杂的军事竞争，他爬上枪杆瞭望，锤炼"更新更勇敢的头脑"，用现代化军事理论应对新军事革命挑战，力争在战略博弈中赢得战场主动。

为此，他及时调整研究主攻方向，一切工作聚焦备战打仗，一门心思专攻作战理论、研究作战问题和战法手段。先后撰写出《善谋定而后动》《对以弱胜强指挥问题的思考》《必须下大力气提高指挥员的指挥艺术》等50多篇强军言论和理论文章。

2021年初，徐贵生带领团队投入作战概念开发，在综合性、前瞻性、靶向性问题上狠下苦功，力求通过一个全新的作战概念研究，解决一批制约战斗力建设发展的相关问题。

强敌干扰、多域联合、体系对抗、通信保障困难、

网络空间影响……针对世界科技革命和军事革命迅猛发展特点,徐贵生分析大量国内外的实战、演训数据,构设山地战、城市巷战、海战、网络战等新型反恐典型场景,梳理研究"立体精确打""兵力+智能武器攻""空天一体防"等战法概念。

当思想的利箭穿透战争的迷雾,先进军事理论就能在强军实践中得以印证、促进发展,持续为战斗力提升赋能。

近年来,徐贵生带领团队集中精力谋战研战,开发的作战概念获全军作战概念挑战赛金奖1项、下发部队执行1项,所带领的团队被评为"作战概念开发创新团队"和"四铁"先进单位。

冲锋,永做新征程上"追梦人"

时间是常量,也是追梦人的变量。

打开徐贵生的文件柜,一篇篇理论文章、一册册研究成果、一本本学术专著被仔细地分门别类装订成册,如同一队队士兵整齐列阵等待检阅。

从20世纪90年代初期到2022年,这数百万字成果,发表时间跨度已逾30年。不同的是,有的纸页发黄变脆,有的书本散发着淡淡墨香;相同的是,字里行间都写满了徐贵生在强军路上追梦圆梦的精彩历程。

——1991年,甘肃日报,《用毛泽东思想建队育人》;

——1999年,人民公安报,《讲政治不论职务高低》;

——2008年,《抓基层的实践与探索》,17万字;

——2011年,《基层经常性工作操作方法》,20万字;

——2019年,《武警部队基本知识》,18万字;

——2021年,《武警部队遂行重大任务行动基本战法》,26万字;

……

有梦想才有方向,有梦想就有力量。

多年来,徐贵生先后负责和参与制订武警部队"十一五""十二五""十三五"建设发展规划,研究武警部队发展战略、武警部队体制编制调整改革等重大问题,参与《国防白皮书》《武警军语》等大型辞书的编写工作,主持研究的武警部队"反恐战法"和"基本问题"被编入军校教材。

对于党龄近40年的徐贵生来说,工作岗位多次在军事、政工和后勤领域转换不算难,研究课题从昨天的战场延伸到明天的战略不算难,但即将退休不得不告别军旅生涯,让他放下手中研究军事、研究战争、研究打仗的工作太难。

今年,徐贵生组织专家研究一个作战问题时接到电话,91岁的母亲突然病重住院,家人催促他回家看望。徐贵生看着手中研究了一半的作战问题,说:"我抓紧忙完工作,马上回家。"

半生戎马为国家,徐贵生陪伴母亲的时间少而又少。他多次满怀愧疚安慰母亲:"等我退休了,好好陪伴您。"

这一次,翘首以盼的母亲没有等来最令他骄傲的儿子。几天后,母亲带着遗憾溘然长逝。

徐贵生把泪水咽进肚里,赶回家料理母亲的后事,随后匆匆重返岗位战斗。

这是军旅生涯最后一场体能考核。3000米一起步,徐贵生冲出领跑。在同年龄段的考核队伍中,他一马当先向前冲。考核结束,年轻人拿着成绩表赞叹:"老同志,真了不起!"

"我是非凡十年的见证者,也是强军路上的追梦人。"徐贵生掰着手指头算,距离退休还有几个月,正在修订的一本军事理论专著即将付梓出版,手头还有3项研究课题已全面展开。

夕阳无限美好,将跑道上的身影缩短又拉长。徐贵生说:"一万年太短,只争朝夕。老兵不惧征程险,我要向着建军一百年奋斗目标冲锋!"

(责任编辑:齐明鑫)

岗位精兵

耐得住寂寞 撑得起理想

——记研究院建设发展研究所军事工作研究室主任徐贵生

■张璜 邓成

初冬的北京寒意渐浓。深夜,在武警部队研究院的办公楼里,一个披着大衣的身影还在忙碌耕耘。他的办公室书柜里摆满了军事理论相关书籍,其中还有厚厚一摞优秀先进证书和武警部队高级职称评审专家、部队管理人库专家、全军作战概念开发专家等聘书。

他就是武警部队研究院建设发展研究所军事工作研究室主任徐贵生——一名大家眼中默默耕耘的老先进,一名曾获得首都军(警)民共建社会主义精神文明先进个人荣誉称号,荣立三等功6次,在强军路上拓荒补白、永不停歇的科研人。

2018年新年伊始,随着武警部队研究院的成立,徐贵生从武警部队机关来到研究院工作。单位初建初创时,他一人撑起了一个研究室,既是室主任,也是研究员。当时,他参与起草的军委体制和编制法刚刚调整,很多问题亟待研究解决。手头正在研究的研究报告还没有完稿,参与战略研究的指令又接上。徐贵生案头,接到又接到组织研究全军军兵种统编教材《武警部队基本知识》的任务……一时间,徐贵生的办公桌上摆了七八项研究任务计划。面对接踵而来的研究任务,徐贵生没有委靡退缩,而是选择了迎难而上。那段时间,他几乎是"白加黑""五加二",一门心思都扑到强军兴军、练兵备战的研究任务中。在编写《武警部队基本知识》期间,他和编写组的同志们辗转北京、天津两地,几乎跑遍了当地的部队、院校、档案馆和书店,查找资料几千份,多次深入一线部队搜集实证论证,梳理出武警部队发展建设的历史脉络。集中改稿时,由于时间紧,任务重,徐贵生经常在电脑前殷日复日夜地工作。"不经一番寒砌骨,怎得梅花扑鼻香。""近20万字的书稿,经过几十次精心推敲打磨,每一个字都浸润着徐贵生的心血和汗水,军委有关部门审后作出高度评价:"作了很多开创性的工作,对军以上机关指导部队建设具有较高的参考价值。"

作为一名老兵,徐贵生始终没有忘记自己当初之当一个好兵的志向,作为一名快40年党龄的党员,他始终没有忘记为党奋斗终生的誓言。作为一名军事研究专家,他始终把实现强军梦作为自己的责任,把一切时间和精力都聚焦到练兵备战上。为研究部队实战化训练,他没天沉到基层搞调研,晚上加班加点搞研究,先后撰写了《坚定不移把军训练是战略位置》等十多篇聚焦实战化训练的学术文章和专言论。部队编制结构调整改革后,他针对部队管理需要,及时研究撰写了《新时代新体制下部队安全管理新特点》《切实抓好改革中教育管理工作》《新时代新体制下武警部队安全管理应打好"六战"》等文章,有效地指导了部队建设,有的研究成果还得到武警部队首长的批示表扬。

针对新时代备战打仗出现的新情况、新问题,他始终牢记主席的胜战叩问,坚持研究面向战场。面向未来,先后集中完成了《武警部队遂行重大任务行动基本战法》等前沿领域作战理论专著和研究报告20多项,形成100多万字的研究成果,得到了武警部队首长的充分肯定。在研究过程中,有很多军事问题过去在武警部队没有人研究过,属于行业空白,研究难度极大。但徐贵生从来向困难低头,坚持一边学习战法一边研究战法,最终,高标准高质量地完成了任务。

军事理论研究,尤其是基础理论研究需要有扎实的理论功底,做大量的基础工作,这些都不是一朝一夕就能见到实效的。徐贵生说:"基础理论好比一棵树的根系,根系发达粗壮,这棵树才能长成参天大树。如果不抓基础理论研究,只搞些枝枝叶叶、花花草草的东西,这棵大树根不深养不固,也只能是'嘴尖皮厚腹中空',经不起风浪的考验。一个民族、一个国家要想永远屹立于世界民族之林,不被别人'卡脖子',科研人员就必须认真搞好基础理论研究和核心技术研究。"徐贵生是这么说的,也是这样做的。在武警部队机关工作时,他就非常注重基础理论研究,到研究院工作后,他除了指令性课题外,仍然把基础理论研究作为研究重点。他立项申报的众多基础性课题,如《武警部队遂行重大任务行动基本战法》《武警部队基本知识》等,多是填补武警部队理论空白的原创性研究成果。在徐贵生看来,"基础理论和核心技术如同鸟之双翼、车之两轮,抓好基础理论才能遨游苍穹、驰骋天下。基础理论是创新的灵魂。"这是一名军事理论专家对理论研究的深刻洞识,更是一名军人浓浓的家国情怀。

甘坐板凳十年冷,聚力科研为强军。近年来,徐贵生带领军事工作研究室每年完成近30项100余万字的科研任务,许多都是全军和武警部队的重大研究课题,年年都有科研成果获奖。他还充分利用自己的业余时间撰写了50多篇强军言论和学术文章。这些丰硕的成果背后,凝结的是徐贵生对科研工作的热爱和执着。去年疫情防控期间,徐贵生几乎每天都工作到很晚才休息,而第二天早最5点半,他又坐在电脑前开始工作。即使周末在家休息,徐贵生也是雷打不动早晨5点起床,看书学习,研究写作,几十年从未间断。今年,在某一前沿领域研究集中会稿期间,徐贵生90岁的老母亲三次病危住院。为了按时完成任务,他只请假一次去探望过几天,随即又匆匆赶回来投入到紧张的科研工作中。对此,他一直愧疚于心。徐贵生说:"备战打仗是我的主业主责,研究如何备战打仗是我们军事科研人员的主责主业。到了武警部队后,在新时代练兵备战方面还有很多领域值得研究和挖掘,这是我作为一名党员、军人、科研人员义不容辞的职责和使命。"

JS07

附录二：获奖新闻、散文作品

1. 《男子汉王国的女儿情》

   《定西报》"人口杯"新闻大赛二等奖　　1993年12月

2. 《鲜红的太阳永不落》

   《定西报》"纪念毛泽东诞辰100周年"征文二等奖　　1994年1月

3. 《我的保险观：有备无患》

   《定西报》"保险杯"征文三等奖　　1995年10月

4. 《当参谋不当"保姆"　给办法不给"拐杖"》

   《人民公安报》"基层党支部建设"征文三等奖　　1996年1月

5. 《喋血奋战的妇女团》

   《兰州晚报》"纪念红军长征胜利60周年"征文优秀奖　　1996年10月

6. 《"模特猪"被宰记》

   《兰州晚报》"通讯员好稿大赛"征文一等奖　　1997年9月

7. 《"模特猪"该杀》

   《人民武警报》"强化后勤管理"征文二等奖　　1998年2月

8. 《"模特猪"被宰记》

   《中国晚报》新闻奖一等奖　　1998年4月

9. 《处置特大涉枪案件次次成功》

   《人民武警报》"1997年度好新闻"二等奖　　1998年5月

10. 《一片爱心化甘霖》

    《人民武警报》"军中之母"征文二等奖　　1998年8月

11.《大漠橄榄》作品集

　　武警部队政治部"武警文艺奖"三等奖　　2000年6月

12.《哨楼的记忆》

　　武警部队政治部"武警文艺奖"二等奖　　2002年4月

附录三：获奖理论研究成果

1. 《全力聚焦"保首要"战役目标 有效履行维护首都社会稳定的职责使命》
   武警部队军事理论研究优秀成果一等奖　　2015年12月

2. 《贯彻习主席理论创新重要指示 构建武警特色现代军事理论体系研究》
   武警部队军事理论研究优秀成果一等奖　　2016年12月

3. 《武警部队指挥体系"两个融入"研究》
   《中国特警》杂志"反恐理论研究"征文一等奖　　2017年8月

4. 《武警部队三级指挥体系和组织指挥模式问题研究》
   武警部队军事理论研究优秀成果一等奖　　2017年12月

5. 《武警部队三级指挥体系和指挥模式研究》
   《武警学术》年度优秀论文一等奖　　2017年12月

6. 《提高武警部队实战化训练质量问题研究》
   武警部队军事理论研究优秀成果二等奖　　2018年12月

7. 《军事演习组织实施探要》
   《武警学术》年度优秀论文二等奖　　2018年12月

8. 《武警部队基本知识》
   武警部队军事理论研究优秀成果二等奖　　2019年12月

9. 《加强新时代军事科研创新问题研究》
   武警部队军事理论研究优秀成果二等奖　　2019年12月

10. 《武警部队遂行重大任务行动基本战法》
    武警部队军事理论研究优秀成果一等奖　　2020年11月

11.《新型反恐作战概念》

　　武警部队作战概念创新大赛一等奖　　2022年11月

12.《新型反恐作战概念》

　　全军作战概念创新大赛金奖　　2022年11月

13.《广域多能战概论》

　　武警部队军事理论研究优秀成果一等奖　　2023年1月

14.《岛礁维稳战》

　　武警部队军事理论研究优秀成果二等奖　　2023年1月

15.《新时代执勤安保体系理论研究》

　　武警部队军事理论研究优秀成果二等奖　　2023年1月

附录四：出版专著

1. 《大漠橄榄》
   甘肃文化出版社　　　　　1999年3月
2. 《抓基层的实践与探索》
   人民武警出版社　　　　　2003年8月
3. 《你也能辉煌》
   人民武警出版社　　　　　2005年8月
4. 《基层经常性工作操作方法》
   人民武警出版社　　　　　2010年1月
5. 《武警部队基本知识》
   中央军委训练管理部　　　2021年3月
6. 《武警部队遂行重大任务行动基本战法》
   军事科学出版社　　　　　2022年12月
7. 《善谋定而后动》
   人民武警出版社　　　　　2022年12月
8. 《塔尖上的时光》
   敦煌文艺出版社　　　　　2024年5月

附录五：立功受奖

1. 文明礼貌月活动先进个人

   中共渭源县委　　　　　　　　　1983年4月

2. 军事比武竞赛干部手枪射击第一名

   武警定西支队　　　　　　　　　1990年8月

3. 军事比武竞赛五公里越野射击第三名

   武警定西支队　　　　　　　　　1990年8月

4. 荣立个人三等功

   武警定西支队　　　　　　　　　1991年12月

5. 荣立个人三等功

   武警定西支队　　　　　　　　　1993年1月

6. 荣立个人三等功

   武警定西支队　　　　　　　　　1993年12月

7. 优秀报道员

   武警甘肃省总队政治部　　　　　1996年2月

8. 新闻工作先进个人

   武警部队政治部　　　　　　　　1997年12月

9. 新闻工作先进个人

   武警甘肃省总队政治部　　　　　1998年1月

10. 优秀特约记者

    人民武警报社　　　　　　　　　1998年4月

11. 荣立个人三等功

    武警部队司令部　　　　　　　　　　1998年12月

12. 优秀参谋

    武警部队司令部　　　　　　　　　　2002年12月

13. 标兵参谋

    武警部队司令部　　　　　　　　　　2003年12月

14. 荣立个人三等功

    武警部队司令部　　　　　　　　　　2003年12月

15. 武警部队优秀纪检干部

    武警部队政治部　纪律检查委员会　　2003年12月

16. 精神文明建设先进个人荣誉称号

    首都精神文明建设委员会　　　　　　2004年7月

17. 人大换届选举先进个人

    北京海淀区紫竹院街道选举委员会　　2006年11月

18. 优秀共产党员

    中共武警部队司令部委员会　　　　　2010年7月

19. 优秀共产党员

    中共武警部队司令部委员会　　　　　2011年7月

20. 优秀参谋

    武警部队司令部　　　　　　　　　　2012年12月

21. 优秀参谋

    武警部队司令部　　　　　　　　　　2013年12月

22. 十佳科技创新人才

    武警部队研究院　　　　　　　　　　2018年12月

23.荣立个人三等功

  武警部队   2019年12月

24.十佳科技创新人才

  武警部队研究院   2020年12月

25.十佳科技创新人才

  武警部队研究院   2021年12月

26.荣立集体二等功

  武警部队   2023年1月

注：嘉奖无证书，未做统计。